U0330031

读书
文丛

王 炎

穿越时间的纵深

从耶路撒冷到纽约

三联书店

图书在版编目（CIP）数据

穿越时间的纵深：从耶路撒冷到纽约／王炎著．—北京：
生活·读书·新知三联书店，2020.6
（读书文丛）
ISBN 978－7－108－06719－7

Ⅰ.①穿…　Ⅱ.①王…　Ⅲ.①散文集－中国－当代
Ⅳ.① I267

中国版本图书馆 CIP 数据核字（2019）第 254759 号

责任编辑　卫　纯
装帧设计　薛　宇
责任校对　陈　明
责任印制　宋　家

出版发行　**生活·讀書·新知** 三联书店
　　　　　（北京市东城区美术馆东街 22 号 100010）

网　　址　www.sdxjpc.com

经　　销　新华书店

印　　刷　河北鹏润印刷有限公司

版　　次　2020 年 6 月北京第 1 版
　　　　　2020 年 6 月北京第 1 次印刷

开　　本　880 毫米×1092 毫米　1/32　印张 10.625

字　　数　204 千字　图 67 幅

印　　数　0,001－6,000 册

定　　价　45.00 元

（印装查询：01064002715；邮购查询：01084010542）

目　录

2

序

从现在开始，由我向你描述城市，旅行的时候，你会发觉城市是没有差异的，你经历的只是记忆之旅！记忆的形象一旦被词语固定下来就会消失了，记忆也是累赘：它把各种标记翻来覆去以求肯定城市的存在。

——卡尔维诺《看不见的城市》

"远行人必有故事可讲"，本雅明提到这句德国谚语，意思是旅人把见闻带回家乡，旅者与听众之间渐生默契，讲述演变成双向互动，异域风物融入本地掌故，海外见闻也浸润了本土的情愫，此为故事的真谛。全球化时代，国际旅行、交流已是家常便饭，谈本土问题，总会带上国际视野，思考历史也不会固守中华文明万世一系的逻辑，大家同意历史变迁并非内生，每个关头都与世界大势息息相关。原来那种从纵向国别看世界的角度，格局太小，行之不远。如今全球化程度之深，渗透到日常生活的每个毛细血管，牵一发而动全局。没有一件事孤立存在，纯系国内，事事皆有"国际背景"。本书谈异域风物人情，实为资他山之石，反思本土。置身事外，反能把自己看得更清楚。

遥想当年，托克维尔游历新大陆（1831），正值法国经历一场场革命，平等、民主的诉求，一再演变成流血与恐怖。他只身访美，观察当地社会生活的方方面面，悉心研究每个细枝末节，与法国一一比照。笔锋所触，似与同胞促膝恳谈，其关切不在美利坚，而心系法兰西。法国推翻波旁王朝，国王后来又复辟，然后再推翻，而在托克维尔旅美之际，巴黎又酝酿一场针对奥尔良七月王朝的新革命。如此反复无常，问题出在哪？法国精英擅高视纵论，以国家福祉之名，居高弘扬启蒙、正义。而在新大陆，政论总低徊于人事小境，围绕现实利益喋喋不休，论事多达物情。[1] 或因如此，大洋两岸的民主命运才大不相同。托克维尔以敏锐、不凡之见识，启发后来无数思变者。古今人不相远，游山川风物，也欲效法古人，眼光尽量放在极大处，寻访异域历史、国运；而身体安在极小处，议论务求发自切肤之感，思考不离殊境具象，终极目的乃通达观念之"共相"。海外闻见不应炫异搜奇，眼睛总盯着别人干什么，揣摩异邦的中国印象，一门心思与国际接轨，以"国际前沿"重造自身。近现代我们一直徘徊于封闭自大与自卑落魄之间，是因为"没底气"，缺乏自信才激进走偏，极端思想交替发作。所以，异域拾遗，可做我们集体无意识的鉴照。

本书以旅行为线索，从途中所见、所遇、所闻，生发对东西方遭遇、激进与革命、新技术与新知识型的思考。第一部分"天方夜谭"，游历中东、南亚，从以色列、巴勒斯坦、约旦、土耳其，到印度，自西向东穿越自然地理空间，一路领略水土、风俗的变幻，为什么主流历史会将地域的多样性转译成"未来"与"过去"？古老的印度未必发展为西式民主，世界也未必一定从传统阔步走向现代。线性历史观之专断，让人反思启蒙的辩证法。占领与抵抗，如何叙述成反恐与恐怖？19世纪殖民史怎么戴上了启蒙的冠冕？当文化差异被简约为进步与落后，学者呼唤启蒙归来以抵御原教旨的威胁，结果，恐怖步步进逼，欧洲民粹和排外浪潮甚嚣尘上，西方文明遭遇革命性的挑战。第二部分"怀恋冬宫"，旅欧的旧忆，交织在观影经验之中。战争、革命、铁幕、学潮、恐怖，一直是银幕上荡气回肠的高潮，造访劫后余烬的欧洲遗迹，感觉脚下一寸寸土地，浸染着残酷与血腥，提示时间纵深的燃烧激情。宏大欧洲历史之外，我喜欢另类的故事，那场撬动过世界的20世纪革命，对今天是否还有意义？第三部分"美洲烟水"，于日常点滴之间，悉心观察世间百态。纽约市的地理与喧嚣，被电视的视觉语法重新剪辑，荧屏上的飓风，取代了真实现场的雷电晦暝。电视直播不仅重塑了城市经验，也改变了人的时空感知。而当因特网莅临，更带来千年未有之变局，美国大选成了网民政治的预演排练场。空间、影像、新媒体，勾勒一个炫目陆离的后现代景观。现有的知识失效，时代呼唤全新表达。今日世界恍如绵延、流动、没有边际的城市，新技术不仅修改了我们的认知与理解系统，也挑战了文化价值和存在论本身。这场革命改变的不仅是物质生活，也赋予思想、艺术与政治无可限量的未来。

将空间、影像、历史与个人经验融贯成一种新叙事，这是文体的实验，也是思想的探索。俄罗斯纪行在《读书》杂志上发表，有读者吐槽："说不清这叫什么体裁的文章，影评？游记？还是散文？透过电影讲述作者在俄罗斯旅行的感受……"所谓"体裁"或"文类"，乃书写传统中反复打磨、提炼，凝结下来的经典形式。按体裁写作，是以彼此通约的写作范式，约定俗成地给意义编码，让阅读有所预期，与读者建立默契。如不循先例，文章可能流于矜奇晦涩，甚至形散神涣。欲突破文体之绳墨，就必须设置统摄素材的机制，让纷繁多义的内容贯穿一体。本书自始至终保持一个 voice（声音），主观再现作者的思维与情感历程，诚邀读者进入内心世界，一道观察、感受与议论，一起体悟多彩的经验。用第一人称口吻和主观有限视角，也为让这个声音切肤而关己。每个判断皆有立场，一切议论必蓄情感，不强装旁观者的公允。务以一人之心共喻于天下，语不尽不止。同时引经据典，追根溯源，援各家之言，不使人间百态囿于一己之管见。更重要的是，不回避纠结与两难的情境，反凸显含混、暧昧与歧义，以其最能展示现实的丰富性，去挑战思维的单向度。

期待此书能把个人观察带入整体思考，与读者心交魂契，遂成莫逆。或许只是个奢望，但毕竟也是写作的最高境界。

注　释

［1］　参见 Alexis de Tocqueville, *Democracy in America* (London: Wordsworth Editions Limited, 1998), pp. 79–80。

天方夜谭

初访耶路撒冷

做犹太研究好几年了，一直想去以色列看一看，这个"人为缔造"的国家，必有特殊之处。一个与耶路撒冷希伯来大学交流的机会终于如愿。我没有从北京直飞以色列，而取道欧洲，在荷兰短暂逗留后，从阿姆斯特丹飞特拉维夫，才四个多小时。

一、过度防范

以色列果然与众不同，人还没到就领教了。一大早我赶到阿姆斯特丹史基浦国际机场（Schipol International Airport），匆忙找到以色列航空公司（El Al）的柜台，却被眼前的景象吓住了。不像其他登机柜台，这里没有旅客，只有荷枪实弹的防暴警察，团团围住乘客通道。警戒圈内站着几个以色列便衣，用疑惑的目光上下打量我。知道我搭乘这个航班去特拉维夫后，才"客气"地请我到一位训练有素的便衣那里，接受盘查。这个中年男子眼光狡诈，足足"审"了我十几分钟，问我去以色列的行程，见

什么人，联系方式，有何目的。又问曾去过哪些国家，在
荷兰与什么人接触过，住哪家饭店等，事无巨细。甚至
问我有没有向饭店服务员透露过去以色列的意图，在我
离开房间时，服务员是否可能在行李里放了东西，简直
到了偏执的程度。实在问不出问题了，才放行托运行李，
在登机牌上盖了个安全章。我这才觉得又像个旅客而不
是嫌疑人了。

到了登机口，又看到荷枪实弹的特警，这里还装了个
处理爆炸物的爆破铁屋。地勤人员一看到我，眼睛一亮，
毫不迟疑把我带离，去一间地下室。我又有犯罪感了，虽
然想不清楚原因，却莫名其妙地心虚起来。原来，他们发
现行李里有手提电脑，要开包检查。我满腹狐疑，为什么
刚一露脸，他们就知道这是我的行李呢？难道这架飞机上
没有其他乘客？进入候机大厅才明白，所有乘客早到了，
大多是犹太人，分属不同的旅行团队，我是唯一的散客。
更没想到，检查还没结没完，所有旅客的手提行李再次被
打开，细细盘查。从候机楼巨大的玻璃墙看出去，机场装
运行李的工人，每次接近飞机，都要被反复安检，真是骇
人听闻，不过心里倒也平衡些。还没到以色列，已经有点
后悔了，此行吉凶未卜。

二、地名疑云

飞到特拉维夫，一切顺利了。这是个很美丽的国家，

碧海云天，天明绚烂。时值 1 月寒冬，却如夏日风景，当地气温高达 27℃。海滨散步时，看见人们水中嬉戏，一波汹涌的海浪，撞向身后巨大的礁石，击碎的浪花，在晨光里搭起一道七色彩虹。离耶路撒冷开会还有几天，我决定自驾游览以色列。在美国时，听说以色列租车便宜得离谱，到了 Hertz 租车行，车价果然与美国相去甚远，很诱人。还租了 GPS 卫星定位，有它导航可径直开往耶路撒冷。距离并不遥远，一个半小时便到耶城。其实，整个以色列国土才两万多平方公里，比北京市版图大不了太多。一路上看到的地名很熟悉，几乎在《圣经》上都能找到。高速路上每个出口，绿色交通指示牌的醒目地名，让人联想《旧约》上某个古希伯来民族的悲壮故事。一路开下来，越来越确信这里自古是犹太家园。但一个小小的技术故障，让我意识到事实并没那么简单。进入耶路撒冷市区，我搜"大卫王路"（King David Road）入住饭店，反复在 GPS 上输入英文地名，但仪器不识别，只好下车问路。一位热心人告诉我，这条路并不叫大卫王路，原本是阿拉伯地名，与大卫毫无关系。当输入她写给我的阿拉伯地名后，GPS 便顺利接受。

这件小事让我难以释怀，便请教一位希伯来大学的历史教授，他说出事情的来龙去脉。以色列建国后，政府成立了一个"以色列地名委员会"（Israel Place-Names Committee），把大部分阿拉伯地名，改为犹太《圣经》上的地名，或带有复国主义色彩的称谓，以重修国家地理，强化犹太复国与土地的联系，给以色列立国提供合法性，让国民世代缅怀先祖悲壮的历史。犹太人离开这片土地已长达 1300 多年，只好改变历史记忆，让阿拉伯人接受犹太人占领的事实。大卫王路还有一段特殊的历史，这条街的 23 号，有一家天价的大饭店，叫大卫王饭店（The King David Hotel），不仅是耶城第一豪华旅馆，也是座历史遗迹，更是接待外国政要的国宾馆。有游客专为重访历史而下榻此处，它曾是以色列建军史上的里程碑，但也是现代恐怖主义的历史地标。

三、恐怖主义的滥觞

事情得从"一战"说起，1916 年，英国为给奥斯曼帝国的腹地插上一刀，煽动阿拉伯大起义，许诺恢复阿拉伯帝国的昔日荣耀。奥斯曼土耳其最终战败，失却中东、北非的大片领地。战后英国人食言，与法国共同瓜分了阿拉伯，破坏阿拉伯统一。英手握巴勒斯坦不放，美其名曰"托管"（mandate），实际让中世纪十字军东征的梦想成真，基督徒占领圣城，在异教世界的心脏筑起桥头堡。

早在 19 世纪末，犹太复国运动已如日中天，移民巴勒斯坦的犹太人与日俱增。犹太人口从奥斯曼时期（截至 1918 年）的 3%，仅 30 年已跃升至英国托管时期（至 1948 年）的 32%。巴勒斯坦人口结构剧变，穆斯林、基督徒与犹太人之间的冲突已腾腾如沸。英托管当局意识到局势失控，后悔"一战"中为换犹太金元而承诺"巴勒斯坦为犹太家园"，开始收紧了犹太签证的配额。但犹太人手上有一纸《贝尔福宣言》(The Balfour Declaration)，岂容英人背信弃义。犹太社群本想以参战感化英国，可"一战"刚结束，英政府便解散巴勒斯坦犹太军团。退伍犹太军人回家后，组成防卫军——Haganah（意为"防卫"），武装抵御阿拉伯人对犹太区的袭扰。英国不承认其合法，防卫军只好屈居准军事非法组织的地位。战后英国托管政策渐渐倾向阿拉伯人，与德国竞相收买阿拉伯人心，被冷落的犹太人视英人如仇寇，把暴力指向托管当局。

20世纪30年代末，Haganah内部的极端分子，不满领导人本·古里安的骑墙策略，决意与英国决裂，拉出一小部分人自立新军——叫Irgun（意为"国民军"），目标是成立横跨巴勒斯坦与外约旦的犹太国。及至"二战"爆发，古里安领导的Haganah一边倒向英方，想辅佐英国战胜纳粹，解放欧洲犹太人。这样一来，巴勒斯坦犹太人的对英态度发生根本分歧，出现一股更极端的武装派别LEHI（意为"以色列自由战士"），头目叫斯特恩（Avraham Stern），所以也称"斯特恩帮"。它主张联德抗英，恢复2500年前的古犹太王国，采用欧洲无政府主义手段，搞暗杀、爆炸和绑架，连英驻中东大臣莫因爵士（Lord Moyne）也惨死在斯特恩帮的黑枪下。"二战"结束后，三个地下军事组织便起来联合抗英，逼其接纳涌入巴勒斯坦的欧洲犹太难民，结束托管，于是发生了震惊世界的大卫王饭店爆炸案。

　　大卫王饭店原是个 I 字形六层建筑，狭长的主楼连接南北两翼楼，英托管政府办公室、英军驻外约旦和巴勒斯坦总部以及军警局和警察局犯罪调查科，均设在南翼楼和部分主楼区。余下客房供达官显贵、豪商巨贾休闲会客之用，可谓巴勒斯坦的心脏。炸掉它无异于"9·11"冲倒双子塔。1946 年 7 月，Irgun 领导人贝京（Menachem Begin）与 Haganah 领导人古里安策划了这起爆炸案。Irgun 的队员化装成阿拉伯服务员，从饭店厨房运进七个牛奶大桶，内装 700 多磅 TNT 炸药，推到南翼楼地下室。而后，饭店总机接到一个女人电话，说有炸弹快撤离。贝京为减少人员伤亡发出这个警告，但接线员不信，常收到恐吓电话，见怪不怪了。结果整个南翼楼被炸塌，91 人死，46 人伤。死者中有 28 个英国人、41 个阿拉伯人、17 个犹太人。史家称之为 20 世纪最惨烈的恐怖袭击，现代恐怖主义的经典案例。事后，古里安推卸罪责到贝京头上，公开谴责 Irgun 的暴行。英国人意识到托管已不可行，移交联合国，联大授权阿拉伯人与犹太人分别建国。古里安当上以色列第一任总理，贝京是第六任。当之无愧的恐怖主义鼻祖，但贝京更喜欢自称反恐专家。很多年后，当美军突袭阿富汗一基地组织训练营时，发现一本贝京回忆录《反抗》（*The Revolt*），本·拉登就熟读此书，学习如何从地下恐怖主义摇身登上国际政坛。[1]

四、耶路撒冷告白

圣城耶路撒冷壮观瑰丽，建在起伏绵延的山丘上，一眼望不到尽头。每个山丘撑起一片巨大的建筑群落，基督教堂、犹太教堂与清真寺栉比如鳞，错落有致。从老远就看到萨赫莱清真寺（The Dome of the Rock）的金顶，那是耶城地标，知道要进城了。本来高速路上疾驰，刚拐一个弯，却已钻入大卫之城的穹门。千年老城的古巷里，我的车夹在狭窄的拱廊之间，进退不得。吉人自有天相，一个阿拉伯少年走来，先问我信什么教，大概要确认非犹太教徒，才答应带我走出大卫的迷宫，随便给几个谢克尔（以色列货币）权作酬劳。城市让人感觉时空交错，历史与现实，恍如隔世。

到耶路撒冷大学时，当代犹太研究所主任伊莱·莱德亨德勒（Eli Lederhendler）教授已等在门口。我才发现，大学也把守森严，学生都要开包安检，核对证件，不太像是上学，倒像回军营集合。莱德亨德勒教授打趣说，其实恐怖分子进来也出不去，校园就像个迷宫，连教工也迷路。这是希伯来大学的斯科普斯山（Mount Scopus）校区，主色调为米黄，经典的犹太建筑风格，到处是大理石材质的规则几何形矮楼，古朴庄重。从斯科普斯山俯瞰全城，校区本是眺望景点。从山顶极目远望，著名的耶路撒冷老城依稀可见，哭墙、圣殿遗址、大卫王墓，让人心向往之。老城有四千年历史，面积不大，比北京故宫大不了

金顶清真寺

奥斯曼时期的哭墙

多少，四周高大的古城墙，围住狭仄的斜阳古巷。城内无法通车，密密麻麻住满各色人种。同城却不杂居混处，而依信仰和种族分成四个区——犹太区、亚美尼亚区、基督教区和穆斯林区。犹太教、基督教和伊斯兰三大教派的朝圣地，分布在各自区内。风格迥异的宗教楼台，被一股脑压挤在城墙内局促的空间里，好像世界文明的微缩景观。虽同在以色列政府治下，穆斯林、基督徒与犹太教徒却貌合神离，大家在一起实属无奈，是权宜之计。我发现一个有趣的现象，耶城盛产导游，各族裔的居民，只要能说英语，就敢出来挣游客的钱。结果犹太与阿拉伯导游讲的耶路撒冷，版本完全不同。犹太导游从大卫、所罗门王说起，犹太民族三千年万世一系，此地为古希伯来的圣城，犹太人的梦想与家园。然后控诉圣城于 1948 年至 1967 年间蒙耻，被约旦人一分为二，犹太圣地被亵渎。幸亏打赢了"六日战争"（也称第三次中东战争），东耶路撒冷才得以光复，统一在以色列国旗之下。而阿拉伯导游情绪激昂，谴责以色列霸占东耶路撒冷，驱赶无辜的巴勒斯坦人。"六日战争"爆发时，居住在约旦河西岸（包括东耶路撒冷）的阿拉伯人，来不及带上细软，就匆匆逃难，只锁上房门，净身跑到约旦。以为暂避一时，离乱之后即返家园，结果几十年过去，有家难回。1967 年，以色列武力霸占圣城，移民西岸，阿拉伯人居所被充公，流亡约旦的难民，手攥家门钥匙，已打不开新主人换过的锁，乡恋成梦魇。

　　导游的讲解，让游客怀疑身处哪个耶路撒冷，话语建构的城市，各种势力角逐话语权与道义资源。毕竟基本史实是清楚的：1947 年，英国决定结束托管，交联合国裁断；联大通过 181 号决议，在巴勒斯坦成立两个主权国家平分秋色——犹太国与阿拉伯国，圣地耶路撒冷和伯利恒由国际管辖。阿拉伯国家联合抵制，埃及、叙利亚、外约旦、伊拉克等国视巴勒斯坦为自家大事，一致对外。而以色列宣布单方面建国，并宣布耶路撒冷为首都。阿拉伯国家结成军事联盟，埃、伊、约、黎、叙为急先锋，围攻新生的以色列国。1948 年战争被以方称为"独立战争"或"解放战争"（War of Liberation），而史称"第一次中东战争"。结局是双方停战，以色列吞并联合国分给巴勒斯坦

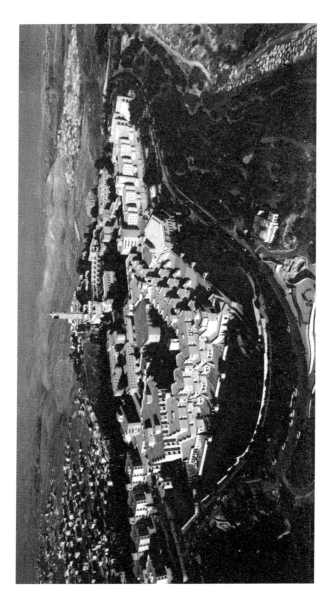

耶路撒冷希伯来大学全景

人领土的 60%，约旦兼并剩下的部分，埃及拿走加沙地带，没给巴勒斯坦阿拉伯人剩下一寸土地。耶路撒冷也被一分为二，东北部区域（包括老城）划归约旦，西南城区归以色列。这就是犹太导游说的"耶城蒙耻，约旦割裂圣地"。

站在希伯来大学的眺望台上，莱德亨德勒教授手指古色古香、犹太风格的教学楼说，校区位于城东区，1948年被划入约旦。可希伯来大学是犹太文化的重镇，校内有犹太国立图书馆等重要学术资源，不能让约旦人占领。于是约以双方折中，交由联合国部队看管。这样一来，希伯来大学成了以色列一块飞地，犹太学者和学生在"孤岛"上继续教学和研究，直至1967年"六日战争"。整个60年代里，戈兰高地、约旦河西岸、西奈半岛等边境地带冲突不断，以色列与埃及和阿拉伯各国关系日趋紧张，战争一触即发。1967年5月，最后一根稻草断了。埃、叙联盟与约、伊再次结盟，科威特、阿尔及利亚、沙特也出人出力，调集几十万大军，陈兵西奈半岛。以色列懂得先发制人，没等阿拉伯人动手，在6月5日闪电出击，出其不意入侵埃及，仅六天就打败阿拉伯联军，武力占领约旦河西岸、西奈半岛、格兰高地、加沙地带，还有包括老城在内的东耶路撒冷。希伯来大学斯科普斯山校区迎来"解放"。一仗下来，以色列领土向南扩张300公里，向东60公里，向北20公里，弹丸小国"一夜暴富"。此战影响深远，中国百姓看《新闻联播》几十年，这些地名耳熟能详。这是"六日战争"的遗产，70年代《参考消息》上贝京大名出现的频率，仅次于阿尔巴尼亚的霍查。及至21世纪的"9·11"，也游荡着这场战争的幽灵。

五、时光交错

到耶路撒冷两天了，忙着开会交流，未安下心来细品这座古城。日暮黄昏，带着旅人的心态，徜徉老城内的古街旧巷。刺眼的聚光灯照在迦法大门（Jafa Gate）的黄色大理石墙上，气象恢宏的古代建筑，与门外一条时髦商业街相接，欧式咖啡厅、前卫时装店、后现代画廊，五彩霓虹蜿蜒到古城门楼的长廊下。而迦法大门内，古色古香的亚美尼亚饭馆、恍如隔世的老古玩店、被耶稣呵斥的换钱摊子……一道石门如时间机器，把老城内外分隔成古代与现代，任你往来于两个时代之间。那边锣鼓喧天，一队阿拉伯人吹吹打打、挥舞彩旗、载歌载舞走来，颇具表演性的宗教仪式，每周照例几次。不远处，一大群黑衣黑帽的犹太教徒，面对哭墙高声诵读《圣经》。每到傍晚，世界各地的正统犹太教徒汇聚于此，弥漫着哀婉悲壮的气氛。冲突的信仰在不同文明的犬牙交会处，争妍竞秀，众声喧哗，招揽旁观的目光，收罗同情与认可，为自己立言正名。我意识到，去庙宇教堂里顶礼膜拜偶像，心虽虔诚，偶像或许会抽干宗教仪式的神性。其实，信仰的真谛在日常生活的基本方式上，耶路撒冷老城的信仰与现代社会截然不同，既非焦虑和压力的抚慰，也非生活调剂或心灵慰藉，而是生活本身。大家每天的作息围绕宗教活动，为信仰而生、去战、赴死。爱、恨、情、仇，暴力与和平，无不与信仰纵横纠结，宗教规定了犹太人、穆斯林和基督徒的存在意义。在这里，宗教尚未从公共生活中剥离，成为个人私事。连以色列主流媒体也讥讽说，耶路撒冷老城仍生活在中世纪的宗教生活里。以现代人的眼光、按国际政治的逻辑去理解巴以冲突，很难洞烛其情感的幽微。

让时光倒流，回到 1967 年 6 月 7 日那天，以色列空降兵从迦法大门打进老城，攻占圣殿山和"哭墙"。历经两千多年的流放与离散，犹太人第一次以武力夺回圣地。

1967 年以色列伞兵攻占哭墙

无数代犹太诗人和拉比在漫漫不眠的夜里，向上帝泣血诉衷肠，日日魂牵梦绕，盼望终有一天重返安息山、重建圣殿。万没想到，遭遇种族灭绝的奥斯维辛之后，犹太人这个"圣书的民族"，也习得施害者纳粹的强暴逻辑，以牺牲巴勒斯坦人为代价，重返圣地。强悍的以色列国防军，脱胎于 Haganah、Irgun 和 LEHI 三个地下武装，经过几十年与英国人打游击和周旋，锻造出一支钢铁之师。空降兵旅长莫德查·古尔（Mordechai Gur）指挥着进攻，向大本营实时报告进程："我们已坐在山脊上遥望到老城了，马上就要拿下犹太人世代梦想的地方，我们将是走近'哭墙'的第一人……圣殿山已到手中！重复一遍，圣殿山已经在我们手中了！"这段录音在很多场合反复播放，激励一代代以色列人的爱国热情。

此地充满矛盾和悖论，但不缺少激情与活力。虽然世界走向一体化，全球各地一天天趋同，这里却依然故我，别具一格，启发人去思考，我们生活的这个世界也许会有不同的未来？

注　释

［1］ 参见 Lawrence Wright, *Thirteen Days in September: Carter, Begin and Sadat at Camp David* (New York: A. knopf, 2014). p. 82。

死海漫步

一、恩波奇克

以色列的死海最别致，电视里播放的种种奇观，令人难以置信，是个不容错过的地方。于是，从耶路撒冷开车到死海西岸的一个度假村恩波奇克（En Boqeq）一游。从地图上看路程并不遥远，可是 GPS 定位器胡乱指挥，冤枉我绕了一大圈。当然，一路上饱览异域风光，也不失为一种补偿。三个多小时的车程，我穿越茫茫沙漠，体验让人窒息的寂寞与虚无。不期峰回路转，大片绿洲突兀眼前，翠色逼人而来，繁荣滋茂，又让人感受生命与希望。沙漠里近乎绝望的孤寂，在马萨达要塞（Masada）体会最深。

到死海度假村的第二天，时差仍在作怪，所以一大早就起来了。从饭店 11 层窗子望下去，死海在晴朗的晨光下，漂浮着绯红、湛蓝、橙色的氤氲，似日光透过水晶折射的五彩。空灵中荡着淡淡的紫气，拂过如镜的水面，海水无一丝波澜，恰似一泓湖光。度假村里空无一人，游客仍流连闲日梦境。除麦当劳外，店铺都未开市，周围一片死寂，仿佛一座弃城。透过烟云浩渺，海的另一边丘陵灌木依稀可见，那边已是约旦了。清早水温较低，不宜海泳。我查了一下地图，发现马萨达不远，不如先到要塞一游。下楼去麦当劳买个吉士汉堡、一杯咖啡放在车上，沿滨海高速路直奔目的地。温润的海风扑面而来，从车窗看去，死海粼粼波光，自浅红至深翠，远近浓淡、色彩变幻，凝成一片，美轮美奂。马萨达远远浮现于茫茫大漠的尽头，轮廓既熟悉又新鲜。好像是在一家旅行社的挂历上，见过这个土城的照片，拍摄的光线、季节、时间与眼前不爽分毫。但实物在眼前时，仍觉震撼，这就是标志犹太民族性格的马萨达！

死海的色彩

说它象征犹太民族，有点儿玩笑的意思，一部我极喜欢的美剧《黑道家族》(*The Sopranos*)里，看过一个搞笑情节：新泽西有个老犹太商人，花钱请黑道胁迫女婿与女儿离婚，原因很荒唐——怕身后女儿继承自己经营的小旅馆时，女婿会依法分走一半——比老葛朗台还吝啬。本剧主人公黑道老大安东尼，电影《教父》中意大利黑手党教父的降级版，没拿这票小生意太当回事。但犹太老头许了高价，也算是一笔外快吧。他带上小喽啰闯到老头的女婿家，原以为连吓带唬地吼上几句，小女婿准会唯唯诺诺。万没想到人家不为所动，只好拳脚相向。对方宁死不屈，安东尼大怒，好歹也算黑道老大，什么风浪没见过，怎能在阴沟里翻船。他举起一把菜刀要剁女婿的手指，对方却刀下慷慨陈词：别忘你威胁的是谁，一个经历了大屠杀和马萨达之围的民族，怎会被鸡鸣狗盗之徒吓倒？安东尼错误地估计了形势，主顾与对手同是"正统派犹太人"(orthodox Jews)，丈人和女婿一样威武不能屈。他自己先崩溃了，打电话向舅舅求助。舅舅也曾是黑手党教父，老谋深算，出主意让他取小女婿的"命根子"试试。果然奏效了，女婿同意离婚。一个行割礼的民族，"命根子"太重要了。安东尼志得意满，到主顾那里交差领钱，没想到老犹太商人变卦了，推翻承诺，事成后讨价还价。安东尼的西西里脾气哪受得了这般蹂躏，威胁要杀老头儿，老岳父一样在刀下口称马萨达、大屠杀，大义凛然，让人忍俊不禁。一般美剧很保守，"政治正确"。这部电视剧是个异数，敢对美国犹太人不敬，调侃起犹太民族的"根性"来。

二、神游马萨达

这对翁婿为何总拿马萨达壮胆？得从历史说起。罗马帝国幅员辽阔，巴勒斯坦曾为帝国一个自治省。虽说高度自治，但罗马人的多神教与巴勒斯坦犹太人的一神教水火不容，冲突在所难免。终于，犹太人在公元66年起义，攻击罗马兵团，驱赶罗马执政官。罗马皇帝尼禄派大兵压境，包围耶路撒冷。为期数年的围困，让圣城满目疮痍。此时，激进的犹太组织奋锐党（Zealots）内部，又崛起一个更激进的团体——匕首党（Sicarii），他们暗杀胆敢示弱的议和派，后来潜出圣城，趁乱攻占了死海之滨的马萨达要塞。困在耶路撒冷城内的几十万犹太军民，面对罗马强敌城下之围，殒身不恤。终在公元70年夏，圣城陷落。罗马军团大肆烧杀劫掠，焚毁第二圣殿，景况惨烈。抵抗的犹太残部逃向马萨达，加入匕首党，决心据要塞死守。

从茫茫沙漠之中遥望马萨达，看似被削平了头的黄土丘。"马萨达"在希伯来语中指"山顶要塞"。当年希律王（King Herod）在长不过600米，宽不到200米的平顶土山上，大兴土木，兴建豪华冬宫。从山顶俯瞰死海，海拔400米，只有一条"蛇形小路"（snake path）能通上来，算得"自古华山一条路"。希律王既要享受死海洗浴，又能在事变紧急时退守要塞。百年之后，匕首党在以利亚撒

（Eleazar Ben Yair）的领导下夺取马萨达，挖洞积粮，要
凭天险与罗马人玉石俱焚。

我一路盘山开上马萨达的接待处，途经两道马虎的安
检，保安问从哪里来，我答从中国来，对方赞道："中国
太好了！"估计是句客套话，对各国游客的口头待遇，然
后打开后备厢检查，之后进入一个水泥山体工事般的停车
场。到山顶只有两条路，一是效法当年匕首党人，攀登
陡峭的蛇形小路，另一是乘现代登山工具——缆车。我选
择了懒人的最爱，缆车十分钟就把我运到山顶。想当年，
罗马总督席尔瓦（Flavius Silva）率大军一路追杀匕首党，
公元 72 年将要塞团团围住。罗马人也没有攀登蛇形小路，
因为一夫当关，万夫莫开，攻不上去。也没有电影《智取
华山》里的采药老人，知晓秘密小路。罗马人曾想长期围
困，但希律王豪华的行宫设施完备，储存了大量食物和用
水，还附带一个可供上万部队装备的军械库，想困死犹太
人遥遥无期。对这个无处下嘴的烫山芋，罗马人使用现代
人看来最笨的法子，驱使犹太奴隶修筑高台坡道，缓缓通
向山顶。多亏山体不算太高，仅历时数月，黄土堆砌的坡
道已接近山顶，匕首党的日子屈指可数了。

也许现在时间太早，缆车上没有其他游客，栅栏铁门
开启，我走进要塞。手扶残垣断壁看下去，蔚为壮观。东
临死海，周围一望无际，远处绵延不断的沙丘，仿佛世
界的尽头。土山的平台上凋敝败残，缺堞断阶，游人罕
至，死一般的寂静，感觉不到时间流逝，抑或时间在当下

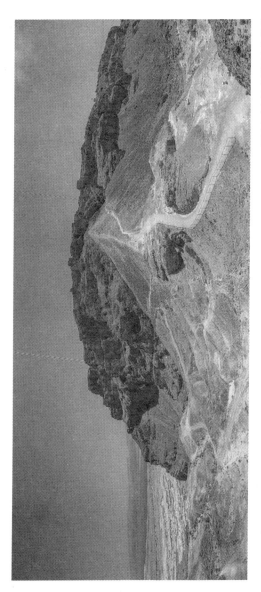

罗马人攻入马萨达要塞的栈道

驻足。希律王为何在这儿营建恢宏的城堡，上面没有一滴水，没有草木生命，只有被遗弃了近两千年的废墟和死亡记忆。马萨达上的死寂与虚无，不给人留下思考的空间，除了凭吊死亡，找不出任何意义。抑或，比死亡更绝望、更虚空。

还能看到罗马人留下的坡道，从西北面缓缓通到我眼前矮墙的一个缺口。罗马军团从这里冲入要塞，却被眼前的景象惊呆了，967 具守城者的尸体并排躺在那里，无声无息，没人知道发生了什么，只流传着犹太史学家约瑟夫斯（Josephus）的记述。约瑟夫斯曾是犹太将军，在一次与罗马人的交战中变节，后竟与罗马人一起攻打马萨达。要塞陷落七年后，他记述了抵抗者悲壮的故事。无法证明他的叙述是否属实，但是他给马萨达的历史"定影"了。在《犹太战争史》中，约瑟夫斯写道：抵抗领袖以利亚撒号召大家每十人分一组，男性先杀掉妻子儿女，然后放下武器，躺在妻儿身边，引颈受戮。每十人中挑一强壮者执行其他九人，最后剩下的，须确认所有人已死，再燃起一把大火自尽。罗马人登城时，看到死尸和灰烬，必感绝望与寂寞。不能为屠戮敌人而欢呼，只可仰慕视死如归的敌手。[1]

马萨达事迹在传统犹太经典中没有记载，只在中世纪基督教会里保留着约瑟夫斯的孤本叙述，没人注意。两千年已被遗忘的历史，无论犹太教或基督教传统，一般只记录对后世影响深远的事件。马萨达事迹虽惨烈，但对罗马帝国或犹太历史来说，就此完结，与两年之前耶路撒冷屠城和圣殿焚毁不可同日而语。它进入犹太人的集体记忆要等到1927年，一位巴勒斯坦的乌克兰犹太移民，偶然读到这段历史，即兴作英雄诗一首《马萨达》。诗人伊扎克·拉姆丹（Yitzhak Lamdan）高亢的乐观与绝望的悲观情绪撕扯纠结，恰好应和了犹太人在英国托管之下的矛盾心理，寄希望由英国人赐予家园，又准备与之殊死一搏，命运掌握在自己手上。渐渐地，武装动员犹太社群成为最强音，马萨达便成为不屈不挠抵抗的寓像。

三、萨布拉新人

孤零零地，一座风化残破的瞭望角楼上，飘扬着以色列国旗，蓝白两色的"大卫之星"，提醒你沧海桑田，两千年弹指一挥，犹太人已回到"失去的家园"。《旧约》的《耶利米哀歌》，得到一个大团圆式的结局，凄婉的诗句也有了圆满的答案：

锡安的民哪，你罪孽的刑罚受足了，耶和华必不使你再被掳去，……耶和华啊，求你纪念我们所遭遇的事，观看我们所受的凌辱。我们的产业归与外邦人，我们的房屋归与外路人，……耶和华啊，求你使我们向你回转，我们便得回转。（《旧约》"耶利米哀歌" 4：22—5：21）

"锡安民"饱受无休止的驱逐，特别是纳粹大屠杀之后，犹太人决心彻底告别待宰羔羊的形象，弃绝老欧洲犹太人的一切，在巴勒斯坦塑造以色列新人——"萨布拉"（sabra）。老欧洲犹太人没有土地，是面色苍白怯懦的掮客，而萨布拉不但拥有了土地和家园，而且是全副武装的斗士。他们拥有古铜色的皮肤，身强力壮，高大威猛，手持武器，保卫家园。再以"圣书之民"（People of the Book）定义新犹太人已嫌捉襟见肘，马萨达战士才是以色列国民的理想原型。以色列国防军规定，新兵入伍要到马萨达宣誓，继承"先烈"遗志，保家卫国。一段马萨达英雄的煽情演说，总会把入伍仪式推向高潮。以利亚撒从容赴死前，曾对战友发表气吞山河的讲话：

慷慨的朋友们，长期以来，我们下决心永不屈从罗马人的奴役，更不屈从上帝之外任何人的统治，只有上帝才真是人类的主宰……我们最先起来反抗罗马人，又坚持到生命最后一刻。感谢上帝恩赐，让我们选择从容赴死。其他人或许没享有这份幸运，早在猝不及防中被征服。一天之后，要塞即将陷落，所幸者，我们能与最亲爱的朋友一起光荣献身……

让妻子未遭蹂躏前死去，让孩子永远尝不到做奴隶的滋味。我们先杀死亲人，后把荣耀馈赠彼此，让自由作为我们最崇高的纪念碑。我们将焚毁要塞上的一切，让罗马人一无所得，但留下辎重，为让他们明白，我们并非因匮乏而放弃，而是宁死也不做奴隶！（Flavius Josephus *The War of the Jews*，Ⅶ，pp. 320-336）

马萨达陷落了，整个巴勒斯坦省被征服，罗马人开始驱逐和屠杀犹太人居民。从此，离散与屈辱便成为一个民族永恒的集体记忆。

近两千年之后，犹太人又回到这片魂牵梦绕的土地，建立起一个武装到牙齿的国家，变本加厉地报复、残害生活在同一片蓝天下的阿拉伯人。1948 年建国，造成六七十万巴勒斯坦人流离失所，逃往周边国家。颇似《旧约》的记载，约书亚领导希伯来部落进击迦南诸城，"用刀击杀了城中的一切人口，没有留下一个"（《旧约》"约书亚记"10：30），并把迦南地名改为希伯来名，不留下原迦南文化的一丝痕迹。以色列的建国，竟也使四分之三的阿拉伯村在地图上消失，[2]但现代国家怎能继承远古时代的杀伐蛮风？

四、奶与蜜之乡

死海形状狭长，东西两岸目力可及，南北纵向也只需一个多小时的车程。死海的水太咸，没有水下生物能存活，生物体内需要盐与水的渗透压平衡，而死海的盐浓度，足以抽干生物体内所有水分，是名副其实的"死海"。电视旅游频道播放关于以色列的节目时，一定有游客躺在死海水面上读书的镜头。我已急不可待，要试试死海的浮力，匆匆带上游泳用具，奔向海滩。果然有人悠然躺在水面上，我一下兴奋起来，先拍照片，然后下水，挺直身子躺下去，才知道没那么容易。腿脚被海水掀起，上身失去平衡，栽入水中。心里一慌，手脚乱划，扑通、扑通，好像要溺水。以色列游客不苟言笑，困惑地看着我，救生员也一脸漠然。因为是浅滩，站起来水还没不过腰，但就是站不起来。我在海里、大西洋边都游过泳，自觉水性可以，居然浅滩上不得站卧。极咸的海水刺激着眼睛、鼻子，涕泪横流，嘴里则苦涩难当，不想这谁也淹不着的死海也让人很狼狈。仓皇逃回岸上，稳住心神，再次下水，仍不得要领。后来明白，游泳技术派不上用场，得"无为而治"，顺水势躺下即可，人像半截朽木浮在水面，想沉下去也不能，这是超级浮力。

毒热的太阳张着干渴的嘴，汩汩地吸着海水和沙滩上白花花的身体的水分，人似乎缩水了，轻飘飘地感觉晕眩与愉快。陌路游客间只言片语地攀谈着，由于一切新鲜且刺激，我自然话多，感慨死海奇观，追问人情物理，点评时事，漫无边际。有个难忘的印象，年长的以色列人像20世纪80年代北京人，好侃时政，历史、文化、政治各个耳熟能详：1948年独立战争，几次中东战争，雅论高谈，如数家珍。特别提到"六日战争"，更眉飞色舞。高盐度的海水把皮肤浸得发热，身体像涂了一层油脂，腻腻的，阳光下也难风干。看来死海是游不成海泳了，这分明

死海盐礁

是洗药浴。既然是疗养，历史、政治的话题未免太沉重，我有意岔开，赞美起以色列风光秀丽。无奈身边几位很执着，不经意间把话题又拉回来，说以色列乃上帝"应许之地"，奶与蜜之乡，锦绣尤臻胜境。应许之地？我暗想，阿拉伯人就该背井离乡？一位中年历史女教师最有激情，自称要充当以色列文化使者，向中国人宣传希伯来文化，再三邀请我参加度假村的晚会。

五、血染的风采

晚上，女教师带来一帮四五十岁的朋友，有工程师、教师和职员，个个都想去中国旅游，每人道听途说些五花八门的中国新闻，让我一手印证。大家谈兴正浓，一对靓丽青年男女翩翩而至，用希伯来语提醒我们，晚会演出即将开始。其实，度假场所的表演大同小异，搜罗些花哨、性感的时装男女，在台上又唱又跳。天花板吊着激光灯旋转闪灭，乐队吹吹打打，嘈杂喧嚣，故作热闹。女教师好心为我充当翻译，把主持人串场词和歌词一一译成英文，外加背景知识介绍，让我好生过意不去。但多亏她我才明白台上演些什么，原来节目内容多与中东战争有关，消费场所的商业演出，也不忘"重大历史题材"。演员载歌载舞，颇似阿拉伯风情，我忍不住问历史教师：表演依希伯来传统还是阿拉伯风格？她挺身正色道：当然是正宗的希伯来歌舞，这里怎么会演阿拉伯节目？我这个东方人看不出差别，犹太人长期生活在阿拉伯人中间，会不会受地域环境的滋养而浑然不觉？其实，古代闪米特人三千多年前就迁居迦南地区，迦南人、腓力士人与希伯来人难分难解。古希伯来部落不过在宗教上独树一帜，而文化、人种上与阿拉伯人难分难解，同属闪米特人，风俗、艺术自然相去不远。

以色列有其经久不衰的"主流经典"，台上"军旅娇娃"身着性感迷彩服，上下舞动国旗，大唱贝鲁特战地英雄之歌，台下一片沸腾，观众齐声合唱，如痴如醉。我身边女教师手舞足蹈，动情吟唱军队凯旋之歌。我很不识相，评论说：中国几十年前也流行战争歌曲，现在都过时了；以色列是自由民主国家，军歌怎么如此深入人心？她情绪激越：战争、暴力乃以色列人的家常便饭，每天生活在危机四伏之中，军歌伴随我整个青春年华，只有军歌那如火的激情，最贴近我的真情实感。我一时无语，想起这几天路上、旅游景点、大学校园或商店里，随处可见男女士兵，一张张青春稚嫩的脸，身背自动步枪，全套野战装备，软军帽夹在肩袢下，那么朴实淳厚，又英姿飒爽。一弹丸小国，竟有这么多人穿制服，你才懂得什么叫"武装到牙齿"。

大厅的灯光突然亮起，主持人隆重推出尊贵的客人，一辆轮椅推出一位失去双腿的中年人。历史教师小声告诉我，他是黎巴嫩战争的英雄，原本黎巴嫩人，却甘愿为以色列而战，不幸失去双腿，妻儿仍在贝鲁特遭迫害，他有家难回。音乐舞蹈一时停下来，场内一片肃穆。此刻，我耳畔却仿佛萦绕着《血染的风采》，那首传遍大江南北的名歌，眼前隐约浮现董文华在红旗下引吭高歌。黎巴嫩英雄做了番演讲，观众的掌声此起彼伏。我盯着这位英雄，心里游移不定起来：他该算黎巴嫩的叛徒呢，还是以色列的英雄？只需转换一下角度，道德的天平就会反转。但对于周围的观众，却毋庸置疑，这位英雄捍卫了他们的生存空间。

六、犹太根性

"9·11"之后，世界进入反恐时代。如果深究，没有以色列对阿拉伯邻居压倒性的军事优势，也不会肇始所谓

"恐怖主义时代"。新一代的以色列人，是否还信奉"枪杆子里面出政权"？耶路撒冷大屠杀纪念馆（Yad Vashem）一游，让我对以色列新生代的风貌，有别样的认知。与南京大屠杀纪念馆相似，犹太大屠杀纪念馆也有巨大的陈列厅，但建筑风格是现代主义与希伯来传统的结合，独树一帜。还附设了"国际大屠杀研究学校"，开设诸多课程，每时段有许多班级同时上课。授课形式主要是大屠杀幸存者或亲历者现身说法，控诉纳粹暴行，追悼逝者亡灵。学生既有青少年，也有四五十岁的中年人，按不同目的分门别类上课。我参观后便与授课教师交流，傍晚下班时分才开车回耶城。有位年轻女教师搭我的顺风车回家，一路上攀谈起来。她对政府的教育政策颇有微词，说以色列高中生必修 30 小时以上的大屠杀历史教育，并要考试过关，才有拿高中文凭的资格，申考大学深造。每天应付各类大屠杀爱国教育培训班，她组织教学的工作很不顺手，因为学生只为修满 30 个小时而疲于奔命，对内容并无兴趣，抵触情绪发泄到教师身上。每天灌输"勿忘族耻，珍惜来之不易的国家"，谁都明白是意识形态宣传，无人当真。一天天做无用功，白白荒废青春。

马丁·布伯的《论犹太教》（*On Judaism*）说，建国前离散的犹太人寄人篱下，这样的生活环境里，构成一个民族的基本条件，如自己的土地、共同的语言、传统的生活方式、血脉相连的共同体，一样也没有。犹太人生活在"外邦人"（gentile）之中，孤独寂寞。然而民族的根脉却一直彰显在犹太生活之中，它不仅联系着沧桑的过去，更让每个犹太人的存在充满活力，给每天的犹太生活涂抹色调。[3] 多少世纪以来，犹太民族不融入其他民族，顽强地保持着血脉传承。但以色列建国后，这个民族所渴求的一切：自己的土地（以色列国土）、共同的语言（现代希伯来语）、犹太人的生活方式、血缘共同体（任何有犹太血统的人都可归化以色列公民），样样齐全。正因如此，生机勃勃的历史记忆就转变成国家意识形态，由国家职能机构——纪念馆、学校或宣传部门，以制度的形式传授给公民。原本忧患民族存亡而迸发出来的激情与意志，被国家的科层管理纳入到社会功能与行为准则的范畴。共同体的经验与记忆被功利地筛选、分类，由现实政治的诉求决定什么是有用的历史、什么是无关的记忆。

宣传、教育为使公民服从国家意志，但这个意志不再具有人格化的内涵，也不具备超越或"杰出"（excellence）的品质，只有统计学上的意义；根据经济与社会需求，合理规划共同的未来；无主体的官僚科层，像管理家政一样规约着芸芸众生的生活。[4] 无论政府部门强化还是松懈意识形态宣传，都与犹太思想家阿伦特理想的"自由"无关。阿伦特的《人类状况》一书里追溯古希腊城邦，憧憬雅典市民能把生存必然性留在私人家政之中，当他走出家门到公共领域时，超越必然性之上，与平等的主体自由辩论。她或许在离散的犹太人身上寻觅古代乌托邦的破碎残梦，但《黑道家族》嘲讽的犹太"根性"，只能在美国犹太族群里苟延，却难在以色列国为继。以色列的新一代公民，不再忧患民族存亡，无须马萨达的英雄主义。像所有现代国家一样，公民拥有可彼此兑换价值的物品，才能联结成利益共同体，人品独特绝非首要公民德行。大家为减税或增加福利而投票选出政府，至多关注一下移民政策，而历史教育与新一代国民的生活相背离，渐行渐远。所以，多少世纪的脸谱化"犹太性"，或许在犹太国家里日渐消弭。

注 释

［1］ 参见 Flavius Josephus, *The Wars of the Jews*, Ⅶ, pp. 395–406。

［2］ Saul B. Cohen and Nurit Kliot, "Place-Names in Israel's Ideological Struggle over the Administered Territories," *Annals of the Association of American Geographers*, Vol. 82, No.4 (Dec., 1992), p. 659.

［3］ Martin Buber, *On Judaism* (New York: Schocken Books Inc., 1967), pp. 16–17.

［4］ 参见 Hannah Arendt, *The Human Condition* (Chicago: The University of Chicago Press, 1958), pp. 43–46。

地名背后有文章

一、疑 惑

以色列这个弹丸小国，一路开车走下来，最引我注目的是路牌上的地名："希伯伦"（Hebron）、"撒玛利亚"（Samaria）、"犹太地"（Judea）[1]、"别是巴"（Beersheba）、"拿撒勒"（Nazareth），个个如雷贯耳，《圣经》上出现频率极高，仿佛在《圣经》的世界里穿行，在回顾古希伯来开疆拓土的悲壮史诗。希伯来大学的莱德·亨德勒教授提醒过，很多地名是后改的，为以色列的占领增加合法性，修改居民的历史记忆。这是个有意思的课题——地名、历史记忆与意识形态千丝万缕，身边也不乏在地名上大做文章的事例。比如我家附近的中关村大街，民国时期叫西颐路，西郊通向颐和园的道路，当时古城墙尚在，地名暗示了城墙之外的偏僻道路。新中国成立后，这里通了公交车，改称京颐路，从北京开往颐和园的路。"文革"期间突出政治，遂改名"文革路"。"文革"后拨乱反正，恢复名称为白颐路，即白石桥至颐和园交通要路。20 世纪 90 年代末北京市推广中关村科技一条街的龙头地位，又改称中关村大街、中关村南大街。一个世纪的政治运动风云变幻，中国城市地名发生过多次大的变迁。从地名、街名的变更，可以透视命名背后的政治权力博弈。（说凭借更改地名，打造民族国家认同、重塑文化价值、改写历史、给主流意识形态提供合法性，也非危言耸听。）我对这个题目难以释怀，便收集了些资料，渐渐觉得以色列的地名政治很有意思，当代以色列的很多问题，都可以从这个点切入，追根溯源。

二、英托管期地名的博弈

把原本阿拉伯地名改成《圣经》上的名称，即所谓"以色列地名希伯来化"，这件事早在以色列建国之前就已发生，在英国托管巴勒斯坦时期（1923—1948），此项计划已初露端倪。回溯 19 世纪，犹太复国主义之父西奥多·赫茨尔（Theodor Herzl）领导复国运动气候已成，逐渐势不可遏。他号召欧洲离散的犹太人返回巴勒斯坦，重建两千年前失去的家园。离散的犹太人对远在中东的"以色列地"（这里采用《旧约》"和合本"译法，即 Eretz Israel，或 the Land of Israel）毫无概念，全凭从犹太《圣经》或犹太教仪式中想象出来。现实中的巴勒斯坦或奥斯曼统治下的巴省犹太居住区（the Jewish Settlement），与经书记述的田园牧歌相去甚远。理想与现实的冷酷差距，给怀揣一腔热血的复国移民当头泼了一盆冷水。移民巴勒斯坦的浪潮，面临一个迫切的难题：如何让犹太人的集体记忆与巴勒斯坦的地理相呼应起来，如何把犹太复国的意识形态、复兴传统犹太文化的梦想，印刻在巴勒斯坦的地图上。这是个雄心勃勃的未来蓝图，用巴勒斯坦版图上的《圣经》地名，唤醒犹太人的思乡情结，然后让他们视巴勒斯坦为"上帝应许之地"。通过命名打通身份与空间的链接，让记忆穿越漫长的时间阻隔，召唤世界各地犹太人去巴勒斯坦殖民。但想实现这个目标谈何容易？《圣经》和犹太史料只提到过174个地名，现实中的巴勒斯坦，山川河流、村镇城市名目繁多，而大多是阿拉伯名称，一百多个古希伯来名字派不上大用场，因此，鼓吹重修巴勒斯坦地理的"希伯来文化纯粹主义者"辩称，尚有大量希伯来地名不为人知，仍需进一步考古发现。[2]

从19世纪下半叶起，有许多欧洲机构和团体对奥斯曼的巴勒斯坦省进行地理考察，虽然目的不同，有做《圣经》考古研究的，有做西方文明起源研究的，也有为犹太复国做学理准备的，但大家却共享一个目标，即将《圣经》地名与巴勒斯坦地貌联系起来。（20世纪初，阿拉伯的劳伦斯也参与了类似地理勘察，但他是以犹太复国运动为掩护，为英国陆军勘察作战地理，为英国进攻奥斯曼做准备。）这一时期渐渐形成一种理论，认为虽然朝代更迭，沧海桑田，巴勒斯坦土地上的阿拉伯地名，仍残留了古闪族名称的形式，即使拼写变化再大，也还可以回溯到《圣

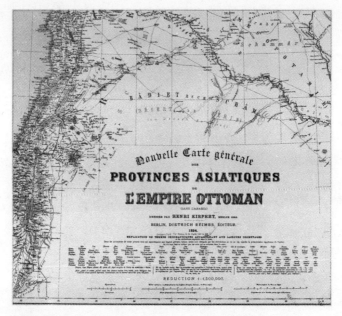

奥斯曼帝国治下的东巴勒斯坦（《奥斯曼帝国亚洲行省地图》）

经》时代；由于公元 7 世纪后，阿拉伯人占领了巴勒斯坦，古代希伯来地名才被阿拉伯人扭曲；基于这一假说，巴勒斯坦地图的希伯来化，便有了理论基础。

到 1925 年，奥斯曼帝国崩解，英国托管了巴勒斯坦，定居在巴勒斯坦的犹太人，自发组织起一个特别委员会，专门规划犹太人定居点的命名事务。命名原则有两个，一是"恢复"《圣经》或犹太法典上的地名；二是以复国主义历史上的人物或政治领袖命名，纪念他们的丰功伟绩。这个组织到 1951 年 3 月才解散，一共存在了 26 年。

26 年中，特别委员会一共命名了 415 个新定居点，其中，"恢复"古希伯来地名 108 个，纪念历史人物的命名 120 个，还有 187 个命名属象征性的，即以犹太历史或文化象征命名土地。[3] 与地名运动相呼应的，是 1931 年复兴希伯来语运动，语言与命名共同构筑起犹太复国主义意识形态的核心内容。[4] 希伯来语的复兴，绝不止于恢复希伯来语为日常语言，它还有个更重要的使命，即从巴勒斯坦族群混杂的现实中，提升复国主义者（锡安主义者）的地位，把他们打造成一个鹤立鸡群的文化群体。这与几千年前，古希伯来部落苦心打磨自己的信仰为一神教，最终从其他部落中脱颖而出，可谓异曲同工。

从 1922 年起，英国当局便首肯希伯来语与阿拉伯语、英语一道充当巴勒斯坦的官方语言，但对官方出版物上标识希伯来地名，仍心存芥蒂。多年来，犹太复国主义者不断游说英国人接纳希伯来地名，使之与阿拉伯和英语地名并列印制在地图上，至少要出现在官方文件的索引上，以造成官方承认巴勒斯坦为犹太家园的事实。结果并不尽如人意，直至 20 世纪 40 年代，英国托管当局出版的"圣地 1 : 100000 地图"上，绝大部分仍是阿拉伯和基督教传统地名。具体数字为：阿拉伯地名达 3700 个，而希伯来地名只有 200 多个（基本在犹太人定居区范围内），还有以英语形式拼写的《圣经》地名，比如耶路撒冷——Jerusalem（阿拉伯语：Al-Quds，希伯来语：Yerushalayim），希伯伦——Hebron（阿拉伯语：Al-Khalil，希伯来语：Hevron）。[5] 地名以不同形式标识，凸显的不仅是语言的差异，还意在唤起不同族群的文化情感与历史记忆，更是操纵政治环境的工具。[6]英国托管巴勒斯坦时期的地理名称，一直以阿拉伯地名为主体，英语《圣经》地名只标识少数历史圣地，而希伯来名称局限于犹太人聚居点内，这如实地反映了当时的人口和政治格局。

三、内盖夫沙漠的希伯来化（1949—1950）

从1948年以色列建国，国家地图的希伯来化发展成一场政府推动的浩大运动，目的是以希伯来语命名整个以色列版图[7]，堪称现代以色列空间史上的一场革命。1949年对内盖夫沙漠（Negev Desert）的勘察与命名，开启了一项持久浩繁的工程。从立国之初，以政府便致力整合犹太复国的两个基础层面：一是复国的地缘基础——即"以色列地"（Eretz Israel），二是复兴犹太文化的基础——恢复希伯来语与犹太民族传统，构建核心价值；要使两方面结合，以色列地理的希伯来化势在必行。

第一次中东战争爆发后，英国政府曾于1948—1949年间主张内盖夫沙漠从以色列版图上剥离出去，这刺激了以政府；内盖夫沙漠占以色列领土近一半，为宣示主权，以政府开始酝酿内盖夫沙漠的地理勘测与更名，由总理本-古里安亲自主抓。1949年6月，他第一次视察内盖夫并做指示：

内盖夫沙漠

　　内盖夫地区大量的阿拉伯地名是扭曲的、混乱的、无意义的，有些甚至产生负面影响或属冒犯性质，体现的是外国文化精神。以色列的国旗已经在内盖夫沙漠上升起，更改地名便成为一项刻不容缓的任务。去掉外国地名，改为希伯来名称，才能更贴近内盖夫保卫者和定居者的忠心。[8]

古里安任命一个特别委员会，勘定内盖夫沙漠各地的山脉、河流和道路的希伯来名称。地名勘定工作分两个步骤：第一步指派委员会下属的"地理分会"（geographical sub-committee），以英托管当局过去出版的 1∶250000 地图为蓝本，收集内盖夫所有地名，把阿拉伯名翻译成希伯来文。第二步由"历史分会"（historical sub-committee）从《圣经》、犹太法典、埃及或亚述碑文，甚至希腊、罗马文学里，收集有希伯来特色的古地名，经过整理编撰，作为备选的地名库。两项工作完成后，再出特别委员会制定命名规则，然后按规则落实命名工作。规则大致归纳如下几类：

第一，尽量使用《圣经》上的名称，即使不是地名也可以用；

第二，用犹太历史人物命名，例如，马萨达（Masada）附近不少的地名，就以反抗古罗马起义的犹太英雄命名；

第三，如果是如实反映出地标和地貌的阿拉伯地名，则直接翻译成希伯来语；

第四，实在不能溯源的阿拉伯地名，也要音译成希伯来名。[9]

之所以首选《圣经》或犹太法典上的地名，主要为表达"以色列地"与古文献之间有"连续性"（continuity）或"一贯性"（coherence），从而见证从古犹太地到以色列王国，直至现代以色列之间，有万世一系的传承，一种"本质主义"（essentialism）的复国诉求。[10]但人愿难遂，历史材料缺乏，让实际操作很不容易。在内盖夫地域范围内，《圣经》只提供了大约40个地名，委员会苦心孤诣搜罗非犹太史料做旁证，坚信现在的地名背后隐含着古希伯来原名；结果东拼西凑，勉强增加了些希伯来经卷地名；

更令人头疼的是，古代文献里记载了很多地名，但无法确定其方位，只好摘录下来，命名一些无关紧要的干河；这样算下来，内盖夫沙漠一共才恢复了 70 个古希伯来经卷地名，其中还包括了河流、水井、犹太定居点和废弃的阿拉伯村。

内盖夫地名工程用八个月终告完成，一共命名了 560 个地方，但大部分是翻译阿拉伯地名或以历史人物命名，经卷地名不算多。地域覆盖从埃拉特（Eilat）、加沙至英该地（Ein Gedi）一线，幅员近以色列国土的一半，但大部分是荒芜的沙漠。这项工程意义重大，标志官方组织的地名运动正式启动，已具备向全国推广的条件。[11] 内盖夫地名勘定工作结束时，本－古里安给地名委员会发出一封热情洋溢的感谢信，盛赞其成就：

> 我代表以色列政府对你们的工作表示感谢。你们勘定了内盖夫沙漠地区的山川、河流、道路、泉井等地名，让以色列一半领土洗刷了外国语言带来的耻辱。这项工作首先由以色列国防军开启，他们把内盖夫从外国人的统治中解放出来。我希望你们继续他们的工作，把以色列全境从外国语言的统治下救赎出来。[12]

四、全国推广地名运动（1950—1960）

本来，特别委员会的职责仅限于南部内盖夫沙漠地区，此时委员会主席已不再满足这一范围。1950 年 11 月，他向政府提议，全国地图希伯来化。1951 年 3 月，以色列政府正式组建"政府地名委员会"（Government Names Commission），成员由最著名的考古学家、历史学家、地理学家和文学家组成，从此，希伯来化便向全境推广（尚不包含地方政府管辖的街道名称）。1952 年，以政府又成立"希伯来语言学院"（Academy of Hebrew Language），将希伯来化运动扩展到动植物学名；后来，语言学院与地名委员会合并一家，同心协力清除以色列境内的所有外国名称。[13]当年改名运动很偏激，国父本－古里安利用自己的声望和特权，号召政府高官改从希伯来姓氏。要知道，以色列国民来自世界各地，很多人的姓氏依所居国的习俗本地化了，古里安命令先从军队高官和外交官改起，给不少家庭带来不便和尴尬，这一政策实行到 1995 年 9 月才废止。[14]当然，也有许多移民以色列的犹太人主动改名姓，比如，波兰移民本名叫大卫·格鲁恩（David Gruen），来以色列后改为大卫·本－古里安（David Ben-Gurion）；原来叫戈尔达·迈耶森（Golda Meyerson）的姑娘，改随以色列总理——铁娘子戈尔达·梅厄（Golda Meir）的名氏。[15]以色列人想彻底弃绝老欧洲犹太人的一切，塑造"萨布拉"（sabra）——新犹太人的形象。欧洲犹太人没有土地，面色苍白，性格怯懦，萨布拉有自己的家园，全副武装，肤色古铜，像年轻的大卫一样保卫犹太人国家。重新命名以色列占领的土地，象征一种文化裂变，一种民族精神的升华：《圣经》上的古希伯来人涅槃重生。

从 1950 年至 1960 年这十年间，地名希伯来化政策已全面铺开，国家地名委员会吸取了内盖夫的经验，给第二阶段地名勘定制定了更严格、更明确的实施细则[16]：

1. 总原则：把所有阿拉伯地名改为希伯来地名，无名地也要命名。

2. 凡以阿拉伯人名或诨名命名的地方，一律彻底更换名称。

3. 凡属描述地貌或自然现象的阿拉伯地名，一律翻译成希伯来语。

4. 阿拉伯地名的发音与希伯来语相近者，则音译改名。[17]

5. 阿拉伯聚居村不宜希伯来化的，假如恰好有对应的古希伯来名称，建议也要更改。

从 1950 年到 1958 年，地名委员会一共勘定了地名 3000 个，取得了阶段性成果，官方正式出版了 1：100000 希伯来化的国家地图。[18] 到 20 世纪 60 年代初，委员会勘定的地名达 5000 个。在这些数字和成果的背后，以色列境内阿拉伯人的日常经验和记忆被改写或取消。对本地阿拉伯人来说，阿拉伯地名乃日常生活中最基本、最自然的组成部分，即使对犹太老住户也是如此。而以政府却认为阿拉伯地名是扭曲的、不真实的，以阿拉伯地名辨识地形和地貌，在文化政治上是错误的。如此荒谬的偏见！政府推行希伯来化，漠视了本地日常的语言称谓，意味以地名为载体而积淀下来的民间经验，丧失殆尽。所以，在以色列的阿拉伯人不仅失去了家园，也失去了母语；这就是为什么阿拉伯世界谴责以色列：不仅在空间上隔离了巴勒斯坦人，也在语言上囚禁了他们。[19]

以色列地图改用希伯来地名后，新地名能否深入人心、畅行无阻呢？百姓的习惯是顽固的，地名委员会宣传和推行新地名，任重而道远。总理本－古里安带头贯彻落实，他利用军队纪律严明，强行灌输新地名，命令国防军系统一律启用新地名，军方最高指挥部逐级下发新地名到各单位，并立即投入使用。地名委员会发现更换路标是最有效的手段，能让百姓不知不觉地接受新地名。于是，动员交通部门修改路标和交通牌。同时，下文指示教育部，要求各学校老师和学生把宣传新地名作为一项光荣任务，从己做起，剔除外国地名，牢记希伯来名称。地方政府行动起来，号召出版社、邮局、劳工部门、教育机构、公司、电台一起宣传和使用新地名。据以色列国家地名委员会的一份报告，截止到1992年，共勘定希伯来地名7000个。不断更新的国家地图，让犹太文化与以色列土地的联系越来越紧密，有效地强化了公民的国家认同感。新地名循序渐进地融入公民的日常生活和语言里。我有位以色列朋友，60年代出生，大学毕业后赴美留学，现在做一美国大学的教授，学识渊博，对以政府持批评态度。与他一起在以色列旅行，我不时指出某个地名更改过，他不同意，说自古就是如此。还碰到一个阿拉伯人，他激烈反对以色列政府，支持巴勒斯坦独立，但也对希伯来化运动懵然无知。如今以色列人完全内化了新地名，对大规模的更名历史已浑然不觉。[20]

五、命名"被占领土"（1967—1992）

1967年"六日战争"一结束，"被占领土地"（Occupied Territories）就被纳入国家地名工程。所谓"被占领土"，从法理上得追溯到1949年第一次中东战争，亦即以色列所说的"独立战争"。在联合国的斡旋下，阿拉伯国家与以色列划定一条"绿线"（Green Line），作为停火分界线。以色列的版图便划定在绿线范围之内，即"老以色列"（Old Israel），耶路撒冷城被一分为二。以色列在"六日战争"中大获全胜，吞并了约旦河西岸、戈兰高地和加沙地带，即"被占领土"。约旦辖下的耶路撒冷东区也被纳入以色列版图，从此形成今日"大以色列"（Greater Israel）。"绿线"在以色列官方地图上消失了，以色列儿童根本不知道它的存在。[21]但联合国一直不承认以色列占领的领土，也不同意以色列在耶路撒冷建都。美国驻以大使馆一直设在特拉维夫，姿态性地赞成联合国立场。但2016年特朗普当选，便对媒体表示：毫无疑问耶路撒冷是以色列的首都，美国使馆理应迁到耶城。已近半个世纪，还没有哪位美国总统敢撕掉貌似持平的面具，赤裸裸地站到以色列一边来。无知者无畏，也许特朗普有魄力，能做出前人力所不逮之事。

耶路撒冷沙盘（Jerusalem Municipal Archives）

以色列地名委员会的职权随战争的脚步，不断扩大范围。政府要求新占领的土地上的名称，要与国内地名相谐调，显示地理上的连续性。因此，约旦河西岸、戈兰高地等也实行地名希伯来化。[22] 1977 年利库德集团上台，约旦河西岸即更名为"犹太地"和"撒玛利亚"——《圣经》上的古地名。因为"约旦河西岸"（West Bank）或"被占领土地"，均无法表达与《圣经》的历史关系，更无从体现《圣经》的救赎意义。[23] 启用"犹太地"和"撒玛利亚"等《圣经》意象，有利于吸引犹太人到约旦河西岸移民和定居。犹太人从小饱读《圣经》读物，尽人皆知撒玛利亚为古以色列（北国）的首都，又是现代以色列的心脏；也知道古犹大（南国）国王约西亚如何复兴犹太教。《圣经》故事吸引着世界各地犹太人回到上帝应许之地，遵从上帝神圣的戒律。

我常看美国电视上的"犹太生活"频道（JLTV），节目间插播公益广告，号召美国犹太人到以色列移民。广告片渲染圣地的风采：圣殿山、锡安山、撒玛利亚或犹太地，风光秀丽、人杰地灵，召唤欧美犹太人回到自己的土地，建设犹太家园，不再受异乡飘零之苦，极尽煽情之能事。其实，圣殿山也是恢复的名称，早在1300年前，圆顶清真寺（the Dome of the Rock）的金顶，就是耶路撒冷的天际线。它坐落在摩利亚山顶（Mt. Moriah），亚伯拉罕曾在此祭子，而穆罕默德夜行登霄，乘仙马从麦加飞至耶路撒冷，便踩着这里的圣石直上七重天。千百年来，这里一直称"崇高圣所"（Haram al-Sharif）。"六日战争"后，以色列才将其改名为"圣殿山"（the Temple Mount），以凸显第二圣殿遗址以及残留"哭墙"（Wailing Wall）的地位。如今，英语媒体或英语导游图只提"圣殿山"，而无"崇高圣所"。基督徒也喜欢这个名字，特别是美国原教旨基督徒，相信犹太人回到以色列重建家园、重修圣殿之时，便是耶稣再次降临之际。

以色列政府在"六日战争"后，不仅把约旦河西岸地区更名为"犹太地"和"撒玛利亚"，而且官方禁止使用"巴勒斯坦人"的称谓，生活在西岸和被占领土的巴勒斯坦人，统称阿拉伯人。铁娘子梅厄宣称：根本没有"巴勒斯坦人"这回事。[24] 从古希腊开始，"巴勒斯坦"已存在数千年，当年竟被以政府矢口否认。更不用说以色列建国前，英国托管下的犹太人也一样被称作巴勒斯坦人。直至 1978 年戴维营协定，巴勒斯坦人自治才重返以色列公众的视野。

六、巴勒斯坦的抵抗

早在 1946 年，托管尚未结束，巴勒斯坦的阿拉伯人就不断抗议英国当局：犹太人企图用希伯来名替换阿拉伯地名，这与犹太人无签证来巴定居同样不合法。自纳粹大屠杀开始，英国政府曾试图遏制犹太人大量涌入巴勒斯坦的趋势，但犹太人不惜以暴力和走私等手段，从欧洲和其他地方越境闯入；还以种种诱惑，从阿拉伯人手上骗得土地，势力渗透到巴勒斯坦社会的各层面。以色列建国后，政府有计划地驱赶巴勒斯坦人，更改地名，破坏当地原生态文化。[25] 第一次中东战争造成六七十万阿拉伯人逃往周边国家，四分之三的阿拉伯村名在地图上消失。[26] 以政府有计划地将阿拉伯文化与记忆连根拔除，代之以复国意识形态，以牺牲阿拉伯语言来实现希伯来文化的复兴，如今，后果已渗透国民生活的方方面面。[27]

巴勒斯坦的阿拉伯人从来不承认犹太人是"重返家园"，而指其为殖民者。[28] 他们用犹太人的办法对抗以色列政府，例如自己出版《巴勒斯坦百科全书》，号称经过大量考古调查，认定巴勒斯坦大部分地名源自古代迦南，闭口不谈古代以色列史。像 19 世纪的欧洲犹太人一样，巴勒斯坦人也制作自己的地图，地图上标明：1948 年前巴境内只有阿拉伯人居住，而故意抹掉犹太定居区；更有甚者，故意不注明他们使用的地图蓝本，其实是 19 世纪初巴勒斯坦的人口分布。受害者总会内化加害者的逻辑，纳粹屠杀犹太人，犹太人反过来变本加厉地迫害巴勒斯坦人。巴勒斯坦人也变得越来越极端，不择手段地报复和袭击犹太人，恐怖主义不断升级。人类的悲剧是，恶会无休止地循环，总以曾被加害当借口为恶行正名。

有意思的是，被驱赶的阿拉伯人，流落到加沙或约旦河西岸，也会给自己的难民营命名。他们一般沿用原来住址的名称，而原来一个村子的难民也还会住在一起；甚至在第三代难民儿童的身份文件上，仍填写 1948 年战争前祖辈的住址。要知道，以前的阿拉伯村早已不复存在，犹太移民铲平村庄又建起新区，但巴人不肯接受犹太人的新命名。[29] 难民仍保留阿拉伯人乡村居住的模式，保持祖籍的名称，如此世代相传，让悲惨的生活穿越时间与空间，维系那通向昔日美好的记忆。[30] 巴勒斯坦人抱怨自己是 "地图的牺牲品"（victim of the map），对失去家园的人来说，地图不再指涉地理、地貌，而转化成一种信念，呼唤报复与仇恨。[31]

七、地名负载的价值

命名不是文字游戏，它最终指向行动，乃话语权利的核心元素。它激活行动的同时，又为行动提供合法的外衣，让行动看似客观，以确保权利主体不断生产和复制知识话语。[32] 南希·邓肯（Nancy Duncan）认为："地标是有形的、熟悉的、不容置疑的，在一具体的文化与意识形态框架下，即使每天不经意地阅读地理标识，也会潜移默化地把地图上的社会关系印刻在集体无意识中，从而将其自然化（客观化）。任何地标都带有意识形态的潜文本，即使无心掠读，也会将其编入的意识形态内化。"[33] 以色列政府深谙地名、地标对思维和习俗的塑造作用，花大力气变更地名、重修国家地理。如果追根溯源，犹太人修改地名有源远流长的历史。早在《旧约》时代，古希伯来人就有许多更改地名、宣示征服的史料。《旧约》中的《士师记》记载："犹大和他哥哥西缅同去，击杀了住洗法（Zephath）的迦南人，将城尽行毁灭，那城的名便叫何珥玛（Hormah）。"（《旧约》和合本《士师记》1：17）还有公元前2世纪哈斯摩尼（Hasmoneans）王朝，把统治疆域内的希腊地名，悉数改为希伯来名。[34] 征服土地后易名的事例，在犹太民族史上比比皆是，属文化的再征服。以色列的爱国主义既蕴含了民族血脉的悠远，也表现出对地名象征的执着。最突出的是"犹太复国主义"这一名称本身，它从地名而来，直译该是"锡安山主义"（Zionism），可追溯到大卫王时代，锡安山（Mt. Zion）与圣城或圣地同义。现代犹太复国主义借地名表达出三个核心概念：上帝、选民和土地。只有生活在上帝应许之地，犹太人才能遵从上帝的法律，"以色列地"与《圣经》的"法律书"（Torah）密不可分。如此，政治意识形态与宗教信仰，虽然一个世俗、一个神圣，却能在地名上融为一体。虔诚的正统犹太教徒与强硬的复国主义者一样，都鼓吹三要素的结合才是犹太精神的永恒品质。

地名具有象征属性，各类人群往往通过命名赋予生活环境以不同的意义。地名符号也是一种信息源，规定着人际和族群间交往的内容与意义。所以，地名从不是客观或自然的，而会承载共同体的生活价值。[35]

注　释

［1］ 英语中有两个同词源的名称：Judea 和 Judah。在希伯来语中同是 יהדה（读 Yəhuda）。Judea 这一拼法依据希腊、罗马规则，主要用于指今天包括耶路撒冷和伯利恒在内的以色列南部地区，而 Judah 常用来称谓古希伯来王国"犹大"（Kingdom of Judah）。

［2］ Maoz Azaryahu and Arnon Golan, "(Re) naming the landscape: The formation of the Hebrew map of Israel 1949–1960", *Journal of Historical Geography*, Vol. 27, No. 2 (2001), pp. 183–184.

［3］ Ibid., p. 183.

［4］ Ibid., p. 182.

［5］ Ibid., p. 178.

［6］ Saul B. Cohen and Nurit Kliot, "Place-Names in Israel's Ideological Struggle over the Administered Territories, " *Annals of the Association of American Geographers*, Vol. 82, No.4 (Dec., 1992), p. 655.

［7］ Maoz Azaryahu and Arnon Golan, "(Re) naming the landscape: The formation of the Hebrew map of Israel 1949–1960", *Journal of Historical Geography*, Vol. 27, No. 2, p. 178.

［8］ Ibid., p.186.

［9］ Ibid.

［10］ Saul B. Cohen and Nurit Kliot, "Place-Names in Israel's Ideological Struggle over the Administered Territories", *Annals of the Association of American*

Geographers, Vol. 82, No.4, p. 662.

［11］ Maoz Azaryahu and Arnon Golan, "(Re) naming the landscape: The formation of the Hebrew map of Israel 1949–1960", *Journal of Historical Geography*, Vol. 27, No. 2, p. 187, 185.

［12］ Ibid., p. 187.

［13］ Ibid., p. 185.

［14］ Ibid., pp. 182–190.

［15］ 参见 Julie Peteet, "Words as interventions: naming in the Palestine - Israel conflict, " *Third World Quarterly*, Vol.26, No. 1 (2005), p. 160。

［16］ Maoz Azaryahu and Arnon Golan, "(Re) naming the landscape: The formation of the Hebrew map of Israel 1949–1960, " *Journal of Historical Geography*, Vol. 27, No. 2, p. 187.

［17］ 阿拉伯语与希伯来语属同一个语系，发音接近，音译很方便。但有些地名的词源是希腊语、拉丁语或亚述语，这些地名进入阿拉伯语时，阿拉伯人发音有困难，因此，地名往往以讹传讹，从阿拉伯地名上已经难以确认出处，再翻译成希伯来语，则更面目全非了。

［18］ Maoz Azaryahu and Arnon Golan, "(Re) naming the landscape: The formation of the Hebrew map of Israel 1949–1960", *Journal of Historical Geography*, Vol. 27, No. 2, p. 188.

［19］ Julie Peteet, "Words as interventions: naming in the Palestine- Israel conflict," *Third World Quarterly*, Vol.26, No. 1, p. 161.

［20］ Ibid., p. 192, 190.

［21］ 参见 Saul B. Cohen and Nurit Kliot, "Place-Names in Israel's Ideological Struggle over the Administered Territories", *Annals of the Association of American Geographers*, Vol. 82, No.4, p. 674。

［22］ 参见 Maoz Azaryahu and Arnon Golan, "(Re) naming the landscape: The formation of the Hebrew map of Israel 1949–1960 ", *Journal of Historical Geography*, Vol. 27, No. 2, p.189。

［23］ 参见 Saul B. Cohen and Nurit Kliot, "Place-Names in Israel's Ideological Struggle over the Administered Territories", *Annals of the Association of American Geographers*, Vol. 82, No.4, p.671。

［24］ 参见 Julie Peteet, "Words as interventions: naming in the Palestine - Israel conflict," *Third World Quarterly*, Vol. 26, No. 1, p. 165, 161。

［25］ 参见 Maoz Azaryahu and Arnon Golan, "(Re) naming the landscape: The formation of the Hebrew map of Israel 1949–1960 ", *Journal of Historical Geography*, Vol. 27, No. 2, p. 192。

［26］ 参见 Saul B. Cohen and Nurit Kliot, "Place-Names in Israel's Ideological Struggle over the Administered Territories", *Annals of the Association of American Geographers*, Vol. 82, No.4, p. 659。

［27］ 参见 Maoz Azaryahu and Arnon Golan, "(Re) naming the landscape: The formation of the Hebrew map of Israel 1949–1960 ", *Journal of Historical Geography*, Vol. 27, No. 2, p. 192。

［28］ 参见 Saul B. Cohen and Nurit Kliot, "Place-Names in Israel's Ideological Struggle over the Administered Territories", *Annals of the Association of American Geographers*, Vol. 82, No. 4, p. 659。

［29］ 参见 Ibid., p. 673。

［30］ 参见 Julie Peteet, "Words as interventions: naming in the Palestine - Israel conflict", *Third World Quarterly*, Vol. 26, No. 1, pp. 159–160。

［31］ 参见 Saul B. Cohen and Nurit Kliot, "Place-Names in Israel's Ideological Struggle over the Administered Territories", *Annals of the Association of American Geographers*, Vol. 82, No.4, p. 673。

［32］ 参见 Julie Peteet, "Words as interventions: naming in the Palestine - Israel conflict", *Third World Quarterly*, Vol. 26, No. 1, p. 156。

［33］ 参见 Maoz Azaryahu and Arnon Golan, "(Re) naming the landscape: The formation of the Hebrew map of Israel 1949–1960, " *Journal of Historical Geography*, Vol. 27, No. 2, p. 182。

［34］ 参见 Ibid., pp. 189–190。

［35］ 参见 Saul B. Cohen and Nurit Kliot, "Place-Names in Israel's Ideological Struggle over the Administered Territories", *Annals of the Association of American Geographers*, Vol. 82, No. 4, p. 658，664，655。

再寻巴勒斯坦

一、军事禁令

几次去以色列，都留下个遗憾，本该去趟巴勒斯坦，有那么多名胜，如伯利恒，耶稣诞生之地，虽近在咫尺，因在巴自治管辖区，与其失之交臂。不是没有动过念头，却被酒店客服拦下，说那边不安全，出事责任自负。一次开车迷了路，问路碰上一个美国人，他危言耸听："千万小心别误入阿拉伯村，那就有去无回了！"无奈天生胆小，一直未敢成行。这次与夫人同行，她胆子比我大，大卫之城的石门下，果断拦下一辆阿拉伯人开的出租车，谈好价，径奔伯利恒。

从老城一直向东，穿过东耶路撒冷，进入"被占领土"，到了约旦河西岸。1967 年前，这里归属约旦，"六日战争"后，以色列据为己有。手指路边一排排阿拉伯风格的独栋洋房，出租司机达纳（Da'na）说："这原是阿拉伯有钱人的房产，'六日战争'打响，房主锁上门向东跑。本想在约旦忍几天，战争结束就回来，一等竟是半个世纪，再也回不来了，手里的钥匙生了锈。"前车窗的后视镜下，垂着一把特大号钥匙，"就是这种。"他说。他父母那时逃到约旦，他现住在耶路撒冷老城的阿拉伯区。这把钥匙开不了锁，只是个象征，不承认以色列对西岸的占领；也是个念想，有朝一日回到祖宅，重开房门。但实际上，以政府早安排了犹太人定居，房门换了锁。

车开到"关卡"（checkpoint），另一侧是巴勒斯坦权力机构（PA）的辖区。我心一紧，原没打算去巴勒斯坦，护照落在酒店客房了，急问达纳怎么办。他满不在乎："没事，有我呢！"以色列士兵刚向这边瞟一眼，车子已飞驰而过，拐上一条高速路。路口一醒目的红色警示牌："此路归巴勒斯坦权力机构管辖，禁止以色列公民进入，违者触犯以色列法律，进入有生命危险。"记得看过一部以色列电影《泡沫》（*The Bubble*），主人公是年轻的退伍军人，同性恋，爱上一巴勒斯坦男友。男友没有以色列居留证，过不了关卡来以色列。而主人公是犹太以色列人，不许去巴管辖区，他朝思暮想着男友，煎熬难耐，便托关系找到一家电视台，借记者证，扛上专业摄像机，私家车门上喷涂电视台标志，混过关卡与男友幽会。这是个军事禁令，不限制外国人和持以色列护照的阿拉伯人，只禁止犹太公民进入巴勒斯坦"A区"。新闻记者自愿签署了生死文书，便可豁免。电影结局很惨，巴男友深夜翻过隔离高墙，潜入以色列，不是为与主人公幽会，而是来做人肉炸弹。却不意撞上犹太男友，让心爱的人目睹了血肉横飞

的惨烈。电影演绎的是普通人日常的情感纠葛，却投射出
无法弥合的历史创伤。

二、消失的巴勒斯坦

伯利恒名过其实，感觉有点儿失望。纪念耶稣降生
的圣诞教堂（Church of Nativity）是世界文化遗产，却不
如老城内圣墓大教堂（Church of the Holy Sepulchre）的厚
重与深邃，也不比欧洲教堂的富丽堂皇。可贵的乃是质朴
素淡，又不至寒酸粗陋。伯利恒是个巴掌大的小镇，居民
看样子都吃这碗"圣诞"饭，颓衰萧索，只有个中心小广
场，带点儿旅游业的"喜气"。广场四周竖立宣传牌，远
看以为是旅游图，细端详才见标着"消失的巴勒斯坦"的

伯利恒镇中心广场

地图。横排一连四幅，依次呈现巴勒斯坦版图被占领与蚕食的过程。第一幅是 1947 年之前英国托管下的巴勒斯坦，那时幅员"辽阔"，阿拉伯与犹太人掺杂而居。第二幅英国放弃托管，交由联合国仲裁，1947 年 181 号决议建议切分巴勒斯坦为"犹太国"与"阿拉伯国"，耶路撒冷和伯利恒被划入国际特区。阿方只拥有原领土的 48%，于是阿拉伯联盟断然拒绝，组成埃、约、叙、伊、巴五方联军，发誓剪灭以色列，却被打得一败涂地。以色列不仅守住联合国划给的领土，还抢走"阿拉伯国"领土的 60%，包括雅法、加利利、内盖夫沙漠和约旦河西岸的一小部分，并霸占了划给国际区的西耶路撒冷。阿拉伯国家也趁火打劫，外约旦吞并约旦河西岸和东耶路撒冷，埃及占领了加沙地带，大国没给巴勒斯坦留下建国的空间。此时，巴勒斯坦人也尚未产生清晰的独立意识，政治身份上隶属约旦、叙利亚或埃及等邻国。直至 1964 年开罗第一次阿盟首脑会议，阿拉伯国家支持开展巴勒斯坦解放运动，希望武装斗争消灭犹太复国主义，解放巴勒斯坦，这时巴人的独立意识才初露端倪。但真正成为一股力量，要等到"六日战争"之后。

告示牌的第三幅地图，巴领土已缩水到原来的 22%。阿、以之间爆发"六日战争"，仅交火六天，以色列便从约旦手上夺走东耶路撒冷和约旦河西岸，约、以边境向东推至约旦河这一天然屏障。以又从埃及手里夺回加沙，乘胜追击，西侵入埃及，抢占西奈半岛，同时向北侵占叙利

66

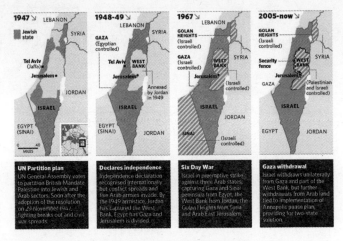

小广场边控诉以色列占领下巴勒斯坦版图不断缩小的地图

亚的戈兰高地。大批难民流离失所，汇入 1948 年第一次
中东战争的百万难民大潮，情形恰如今日叙利亚。难民被
挤压在周边国家的边境线上，从此埋下恐怖暴力的种子，
以色列永无宁日。"六日战争"惨败，埃及、约旦索性撕
下面纱，公开武装、训练和资助"巴解"组织。此时，一
颗名叫亚西尔·阿拉法特的新星冉冉升起。他出身巴勒斯
坦名门，上开罗大学修得工程技术学位，只身赴科威特从
事工程承包。休假开豪车去黎巴嫩，平日混迹巴勒斯坦上
层。"六日"的重挫，使得散落各国的"巴解"运动各派
别捐弃前嫌，聚拢在一杆大旗下。经过内部激烈的博弈，
阿拉法特当选"巴解"组织（PLO）主席。

有了阿拉伯国家的秘密支持，加上巴解各派相互策

"六日战争"中的以色列军

应，形成常年袭扰、破坏以色列边境城市的态势。他们最引以为傲的战绩当数 1968 年 3 月的卡拉梅之战（Battle of Karameh），阿拉法特带领法塔赫驻扎约旦河谷，往来穿梭于约、以边境，袭击以哨所和巡逻队。以色列终于忍无可忍，不惜入侵约旦，务求捕获阿拉法特。21 日，约旦小镇卡拉梅的战斗拉开序幕，巴以交火 15 小时后，约旦假守土靖国之名，正式出兵，动用大炮支援巴解。法塔赫的敢死队费达因（Fidayeen）首次使用人肉炸弹，重创以军。此役打成极难得的"平手"，大大鼓舞了被"六日"羞辱的阿拉伯世界，似一线曙光乍现。巴勒斯坦人不总任人宰割，也能够打正规战了。不久，巴解激进的支派"解放巴勒斯坦人民阵线"（PFLP），策划了一起惊天劫机案。1970 年 9 月，瑞士航空、美国泛美和 TWA 航空，以及以色列航空的四架波音 707、747 飞机被劫持，另一架英国 BOAC 公司的飞机也遭胁迫。除以色列航空乘务员制服劫机者、侥幸逃脱外，四架飞机同时迫降约旦道森军用机场，人质达 310 名。在约旦领土上演如此大戏，让国王侯赛因神经崩溃了。约旦和埃及利用巴解在前线做敢死队，而当以色列一旦威胁要惩戒幕后"黑手"，或西方声讨其庇护恐怖主义，两国便又投鼠忌器，赶快撇清与巴解的关系。此时，寄人篱下的巴解渐渐对约旦国王桀骜不驯起来，终于最后一根稻草断了，两家蜜月结束。血腥 9 月里，约旦军队全面剿杀巴解组织，史称"黑色九月"。1972 年慕尼黑奥运会上杀戮以色列运动员的恐怖组织，就取名为"黑色九月"。

阿拉法特困于安曼，只好乔装混入阿盟使团，才仓皇逃出。巴解残余向北遁入叙利亚，在那儿继续骚扰以色列东北边境。叙利亚也一样害怕得罪以色列，巴解只得再拔寨西行，潜入南黎巴嫩。黎在以色列之北，巴解用导弹和炮火威胁北部边城和加利利。1982年夏，以色列再次出兵入侵黎巴嫩，国防部长沙龙引大军攻陷贝鲁特城，包围巴勒斯坦难民营，借口搜捕巴解游击队，放手黎巴嫩基督教长枪党民兵大肆屠杀巴解家属，包括妇女儿童在内的三千多平民遭戮，世界哗然。

整个20世纪70年代，巴以冲突不断，暴力演化成系统性、常态化的恐怖主义，蔓延至整个世界。西方世界的左翼学生运动，恰逢此时转向激进，从街头抗议演化成地下恐怖。日本赤军、德国红军派、意大利红色旅、爱尔兰共和军，不仅声援巴勒斯坦解放运动，还将其纳入世界革命的浪潮中。于是，各派激进恐怖组织合纵连横，在西方世界导演了一出出政治恐怖事件，从慕尼黑、以色列洛德机场（Lod Airport）、贝尔法斯特、汉堡、纽约、东京和巴黎，直到乌干达的恩德培，世界各地开花，涌现出巴德尔、豺狼卡洛斯、乔治·哈巴什、瓦迪·哈达德、冈本公三、重信房子等一批恐怖明星，现代恐怖主义诞生了。

三、恐怖的面相

阿拉伯世界对恐怖主义是暧昧的。美国支持下的以色列，武装到了牙齿，阿拉伯国家与之一次次较量，毫无胜算。面对压倒性的强敌，弱者手上的选项不多，政治恐怖便被当成有效的手段。但如此抗争能走多远？弱者只有道德优越感，恐怖暴力让这点优越感也蚀损殆尽。偶尔读到一本传记《阿拉法特与巴勒斯坦之梦：一个知情者的叙述》（*Arafat and the Dream of Palestine: An Insider's Account*），作者是阿拉法特的心腹巴萨姆·阿布·沙里夫（Bassam Abu Sharif），他曾荣登《时代》杂志的封面，被誉为"恐怖的面相"（Face of Terror）。这本书与其说是给阿拉法特立传，不如说是作者自传，书中有大量作者心路历程的描写。他参与了道森机场的劫机行动，负责飞机的降落与人质甄别工作。洋洋自得地详述劫机细节之后，对武力强迫乘客的行为，他并无悔意，辩护的理由是以色列也屠杀平民。这次劫机终以谈判和平解决，没有流血，所以可以堂而皇之拿出来，但后来诸多伤及无辜平民的恐怖事件，如慕尼黑事件、以色列海滨高速公路劫持案等，臭名昭著，在书中却付之阙如。

书中一个有趣的细节，以色列情报机构"摩萨德"寄炸弹刺杀沙里夫，占一整章的篇幅。一天清晨，作者收到一个陌生包裹，内装一大厚本他心爱的《切·格瓦拉传》。刚翻开扉页，炸弹引爆，他右眼、耳朵和几个手指被炸掉。几年的治疗与恢复，伤痛被他描写得妙入筋骨，让人感同身受。曾自诩有亨弗莱·鲍嘉的美男子风度的他，如今在镜子里，看到的是不人不鬼的自己。毁容对一位风华

壮年，无疑是灭顶之灾，人生轨迹从此改变了。他仍对以
色列衔恨入骨，却变得温和了许多，与主张激进暴力的
"解放巴勒斯坦人民阵线"渐行渐远，开始转向阿拉法特
的务实路线，踏上政治解决巴勒斯坦问题的漫漫长路。[1]
正符合"己所不欲，勿施于人"的古训。

　　以色列从来不承认其暴力是恐怖主义，总自诩反恐。
理由是摩萨德特工搞暗杀或破坏时，恪守不伤及无辜的原
则。即使锁定目标，下手前一秒钟发觉平民在场，也会取
消行动。如此行动规则，让特工们相信自己是以正义暴力
铲除邪恶恐怖，与恐怖分子根本不同。经典纪实作品《复
仇》（或译《天谴行动》（*Vengeance: The True Story of an
Israeli Counter-Terrorist Team*），就围绕这个命题展开。但
只要了解国际组织对黎巴嫩战争的调查，沙龙被控怂恿
黎基督教民兵对巴平民大屠杀，以色列自己没动手，一样
该遭天谴。结果是，沙龙被迫下台，以总理贝京也黯然辞
职。"9·11"之后，世界进入"反恐时代"，美、欧、俄、
土等国，无论出于何种目的，对别国动武之前，必先称
"反恐"。一夜间，"反恐"成了魔法棒，一朝在手，便真
理在握，不容置疑。

四、戴维营之后

　　伯利恒小广场边的最后一幅地图上，以色列不断扩大
定居点，修筑高墙，挤压巴勒斯坦的生存空间，使其辖区

缩水到原来的 12%。大背景是，巴解内部以及阿拉伯国家在"六日战争"后均分歧加剧，极端势力从根本上反对联合国 1947 年划分两国的 181 号决议，誓将以色列人赶入大海，恢复阿拉伯人主导的奥斯曼巴勒斯坦版图。温和激进派主张接受 181 号决议，只收回第一次（1948）与第三次（"六日"）中东战争的被占土地，然后承认以色列。温和派则倾向于接受戴维营协议，以政治方式敦促以色列遵守联合国 242 号决议。所谓"戴维营协议"，即 1978 年 9月美国总统卡特斡旋的产物。时任埃及总统萨达特与前任纳赛尔以及其他阿拉伯领导人都不同，他亲美远苏，务实直接，一心只想收回以色列占领的西奈半岛，希望与以色列谈判。他在国内不太受欢迎，领土完整就成了保稳位子的吃重砝码。以色列也有软肋，埃及是噩梦般的威胁，无

耶路撒冷隔离巴勒斯坦人的大墙

论打赢多少次胜仗，也换不来以色列人的一夜安稳觉。卡特吃准了两国领导人的痛点，利诱萨达特和贝京住进封闭式的总统度假村戴维营，成全一对不情愿的鸳鸯。

卡特事先开出谈判框架：以色列从西奈撤军，撤销被占领土上的以色列军管政府，给巴勒斯坦自治；五年内解决西岸和加沙的归属，以及耶路撒冷地位的问题，停止在被占领土和西奈建立新犹太定居点。[2] 13天拉锯式的胶着谈判，贝京始终不肯接受联合国242号决议（1967年11月联合国要求以色列撤出在"六日战争"中霸占的领土，恢复相关国家的领土完整），只接受埃及的领土要求，归还西奈半岛。结果，谈判陷于双边性质。卡特步步紧逼贝京接受巴"自治"，贝京闪烁其词，勉强接受。但其"自治"的含义是，以色列仍控制一切，巴勒斯坦法律须由以色列批准，继续指派军事长官对巴实施军管；巴自治政府的任何决定，以色列一票否决。戴维营只实现埃、以单独媾和，这引起阿拉伯世界的强烈不满。大多数阿拉伯国家与埃及断交，对其实施全面制裁。阿拉伯联盟开除了埃及，总部从开罗迁至突尼斯。萨达特结束了"二战"以来中东两大宿敌的军事对抗，却也断送了自己的性命。1981年开罗阅兵式上，宗教极端组织刺杀了萨达特。

五、杰里科

达纳滔滔不绝，恨不能一股脑儿倒出巴勒斯坦的一腔苦水。我感慨出租车司机如此博学，他说自己不过是普通的巴勒斯坦人，每晚收工，回家吃晚饭，在老城阿拉伯街区，邻里们围聚一起，谈天说地，话题离不开巴勒斯坦人的宿命。这所房子是阿拉伯人的，那根柱子是穆斯林的，这块石头本属于巴勒斯坦。从 1947、1967、1973、1978、1982、1988、1993，一直说到今天。上代人讲给下代人，一代代回忆和讲述着，无休无止，民族身份意识渐渐清晰。口耳相传乃无奈的抗争，既然不肯屈从以色列的官方历史，便只有自己记住过去，巴勒斯坦才不至消失在时间的荒漠里，个人的生命背负起更大的历史。巴解组织屡经挫败、内讧、分裂，再联手，几起几落，风风雨雨，直到 1987 年阿盟承认其唯一合法代表的地位。巴勒斯坦百姓不断游行抗议，势如春风野火，席卷被占领土和加沙地带。阿拉法特审时度势，建议"两国分治"——巴以彼此承认主权，巴率先单方面建国。形势促成以色列总理拉宾与阿拉法特在奥斯陆谈判，1993 年，《奥斯陆协定》开启了巴以和平进程，巴解从地下走上台面，在加沙和杰里科率先实现有限自治。

从耶路撒冷去约旦，可走陆路，一直向东跨过约旦河。这条"六日战争"中西岸巴勒斯坦人逃亡的路线，达纳驾轻就熟。他建议过杰里科（Jericho）时停一下，近距离观察巴勒斯坦的现状，然后过艾伦比大桥（Allenby Bridge）去安曼。从耶路撒冷出发不足半小时，就到了属 A 区的杰里科。奥斯陆协定划分西岸为三个区，在 A 区，巴权力机构完全自治，巴人执掌安全与民事，面积只占西岸的 3%。B 区由以色列人管军事，巴人负责民事。C 区则完全被以方控制，地理物产均优，面积占西岸的 73%。杰里科是法塔赫的势力范围，巴安全部队控制关卡。眼前两个士兵，穿着皱皱巴巴的绿制服，懈怠地蹲坐在路基上，无精打采，看守一根锈迹斑斑的铁栏杆。与以色列军人相比，判若天渊。我们的车子开到栏杆前，他们头也懒得抬，竖起栏杆放行。杰里科是座古城，考古曾发现公元前一万年的文物，《旧约》上是兵家必争之地，《新约》里耶稣在这儿医好路边乞丐的瞎眼，也是"好撒玛利亚人"寓言的发生地。如今破败不堪，光景绝望。有点像中国四五线城市下辖的小镇，一条窄窄的中心小街，路边杂货摊上凄红惨绿，凌乱地摆放着小商品，街尽头是家冷清破败的汽修厂。巴勒斯坦人缴税多，机会少，饱受经济压制，事事排在犹太人后面，没有竞争力，生活日渐凋敝。

巴勒斯坦国也具名而无实，只有些象征物而已。联合国里一面国旗，零星的外国使馆、国际组织的成员或观察员之类。领土号称包括约旦河西岸和加沙地带，首都在东耶路撒冷，但实际一切在占领之下。连外国人访巴的签证，也得以色列国防部审批。巴安全部队在以军的监控之下，无论编制、武器与给养，均由以军批准。巴勒斯坦抵抗运动地上是民兵，地下是恐怖分子。特朗普政府宣布美使馆从特拉维夫迁到耶路撒冷，不过承认现状而已，并非实质性举措。巴权力机构的影响力也很有限，以色列渗透到巴社会的每根神经末梢。西岸、加沙不断爆发抗议示威，巴权力机构非但不出面保护，反与以军一道残酷镇压巴勒斯坦百姓，因此越来越不得人心，被诅咒为"巴奸"。

六、跨过艾伦比大桥

艾伦比大铁桥横跨在约旦河上，在桥两侧约、以分设了边检站。两国共享的边境线很长，从北至南有三个过境点，艾伦比桥在中间。我们从约旦回以色列时，走最南端的过境点，从约旦的亚喀巴，散步到以色列的埃拉特（Eilat），两个红海城市极美，最是难忘。艾伦比（Allenby）是英国将军的名字，"一战"时，艾伦比带领英军与奥斯曼土耳其决战巴勒斯坦，阿拉伯的劳伦斯率起

艾伦比将军率英军开进耶路撒冷

义的阿拉伯部落在后方策应，破坏土军给养与通信。1917年底，终于拿下耶路撒冷。

过境旅客非常多，边检大厅挤得满满的。有醒目的提示牌，要持巴勒斯坦护照的旅客与其他人分开，另走通道。那个通道上，巴勒斯坦人男女分开，走入挂着门帘的一个个小隔间，隐约看见他们一层层脱下衣服搜身，行李箱全打开，衣物一片狼藉。通过边检后，旅客上一辆往返两国边检的大巴车。而另一侧通道，也走出巴勒斯坦人，他们上的是一辆拥挤不堪的小巴，从不同线路进入约旦，再经历一遍严苛的安检。大巴车上对面坐着一位阿拉伯人，手握一本绿色的联合国护照。大概看出我们的困惑，他主动跟我们攀谈起来。他表情漠然："巴勒斯坦人在自己的土地上当二等公民，各方面待遇都低人一等，出国还得再受羞辱。"为联合国工作多年，对这片土地上的种种不公正，他无能为力。

巴勒斯坦人的身份是个两难。出租司机达纳持约旦护照，但与约旦没什么瓜葛。他拿以色列永久居住证生活在耶路撒冷老城，本来有归化为以色列人的机会，他宁愿选择做常住外国人。这里有实际考量：不服兵役（以色列全民义务服兵役），也是政治姿态，不承认以色列对巴的占领。第一次中东战争后，外约旦兼并西岸，发给当地巴人约旦护照，承认公民权。"六日战争"结束后，以色列又占了西岸，也曾鼓励巴人申请以色列护照，被大多数人拒绝，他们继续向约旦申请护照。1988年，约旦决定摆脱有名无实的西岸治理与法律责任，终止了巴人的约旦公民资格，只承认约旦境内常住巴人的公民权。从此，达纳为维持约旦护照，不得不每年去约旦住上一段时间，好在儿女长大后在约旦找到工作。1995年，巴权力机构开始颁发巴勒斯坦护照，但美国和许多国家不承认其主权，护照只是旅行文件，不具公民资质。2003年，以色列政府开始收紧巴人的居留权与公民归化，须与以色列公民通婚才有资格居留。如此一来，大量巴勒斯坦人沦为无国籍难民。同车的联合国工作人员对我们感慨道："如果当年巴勒斯坦在奥斯陆协定框架内，接受'六日战争'的后果，让巴勒斯坦作为非军事国家独立、享有完全主权的话，冲突本可以化解。但每次挫败让他们一退再退，直至希望彻底渺茫。"语气的绝望，深深地感染了我。每当读到苦心孤诣在文本上寻找极端思想的文章时，我禁不住要问：与其在《古兰经》的字里行间，穿凿恐怖主义的根源，为什么不直面巴勒斯坦人的绝望？

大巴飞驰过约旦河，拐入约旦边境站的小停车场。感觉有点像记忆中八九十年代北京的小巴站，简陋素朴的低矮平房，内挂一幅幅醒目的哈西姆王室照片，从麦加老王侯赛因到阿卜杜拉二世列位国王，感觉时光倒流。沙漠上的烈日升腾炙烤，时值正午，远处风景宛如电影《阿拉伯的劳伦斯》里的经典镜头，本来电影在约旦拍了不少外景。百年前，那位英国军官尚有智慧，悉心倾听空明沙漠上的天籁，诚心帮助一盘散沙般的游牧部落。如今，只有

无人机从空中精确打击这些被污名化的恐怖国度，我耳边
似乎响起电影悠扬的主题曲。

注 释

［1］ 参见 Bassam Abu Sharif, *Arafat and the Dream of Palestine: An Insider's Account* (New York: St. Martin's Press, 2009), pp. 45–52。

［2］ 参见 Lawrence Wright, *Thirteen Days in September: Carter, Begin, and Sadat at Camp David* (New York: A. Knopf, 2014), pp. 153–154。

阿拉伯的劳伦斯

　　火柴迸发火焰，摇曳着烧向手指。火苗燃尽，镜头渐隐，画面跳出一抹晨曦，广袤沙漠的边际上喷薄欲出。镜片的屈光看似热气升腾，背景由殷红渐褪至橙色，霞光铺洒沙丘绵延。大漠与晴空之间，隐约两人的剪影，寂寥地驼背骑行，缓缓踏入一轮旭日。音乐响起，镜头拉近，一人身穿阿拉伯长袍，是贝都因向导，一人英军戎装。这是影片《阿拉伯的劳伦斯》的一段场景，壮美而抒情。1916年10月，T. E. 劳伦斯从开罗出发，穿越大漠到瓦迪萨弗拉（Wadi Safra，今属沙特），拜会费萨尔王子，此行成就他的阿拉伯传奇。为确保高清画面的质感，导演大卫·里恩用70毫米彩色胶片，而非通常的35毫米，架起当时属实验性的Super-Panavision 70摄影机，长焦球面镜头捕捉风卷沙丘、两粒驼影蠕行广漠的黎光蜃景。一部史诗，一个人的灼日苦旅，揭开宏大历史冰山的一角，通向现代中东的诞生。

一、智慧七柱

在开罗的英国陆军部有位世故的外交官，举荐劳伦斯去汉志（今沙特西），去了解起义的阿拉伯人有何抱负，说："世上只有贝都因人和上帝能在沙漠里找到乐趣，对一般人，沙漠是烈火炼狱。"劳伦斯回答："会有趣的。"然后便是划火柴的特写镜头。这是大卫·里恩的伎俩，塑造最拿手的人物类型：外文弱而内刚毅，日瓦戈医生、皮普、阿齐兹医生莫不如此。而历史上的劳伦斯乃中东专家，无需指点。上牛津大学时，便只身穿越大漠，考察十字军城堡，徒步叙利亚、巴勒斯坦（部分地区今属以色列）1700多公里。毕业后为大英博物馆考古挖掘，走遍阿拉伯，熟稔各地方言风俗，对叙利亚、美索不达米亚（主要部分今属伊拉克）、巴勒斯坦的地理地貌了然于胸。

"一战"前夕，他名义上为巴勒斯坦地理基金会勘测西奈半岛，实际受命英陆军作战部，考察奥斯曼帝国从西奈攻打苏伊士运河的可行性。这次业余间谍之行，让他熟悉了军事侦察技术，大战一爆发，他即刻志愿参军。而奥斯曼帝国果真加入德奥同盟，以前考古的地区遂成敌后。一个冷僻的专业，大英帝国却视作珍稀资源，劳伦斯被派至开罗参谋部地理处任中尉。他性耽翰墨，落落寡合。军官们的印象是他邋遢轻佻，恃才兀傲，嬉皮做派。但案头工作很出彩，琐碎的地理勘测，经他之手，读来如身临其境。土耳其军官的情报，经他生花妙笔，便栩栩如生，仪容动静跃然纸上。他的报告在开罗与伦敦之间反复传阅，做文学赏读，给朝九晚五的机关生活平添生趣。刻薄的史家评价劳伦斯：虽然名噪一时，历史功绩却乏善可陈，只凭器识文章——自传《智慧七柱》（*Seven Pillars of Wisdom*，1926），才笔妙天下。

且不论功过是非，只读一下他的实地观察，也佩服在与阿拉伯人摸爬滚打多年后，他能言常人之所难言者：

闪米特人（阿拉伯和犹太人）是自由的，因极度匮乏反而失却物欲的镣铐。其思想非黑即白，不容灰色与暧昧，易走极端，偏执而不妥协，且不守规则。如此思维发展不出系统性的哲学，也难创作深邃的艺术，但抽象艺术很发达；虽不能造就现代工业，信仰却执着一贯。闪族的巨匠对观念直觉超群，输出三大世界性宗教：犹太教、基督教和伊斯兰教，改变整个世界，而留在沙漠给自己的，却是外人难以理解的信仰。[1]

西方文明源自美索不达米亚，犹太教进入古罗马而衍生出基督教，在中世纪的沙漠上又孕育出伊斯兰教。我们如今谈文明冲突，有意无意间指教义纷争，而劳伦斯身处文化与种族犬牙差互的中东，提醒我们：地理环境对信仰的塑造，或胜过宗教经典，沙漠让人对自我与世界，徒生别样的认知。

二、沙漠中人

里恩曾走访约旦、西班牙、摩洛哥和美国的加利福尼亚，精选"理想沙漠"，以演绎劳伦斯的阿拉伯。那场初会费萨尔的戏，摄于约旦的瓦地伦山谷（Wadi Rum），乃唯一实景。劳伦斯曾转战于此，爆炸破坏汉志铁路。此地（Wadi，山谷；Rum，高耸）因劳伦斯而成著名景区。坐在皮卡拖斗上，我四周是红沙、黄草、白云，无边无际。沙漠旋风如疾驰往来的战马，兔起鹘落。红色的砂岩丘、褐色的花岗壁，与半个世纪前的电影中呈现的毫无二致，山川依旧。我们的向导也是贝都因人，一个20岁的文静小伙，也着白袍头巾。贝都因人逐草而居，原是游牧民，现已定居，不远处便是贝都因村。他们仍不务农，宁做旅游生意，在约旦是少数民族。世代相袭的沙漠生存之技，能辨别沙表草蛇灰线、寻觅人踪马迹。

小伙子手指烈日之下："这是劳伦斯去亚喀巴的路，他就在这儿扎营，然后去那边爆破铁路。"听似亲历百年前的历史，曾跟随劳伦斯转战亚喀巴与汉志之间。贝都因人骁勇善战，小伙子的祖辈曾为阿拉伯起义立下汗马功劳。一簇枯黄的灌木丛前，他指点说："初冬雨季一来，败草返绿，鲜花烂漫，沙漠一片生机。"但当风瑟瑟的枯草，与他口中的花团锦簇，两种画面实难切换。劳伦斯在回忆录里写道：

劳伦斯战斗过的沙漠（瓦地伦山谷）

瓦地伦山谷中劳伦斯转战过的"高谷"

沙漠浩瀚、贫瘠而无情，生长于斯难免自觉卑微如芥。空气、阳光、风沙与无垠的空旷，天地看似两张微尘不染、澄澈一色的蓝黄大幕，人在其间如一沙砾闪灭；神近在咫尺，人浑然不觉，沙漠之神超然无形，是非人格、非道德、非伦理的存在；他不关涉世界与人，也非自然之神，乃存在本身。从不褫夺，永远赐予，为万物之源，世界只是映照其身影的镜子。[2]

与奥尔巴赫不谋而合，《摹仿论》比较《旧约》与荷马时，也称沙漠让犹太人的信仰神秘、超验，无形的神祇即存在本身。

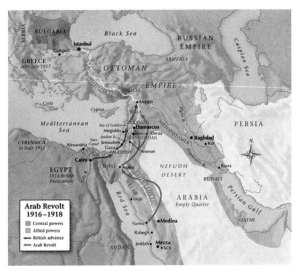

1916 年—1918 年阿拉伯大起义示意图

向导把劳伦斯挂在嘴边，不过投游客所好。其实，约旦人不喜欢这部电影，它把一个西方顾问拔高成阿拉伯的救世主。1916年大起义，存在不同的版本，英国人、阿拉伯人、土耳其人，德、法、俄各有自己的故事要讲，可算"全球史"的经典案例，从单一国别视角只能管中窥豹。其实，电影版与历史相去最远，却通行世界，影迷几代相传。劳伦斯的《智慧七柱》也饱受史家批评，却仍影响甚广。从1935年劳伦斯去世至今，每年有研究新作出版，几成一准学科。为何有"劳伦斯现象"？人们到底着迷什么？且不论电影手法或自传文笔，这段历史的幽灵依然游荡，不时让世界史脱轨，转入歧途。劳伦斯介入、书写历史的方式弥足珍贵，足以启迪不同文明碰撞时，相处与自处的态度。我们如今争论西方价值是否普世，无非义理之辩驳。劳伦斯却身体力行，从荣辱与共的交道中揭示，异质性文化间可以呼吸相通，但非制度或观念的强加，而始于人际间的伦理常情。西方不再是地理或文化上自足的净土，没有其他文明做参照，其价值无从谈起，需身处文明冲撞的界面上，才能鉴识文化价值的适应性。

三、风烛残年奥斯曼

"一战"前，阿拉伯尚未发现石油，英国插手中东主要考虑其战略地位。策反阿拉伯，是为从背后捅土耳其一刀。奥斯曼帝国统治阿拉伯，可追溯到1517年，苏丹塞利姆一世灭掉开罗的马穆鲁克王朝，从阿拔斯王族后裔手上夺下哈里发头衔，集政教于一身，号称伊斯兰世界精神与世俗的主宰。麦加的谢里夫也献出圣城钥匙，伊斯兰正统派的中心移到君士坦丁堡。浩瀚帝国西跨巴尔干和保加利亚，东至南乌克兰、格鲁吉亚，西至布达佩斯，南到地中海东南沿岸直至阿尔及利亚，东南到波斯湾、伊拉克，囊括逊尼派穆斯林分布的整个地区。

但到 19 世纪中叶，奥斯曼已风烛残年，衰落成"西亚病夫"，英、法、俄等列强齐聚病榻周围，切齿之声可闻。连暮齿衰颜的奥匈帝国，新兴小国如塞尔维亚、罗马尼亚也来凑趣，蚕食其边疆，分一杯残羹。苏丹苦撑时局，割地赔款，只求衰而不死。埃及趁机与之争锋，英、法则伺隙钻孔，怂恿双方内斗消耗，坐收渔利。埃及的财政、司法、行政大权，以及苏伊士运河最终落入英、法的股掌。英国只看重治权，宗主权仍属奥斯曼，人民的精神和思想则留给埃及国王照管。这种"保护领地制"（protectorate）史称"埃及模式"，即主权、治权、意识形态三者分离。从中东殖民经验中，英国提炼出"阿拉伯东方殖民统治体系"，欲做战后瓜分奥斯曼中东遗产的"标配"。巴勒斯坦、美索不达米亚均适用，法国在叙利亚也照方抓药，战后则升级为国联托管体系（Mandate System）。20 世纪 80 年代中英香港谈判，撒切尔夫人竟再提主权、治权分离，惘生时间倒错之感。

设在开罗的英陆军情报部和外交部中东局，总理中东、印度和苏丹的殖民事务，派劳伦斯拜会麦加的统治者哈希姆家族，协助其造反。族长侯赛因是汉志之王，穆罕默德一脉嫡传，今约旦王室的祖辈。麦加和麦地那均属汉志，哈希姆家坐享穆斯林朝圣两圣城的进项，外加奥斯曼的基建投入，盆满钵溢，本无不臣之心。风雨飘摇之际，土耳其人唯恐寒了阿拉伯人心，不碰侯赛因的奶酪，还免税、免兵役，增加投入，讨好唯恐不及，侯赛因在一亩三分地里倒也乐得逍遥。然而，土耳其青年党的革命，刺激了这位麦加的大谢里夫。

奥斯曼与大清有同病之雅，衰极思变，质疑起本土传统，相信西方启蒙可富国强兵。1908 年进步军官政变，强挟苏丹恢复宪政。逃亡海外的康有为闻讯致信摄政王载沣，以土为鉴，早行宪政以免兵变。青年党人反对泛伊斯兰神权，效法欧洲世俗化，搞奥斯曼民族主义。民族自决和人民主权的思想，也早播散到巴尔干和阿拉伯，希腊、库尔德、亚美尼亚、塞尔维亚、阿尔巴尼亚纷纷闹民族革命，要脱离帝国的轭辕。青年党对外族比苏丹更残暴，只认枪杆子里出政权，无情镇压，其血腥堪比亚美尼亚种族清洗。帝国往昔的宽松民族政策，曾勉强维持形式上的统一，神权政治也维系过脆弱的穆斯林认同，但世俗化和政治平权加速了大厦的崩解。

古道虔信的侯赛因视青年党为伊斯兰叛逆，不满奥斯曼主义对穆斯林特权的剥夺，与帝国渐生嫌隙。英人洞若观火，一边派密使诿间哈希姆家谋反，另一边游说奥斯曼脱离德奥同盟。英国原来痛恨苏丹皇族的顽固，首相威廉·格莱斯顿曾说阿卜杜勒·哈米德二世嗜血成性、腐败、野蛮，是"让人咋舌的土耳其人"（the unspeakable Turk），寄希望于受海外熏陶的青年党。他们果真上台掌权，英国却改口了："青年党人都是激进的无神论者，模仿西方却不真懂西方思想，东西杂交出来的最坏品质——狡诈、背叛和暴力，还不如皇室雍容高雅。"[3]英、法已从殖民经验上升到"国际主义"，会巧妙利用民族矛盾为己牟利，不屑教化蹒跚于民族主义泥沼的东方。以明治维新崛起的日本是个刺激，东方也模仿西方的殖民逻辑，列坐抗礼；所以对东方必须分而治之，讲利益至上的现实原则。侯赛因会在奥斯曼和英国之间两面敷衍，他既怕土耳其切断粮道，又需要英国的军火和顾问，为琵琶别抱计。直至1916年他才决意借英国打同盟国之机，从君士坦丁堡夺回哈里发之位，重建阿拉伯帝国。至少恢复汉志昔日辉煌，雪耻沙特家族在1803年对圣城的涂炭。麦克马洪（Sir Henry McMahon，因中印边界问题臭名昭著的英国外交官）不失时机地承诺：如阿拉伯起义，打败奥斯曼，则帮侯赛因建立包括汉志、大叙利亚和伊拉克在内的阿拉伯王国。

四、突袭亚喀巴

电影里没有侯赛因这个人物，只有他的三儿子费萨尔，是位精神矍铄的老人，似千修百炼的先知。其实，费萨尔当年才 31 岁，剧本将父子合一，估计怕人物太多、线索繁杂，观众难以理解。全片的重头戏在突袭亚喀巴，"西部传奇"式的大场面，将情节推向高潮。切莫将电影当史实，从韦吉（Wejh，今属沙特）到亚喀巴之间并没有一片无水的绝命沙漠，内陆攻打亚喀巴也非不可预料。史实是劳伦斯绕道迂回两个月，佯攻汉志铁路，迷惑土军，让后者以为是日常骚扰，路上招募霍威塔部落兵数百，于 1917 年 7 月 2 日突现大漠之上。土军炮口指向海岸，防守不及，达到突袭效果。但不像影片中表现的那样，阿军风卷残云、大开杀戒。实际上部落兵一到前线，便躲在驼峰后放冷枪，寸步不前。午后烈日当空，他们索性躲阴凉罢战，拉锯胶着了三天，直等到英战舰海上助攻，海陆夹击才迫使土军投降。此战为劳伦斯一生的辉煌，为费萨尔夺下红海出口，打通英军供给，又封锁了麦地那城，还可长驱直入巴勒斯坦，为将来进军叙利亚打下铺垫。

地图上红海看似出壳的蜗牛，伸出两根触角，左为苏伊士湾，插入埃及至地中海岸，顶尖是苏伊士运河。右边触角是亚喀巴湾，短而细，尖顶是亚喀巴市。《旧约》摩西分开红海之处，在湾口最窄的蒂朗海峡。"一战"亚喀巴还是个渔村，如今是著名的旅游城市，约旦唯一的出海口。热带风情，碧海蓝天，约旦人视如珍宝。土耳其炮台遗址尚在，竖着一面硕大无朋的起义大旗，入口镌刻"1916"，纪念百年前的浴血奋战。脚蹬柔暖沙细的红海，我眼前浮现劳伦斯与阿里海边嬉戏的镜头，阿里投下

约旦亚喀巴炮台遗址

亚喀巴海景

的花环，被夕阳映红的海浪卷起。这个场景不像在这里实拍的，因为海面如一泓湖水，澄澈如镜，可鉴天光云影。埃及、以色列、沙特三面围住秀丽小城，位置之重要，据当地人讲，萨达姆在位时，从伊拉克斥巨资为约旦修港建路，只为使用这个出海口，巴格达至亚喀巴的高速路仍是约旦的交通动脉。

五、阿拉伯的劳伦斯

攻克亚喀巴后，劳伦斯总结经验，认为阿拉伯人长于单兵作战，弱于协同，善守不善攻。他不顾英国同事的偏见，主张以阿军之长，打游击骚扰战，避免正规战，破坏铁路桥梁，策应英军主力。大马士革至麦地那的汉志铁路，为土军补给运兵的生命线，一旦瘫痪，便封锁了南端的麦地那，使西奈半岛和巴勒斯坦的驻军陷于被动。这条铁路部分路段运营至今，马安至亚喀巴的支线上，仍停泊着一辆百年前的土耳其小火车，车厢里有沙袋、机枪，纪念起义往事。劳伦斯的游击战术已成世界军事史的典范，美军镇压伊拉克武装叛乱时，重读《智慧七柱》，研究阿拉伯人游击战的规律，吸取土耳其的教训，2014 年出版《短刀战》(*Knife Fights*)，将反恐战争理论化。

战局对奥斯曼帝国越来越不利，穷极之下想起了宗教的亲和力，号召帝国各族穆斯林对基督徒发起"圣战"(Jihad)。侯赛因不屑这种渎神伎俩，你与德国基督徒勾

土耳其当年留在汉志铁路上的小火车

搭成奸，却诡称穆斯林打基督徒？觉得自己才是应真主之召，驱赶世俗的党棍，而不反省自己也向英人暗送秋波。"阿（拉伯）体西用"无非遁词，自欺欺人。历史证明，哈希姆家族从未逃脱英国的股掌。劳伦斯对民族主义与宗教身份的变脸戏法了然会心，不光土耳其打两手牌，侯赛因也会玩儿民族主义，当时各部落尚未产生阿拉伯整体观，侯赛因已鼓吹讲阿语的政府，会给阿拉伯带来和平。[4]更有趣的是，阿军与土军打仗时，仍沿袭"讨敌骂阵"的古老习俗，双方互吐污言秽语，当土军骂阿拉伯人为英国人、对方反诘土军是德国人时，谩骂才到最高级，厮杀不可避免。其实，中东各方无不依草附木，被西方染指随处可见。那时，世俗政治与宗教信仰互为表里，如臂指之相使，伊斯兰尚未原教旨化。

"十月革命"爆发，布尔什维克俄国退出协约国，公布了《赛克斯—皮科协定》（*Sykes-Picot Agreement*）的细节。侯赛因如梦方醒，阿军人心涣散。早在1916年5月，英、法秘密签订《赛克斯—皮科协定》，以便战后瓜分奥斯曼在阿拉伯、黎凡特（地中海东部沿岸）的领土。一个背对背协议，英国以阿拉伯起义为筹码，压法国退让叙利亚利益，又以法在叙的既得利益，敷衍侯赛因的领土要求，叙利亚一个闺女许两家。巴勒斯坦问题上，麦克马洪既承诺将来巴归哈希姆王国，利诱侯赛因父子作战；又馋涎犹太金元，与犹太复国组织密商，炮制《贝尔福宣言》，称巴勒斯坦为犹太家园；同时派特使去君士坦丁堡，以保留其宗主权为饵，劝奥斯曼脱离同盟国。巴勒斯坦一个闺女许三家。最终英国谁也不给，战后，自己"托管"，若非犹太人以恐怖袭击烦走英国人，以色列能否建国也成问题。

劳伦斯早风闻有秘密协定，毕竟不同于政客，他良心备受谴责，对上司克雷顿说，希望在赴大马士革的路上被打死，以了断欺瞒了阿拉伯人的煎熬。[5]《贝尔福宣言》一公布，哈希姆家族与英国更貌合神离，一味要钱、要重武器、抢占地盘。劳伦斯站在阿拉伯一边，全力协助其独立，建议费萨尔北进大马士革。1918年10月，阿、英两军一道夺下这颗阿拉伯明珠，奥斯曼统治结束了，欧亚帝国行将就木。劳伦斯开着吉普车"蓝色迷雾"驶入大马士革,街上欢呼、庆祝、劫掠、烧抢,腾腾如沸。英将军艾伦比在入城式上通知费萨尔,按《赛克斯—皮科协定》,叙利亚归法国保护,巴勒斯坦和美索不达米亚受英国保护。费萨尔在绝望中无力地抗辩,英国仍以法国关系为重,首相劳合·乔治说:"与法国的友谊值十个叙利亚。"劳伦斯身心俱疲,写下:"烛光般的梦影被胜利的阵风吹灭了。"他黯然离开大马士革,打道回府。

六、普世或是宽容

古代帝国攻城略地,武力征服异邦为己有,霸占主权和领土,奴役人民、控制文化和信仰。古罗马、阿拉伯、波斯、奥斯曼、奥匈或大元帝国莫不如此。"一战"前后,沙俄、奥匈、奥斯曼、德意志、大清帝国相继崩解,一个时代终结。殖民体系却得以延续,以特许状形式,政府利诱私人或企业去权力薄弱的"荒蛮"之地,开疆拓土,重商主义的掠夺模式,比帝国占领更有生命力。中东的英国殖民模式进化了,"保护领地"不在意主权或文化,只专注财政与司法治权,理念接近现代商业管理,经营细分,目标精准。

"一战"之后,美国总统威尔逊提出《十四点和平原则》,以实现永久和平。《国联盟约》(*Covenant of the League of Nations*)以国际法形式,规定主权国家普遍平等,但主权资格未必如此,尚存西方文明国家与非西方不文明国家之分。非基督教、非白人地区，纵有国家政治形态和领土属权，也进不了"国际大家庭"（family of nations），不享受国际法的平等，[6] 在殖民问题上尤为突出。南非将军斯姆茨（J. C. Smuts）提出战败国殖民地归属问题，如胜者继续吞并败国的殖民地，争夺战利品的战争将循环不尽。国联成立后，战败的奥斯曼在中东的属地，既不该转手给战胜国，也不能像澳大利亚、新西兰等白人殖民地那样独立，而被认定不能自理其政，理论上交由国联监护，待日后民族自决。国联无法直接监护，只好像未成年子女的父母因犯罪而被剥夺抚养权，法院判给殷实家庭监护那样。《国联盟约》第22款规定："最可行的原则是委托发达国家监护这些民族，发达国家以其资源和经验，能最好地履行国联托管的责任……"以西方文明标准评判主权，让日本很不舒服，日本已相当发达、实力雄厚，于是建议《盟约》增加不同种族一律平等的条款，被西方拒绝。[7] 日本虽是常任理事国，但属东方国家，获得常任资格主要因军事实力强，但在殖民问题上受制于西方，扩张野心难以满足，便于1933年退出国联。而被托管的领土，理论上保有主权，只暂时冻结，治权由托管国代行。国联托管实际是"保护领地"模式的翻版，只独少了些特许殖民的暴力，多了些文明优越的粉饰。

在英国训政下，费萨尔建起大叙利亚议会，1920年自任国王，深得人心。但叙利亚已许给法国托管，法国不顾当地民意，悍然出兵赶走费萨尔，解散国会，多次血腥镇压起义。费萨尔流落伦敦，多亏劳伦斯感念旧情，恳求英政府重新安排他的"工作"，回报哈希姆兄弟的浴血奋战。英国便把费萨尔塞到伊拉克做傀儡国王，安排侯赛因二儿子阿卜杜勒当外约旦国王（王室延续至今）。老王侯赛因仍留在麦加，冥顽不化，咬定麦克马洪的承诺，自立阿拉伯之王，并接续被罢黜的奥斯曼苏丹的哈里发头衔，但穆斯林应者寥寥。他不接受《凡尔赛协定》，也不承认《贝尔福宣言》，英国大为光火，弃他而去，任由觊觎汉志已久的沙特瓦哈比教派进犯麦加和麦地那。结果侯赛因败走麦城，客死安曼。英、法任性地用卡尺勾勒出现代中东版图：外约旦，沙特，英托管巴勒斯坦和伊拉克，法托管大叙利亚、黎巴嫩，以及独立的土耳其相继出现。有个笑话，丘吉尔拿着尺子划约旦与沙特边界，身边有人碰到他的臂肘，地图上便有了个莫名其妙的曲线。除埃及、伊朗、沙特和土耳其外，"英法之子"国家一直不承认这些边界。不久前，ISIS（The Islamic State of Iraq and Syria，伊拉克与叙利亚伊斯兰国）发文，声称要废除《赛克斯—皮科协定》分裂伊斯兰而强加的国界。"一战"放出笼的怪兽，在"二战"和冷战期间肆虐欧洲，刚刚驯化，却在中东依然咆哮。

"二战"改变了世界格局，1941 年罗斯福与丘吉尔发表《大西洋宪章》，尊重各民族选择自己的政府形式（英国理解的各民族在欧洲内部）。联合国宪章再次确认世界各民族享有自决权，第三世界纷纷独立。后殖民时代，文明与不文明之分过时了，却出现新的区分："了解西方价值的民主国家与闭关锁国的专制国家"。[8] 以捍卫人权、重建民主之名，武装干涉主权仍具合法性。科索沃、阿富汗、伊拉克、利比亚、叙利亚，一次次干涉，让非西方国家愈发反感，以暴力推行一元价值，与中世纪独尊一教的宗教战争何异？"9·11"、《查理周刊》事件、巴黎恐袭，恐怖主义的理由也是价值不宽容。近来读到分析恐怖主义的各种观点，有人说西方国家的移民政策与社会不公是恐怖的根源，社会学的解释显然避重就轻，回避实质。有人将罪过归于伊斯兰教，说它自古蕴含暴力，始终与西方势不两立，本质化的叙述本身是原教旨主义，其简化与偏执，是极端思想的根源。也有以殖民史为恐怖主义辩护的，称西方咎由自取。这暗合了极端组织的宣传策略，利用创伤性的历史记忆，蛊惑极端思想。历史与现实之间哪有线性的因果？

中东曾有沉重的过去：列强干涉、精英受挫、伊斯兰教政治化、发现石油与世界的能源依赖、以色列建国、冷战格局的坍塌等。拿历史可以方便地解释为何中东产生恐怖主义，但不该忽视另一维度，即思想原教旨化席卷全球。美国接替英国，在全球营建一体化的新型帝国，启蒙价值前所未有地被推向内部与外部的风口浪尖，自由、民主、人权冲撞异质文化时，必须开放自身，杂糅异己。但现实却是，一边呼唤安拉，另一边高举民主；一边叫嚣圣战，另一边指责人权。一边要回到穆罕默德时代，不顾先知讲经的语境在麦地那与麦加之间，另一边则言必称卢梭、孟德斯鸠，罔顾先贤面对的乃18世纪欧洲社会内部。

作者身穿阿拉伯服装照

针尖对麦芒，纯粹化的冲动将鲜活灵动的思想简约成黑白两立，谁都不容价值相对化，更无视我们已生活在你中有我的多元文化里，伟大的传统被平庸的头脑教条化。

攻下大马士革后，劳伦斯与费萨尔依依惜别，写下："阿拉伯人柔软似水，也刚劲似水；曾波涛涌入大马士革，也从此潮退；一旦时机成熟，大潮还会兴起。"[9]

注　释

［1］ 参见 T. E. Lawrence, *Seven Pillars of Wisdom* (Adelaide, Australia: The University of Adelaide Library), p. 17。

［2］ Ibid., pp. 18–19.

［ 3 ］ 参见 Jonathan Schneer, *The Balfour Declaration: The Origins of the Arab-Israeli Conflict* (New York: Random House, 2010), p. 243。

［ 4 ］ Lawrence, p. 69.

［ 5 ］ 参见 David Murphy, *Lawrence of Arabia* (Oxford: Osprey Publishing, 2011), p. 25。

［ 6 ］ 参见 Nele Matz, "Civilization and the Mandate System under the League of Nations as Origin of Trusteeship" in *Max Planck Year Book of United Nations* 9 (2005), pp.61-62。

［ 7 ］ Ibid., pp. 63-64.

［ 8 ］ Ibid., p. 93.

［ 9 ］ 参见 Lawrence, pp. 20-21。

伊斯坦布尔一日

一、思古幽情

阅读欧洲古典文学，会与君士坦丁堡不期而遇，古罗马君士坦丁大帝以本名命名这个城市，欲在东方重建罗马。想象中它是带些东方情调的基督文化之都，拜占庭、十字军、东方快车，辽远而神秘。在当今的世界地图上，它已更名伊斯坦布尔，土耳其共和国让首都恢复了奥斯曼时代的阿拉伯称谓，即"城市"，里面有横跨欧亚大陆的大桥，气势恢宏。多年来悠然神往，尤奈隔岸观火，如今终于如愿成行。虽说眼见为实，但多年的旅行经验告诉我，亲历往往不如遥念美好，而此行却在意料之外。

从北京直飞伊斯坦布尔，只有午夜航班。所以子夜赶奔机场，在飞机上困撑几个小时，第二天清晨5点半就到了土耳其。这么早下飞机很尴尬，街上空无一人，从机场到旅店一路睡眼惺忪，无精打采望着车窗外古街陋巷倏然掠过。远看旧房老屋鳞次栉比，把这座城市塞得满满的。出租车驶入狭仄的胡同，吃力地爬上近70度的陡坡，然后冲下店铺林立的小巷，身体感觉失重，还没睡醒就坐上了"过山车"。伊斯坦布尔有 1300 万人口，而土耳其全国才不过 6000 多万人。

到了旅馆，瞌睡连天的前台服务生面露难色，时间太早了，客房还没有准备出来。只好先暂存行李，到餐厅吃早餐等待。但还太早，早餐还未摆上桌来，好在有咖啡提神，消磨一下时光。别看酒店不大，餐厅却很排场。宽敞明亮的用餐空间，进深很长，三面的半玻璃墙，窗明几净，可俯瞰伊斯坦布尔全城。餐桌边的窗户敞开着，温润的空气吹进来，是古东方的早晨的恬净与春意。餐厅里已有一位早起的客人，靠在一扇窗边，摆弄着一架硕大的照相机，粗壮的变焦镜头伸出窗外老长，像门小炮架在三脚架上。快门每隔一两分钟自动启合，扫描着明媚相涵的水光山色。她是位四十多岁的美国女摄影师，高大健硕，特意早早起来，要把古城的时光流逝印刻在胶片上。天空是清澈的淡蓝，射在雪白桌布上的晨曦一寸寸移动着，映衬蓝色清真寺穹顶的光影色调，幽微变幻。一只白鸽从破败的基督堂尖顶上一跃而起，飞入如洗的碧空，掠过苏丹的皇宫，俯向喧闹的大巴扎市场，斜刺冲向索菲亚大教堂，渐渐地，消失在博斯普鲁斯海峡的烟波浩渺之中。瞬间，古代、近代、当代时空交错，希腊拜占庭的教堂与奥斯曼帝国的清真寺，遮隐在同一片白云的阴影之下。大巴扎市场贩夫走卒的叫卖声，与 18 世纪法国作家夏多布里昂笔下的君士坦丁堡别无二致。远处高音喇叭传来婉转悠扬的《古兰经》

伊斯坦布尔蓝色清真寺

索菲亚大教堂

的吟诵，你仿佛被时间机器带回了欧亚大帝国的颓败古都。而下面的 CBD 商业区，后现代办公大楼，光鲜陆离的玻璃门廊下匆匆出入的时髦男女。楼层拐角挂耳麦、戴墨镜的"黑衣人"，手持对讲机，职业地为客人登记答疑，低调且明察秋毫，提醒你，伊斯坦布尔也是个欧化的国际都市。

早餐已经上桌，品着本地香茗，我发现土耳其人不用热水沏茶，而文火烹煮，茶味极浓，须兑半杯白水，才有茶香。早起的客人三三两两来到餐厅，人人脸上露出惊异神色，大概被外面的景色所感染，或为城市诗画般的风韵心折。仅凭一张餐桌便可将古城春色尽收眼底，可谓秀色可餐。良辰美景让不相识的过客忘掉拘束，不经意搭讪起来，海阔天空，意犹未尽。千里相会在这个陌生的城市，似有一份缘分，乡魂旅思，刚出行已有淡淡的乡愁了。

二、末代苏丹

云淡风轻近午天，一个上午快要荒废掉了，这么懒在餐厅里，大好时光要从指缝间溜掉了。忙到前台询问还能否赶得及市内一日游，于是随个旅游团，走马观花，也算到此一游吧。最后一站是多尔马巴赫切宫（Dolmabahce Palace），已时近黄昏。这里也叫"新皇宫"，曾为奥斯曼帝国站罢最后一班岗，便恭送横跨欧亚的大帝国寿终正寝。它富丽堂皇、穷极奢靡得令人炫目。于 1842 年破土兴建，占地 11.2 公顷，耗去国库 35 吨黄金，仅天花板

多尔马巴赫切宫内部

上的镀金就用掉 14 吨。风格上，多尔马巴赫切宫模仿凡尔赛宫和圣彼得堡的冬宫，与四百年风雨飘摇的"老皇宫"——托普卡帕宫（Topkapi Palace）风格迥异。老皇宫保持奥斯曼—拜占庭风格，古木萧疏、庄严持重。新皇宫突出"全盘西化"的成就，将巴洛克、洛可可与帝国风范融于一身。宫内帷幕帘榻、威仪维容。维多利亚女王赠送苏丹的 4.5 吨重大水晶吊灯，从文艺复兴穹顶壁画的中央垂挂下来，让大舞厅溢彩流光，珍宝器用更充庭溢目。

随导游迂回曲折，穿过内宫一个个房间。他指点着苏丹的铺张奢华，讲述着帝国的沧桑变幻。导游停下来，手指大殿窗外一片蔚蓝色海面：这便是博斯普鲁斯海峡欧洲一侧，1918 年 11 月 13 日，协约国舰队从金角湾（Golden Horn）驶入伊斯坦布尔，一艘艘炮舰排起 16 海里的长队，队尾甩到这扇窗户下。此情此景让末代苏丹穆罕默德六世潸然泪下，瘫软在宝座上，曾叱咤欧亚大陆 600 年的帝国就这样崩溃了。我身边有位英国游客一路话特多，与他同行的是位年龄稍长的女友，沉默寡言，好像不赞成她的男友。这位英国绅士自来熟，告诉我他是作曲的，在网上兜售流行歌曲和轻音乐，趁女友不在，还偷偷讲了一段与中国姑娘的艳遇。他这时对导游评论道：末代苏丹可是一位进步明君，爱好和平，儒雅细腻，理性宽容，在历代苏丹中，开明者非他莫属。导游一下沉下脸来，不客气地回答说：我们土耳其人可不这么看，穆罕默德六世是民族败类、国家的叛徒。早在 1922 年，大国民议会就以勾结英国叛国罪起诉他，这个人代表民族的耻辱！英国人一脸不悦，小声叨咕着：这个导游无知，一个顽固的民族主义者。

三、欧亚病夫

两位的拌嘴让我好奇，为搞清缘由，我翻看了些土耳其史料，虽涉足不深，倒发现土耳其近代史与中国现代演进相映成趣。比如，奥斯曼帝国虽在 15 世纪吞并拜占庭帝国首都君士坦丁堡，根除了长达 1500 年的罗马帝国残余，但到 18 世纪，就与清王朝一样出现败象。西方列强蚕食它幅员辽阔的帝国版图，使其渐渐失去在埃及、摩洛哥、利比亚、阿尔及利亚、巴尔干、波斯的大片领土，财力、军力消耗殆尽。至 19 世纪下半叶，奥斯曼被世人戏称为"欧洲病夫"，晚清则被嘲为"亚洲病夫"，两个"病夫"天各一方，却似神交已久。苏丹的幕僚与大清朝臣一样玩儿"以夷制夷"的把戏，利用英、法、意、俄、希腊等国各怀鬼胎、分赃不均，使它们相互掣肘、彼此消耗，土耳其帝国竟也苦苦撑到1922年才土崩瓦解，比清朝覆灭还晚11年，算技高一筹吧。苏丹也搞洋务运动，且比清朝早20多年。先有苏丹马赫默德二世改革，后有1839年阿卜杜尔·麦吉德苏丹的"坦齐马特"（Tanzimat）改革。同清朝一样向西欧派遣留学生、创办外文编译局、建立现代世俗学校、引进科学技术和启蒙思想，聘请外国顾问训练"新军"。结果也难逃清廷洋务的劫数，改革发轫于衰敝之际，但纲维不振，国运衰微，欲借洋务治乱兴衰，谈何容易，弊政已日久年深了。

受西洋熏陶的土耳其少壮派回国效力，他们渐渐羽翼丰满，成为帝国军队的中坚。进步军官效仿意大利烧炭党人，组建"青年奥斯曼党"，搞宪政救国。数年后，他们政变夺权，迫使苏丹妥协，屈就立宪制下的傀儡君主。20世纪初，帝国命运掌控在后组建的"青年土耳其"党人手中。这个党又分裂为两派，一是亲英的"自由派"，醉心于英国自由民主政治，希望帝国实现名副其实的宪政，产生自由的公民社会。另一派是亲德的"民族派"，欣赏普鲁士军队的铁血尚武，推崇德皇专制下的科技与工业进步，欲富国强兵，复兴突厥人的强大帝国。清末民初，中国宪政变革也曾讨论仿英还是随德，可知亚洲大陆两端所见略同。青年土耳其党两派争论不休，相互倾轧，在"一战"山雨欲来之际，为加入德国主导的"同盟国"，还是英法主导的"协约国"争执不下。苏丹是个傀儡，首鼠两端，既讨好英国，希望结成盟友，又巴结德国，恳求永结秦晋。而英、德、法、俄都看不起"欧洲病夫"，无人响应。奥斯曼帝国已衰羸颓废至极，早无勃兴发奋之力，一心只想"傍大款"，想借强国之力，提携自己。终被人玩于股掌，忍辱蒙羞，最后糊里糊涂地被拖入战争。

英国人最急功近利，利用土耳其人求和心切兜售军火。原本巴西向英国船坞订造一艘战列舰，却中途退货。英国想起了苏丹的谄媚，便巧言令色，将订单转售给奥斯曼，还搭售一艘无畏型战列舰。苏丹忙不迭地送上全部定金，签订 1914 年 7 月交船。期限一到，苏丹派高级代表团赴英接船，付清尾款，筹备国内盛大的阅舰典礼。此时，英国人意识到与德开战在所难免，是用战船之际，便无故拖延交货。果然，8 月 1 日英国对德宣战，海军大臣温斯顿·丘吉尔下令征用应属于奥斯曼的两艘战列舰。苏丹的接船代表目瞪口呆，而帝国政府仍忍气吞声，只考虑平息国内的怨气，恳求英国退款，希望息事宁人。丘吉尔这才拿出购船合同，土国代表发现合同条款规定：如大英帝国参战，可随时征用两船，不必赔偿任何损失。显然，寡廉鲜耻的谈判军官吃了回扣，据说有几个贪官携赃款到纽约做了逍遥寓公。

亲英的自由派无地自容，没想到在一心向往的大英帝国眼里，奥斯曼帝国的价值不及两条战列舰。这让亲德的民族派占了上风，外交天平一下倾向了德国。德国正与协约国开战，需要土耳其人扼住达达尼尔海峡，便乘虚而入，卖给奥斯曼两艘巡洋舰，连人带船一并交货，挽回了帝国的面子。昏庸的苏丹欣喜若狂，让随船到来的德国水兵换上土耳其军装，编入奥斯曼海军，还任命德国船长为帝国海军司令。稍有常识便想得到，德军官兵身在"土"营心在"德"，只听德皇的调遣。德国要求奥斯曼参战，而亲德与亲英两派还相持不下，苏丹左右摇摆。德皇索性密令由德国船长充任的奥斯曼海军司令出击黑海，炮轰俄国港口和要塞，迫使协约国对土宣战。苏丹像旁观者一样，眼巴巴看着自己的舰队四处出击，无计可施，帝国就被挟持加入"一战"，最终惨败。整个过程看似衅起他族，实事在萧墙，都说弱国无外交，可一个民族的灵魂握在他人手上，更加悲惨。末代苏丹与协约国签订城下之盟——《色佛尔条约》(*Treaty of Sèvres*)，"一战"下来让奥斯曼去了五分之四的领土，其欧洲部分几乎被意大利和希腊瓜分殆尽，汉志和亚美尼亚独立，伊拉克与巴勒斯坦由英国托管，叙利亚和黎巴嫩被法国托管，失去了几乎所有海岸线，军队编制不得超过 5 万人，且经济在西方的监控之下运行。如此苛刻、羞辱性的条约，彻底终结了一个帝国，甚至也没给未来土耳其留下回旋余地。

在亚洲大陆的另一端，中国知识界对土耳其之变很关注。在 1912 年，《东方杂志》刊发了玄览的文章《青年支那党与青年土耳其党之比较论》，1917 年，该杂志主编杜亚泉又撰文《外交曝言》，告诫国人须以青年土耳其党为鉴："设我国政党，不揣时势，效土耳其青年党之行为，致演成巴尔干分裂之局势，则瓜分之祸，即在目前。"我们今天视土耳其为偏邦小国，不放在心上。可民国初年，奥斯曼老大帝国虚名尚存，两国又国运相似，便惺惺相惜起来。北洋政府在"一战"中没像苏丹那样站错队，还得了个战胜国的头衔，出席巴黎和会，本想收回战败国德国在胶东半岛的特权，不想德国权益被转手给了日本，战胜国竟受胯下之辱。中国代表拒绝在《凡尔赛和约》上签字，北京学生闹起来，五四运动爆发了。在小亚细亚，土耳其国命将亡之际，也出现戏剧性变故。一位曾在加里波利抗英的民族英雄振臂一呼，号召国人拒绝《色佛尔条约》，志士仁人闻风景从，推翻了丧权辱国的苏丹政府，把协约国占领军赶出国门，在昔日帝国腹地建起土耳其人的民族国家，这位乱世英豪便是穆斯塔法·凯末尔。

四、国父凯末尔

5月的伊斯坦布尔，春物尚余，夏景初丽。多尔马巴赫切宫花园里，硕大的黄玫瑰沉馥香浓，芳艳动人。皇宫一墙临海，开了扇大门，是进皇宫的水路，想必为朝臣驾船面君而设。现由一名土耳其国民军把守，一看便知他是从仪仗队精挑细选的，意气轩昂，挺胸抬头，纹丝不动，在水天一色的背景里，像幅剪影，与皇宫的琼楼玉宇相映衬，真可入画，烟景清朗。导游领我们穿过一间间豪华居室，如入迷宫，最后进到一陈设简单的小房间。他手指墙上挂钟，时间停在9点5分，深情地讲解道，国父凯末尔于1938年11月10日9点5分病逝于此，时钟从此停在悲恸的一刻。凯末尔病重时，政府让他从安卡拉搬到伊斯坦布尔新皇宫疗养，在这里度过他生命的最后时光。多尔马巴赫切宫对土耳其人有特殊意义，人们来此凭吊伟人，仰国父立国之荫泽。伊兹密尔的一条高速路边，我曾看到半山上有一尊巨大的国父石雕，颇似乐山大佛，可想凯末尔在土耳其人心中尚未走下神坛，这种民族情结要放在20世纪初的世界史语境里才能理解。

　　"一战"后奥斯曼梁折栋焚，举目皆非。凯末尔在安纳托利亚发动民族革命，势孤力薄，虽艰苦鏖战，仍被协约国和苏丹围堵，光景绝望。他唯一能找到的盟友只有苏联，沙俄原本在协约国一方参战，但中途爆发了布尔什维克十月革命，列宁决定退出协约国，与英法反日成仇。新生的苏维埃向外输出革命，在世界范围与西方抗衡。1921年苏联与中国共产党和国民党广泛接触，后来向孙中山提供资金、军火和军事顾问，协助筹建黄埔军校，训练国民革命军，支援北伐，削弱西方在华势力。出于相似动机，苏联也支持凯末尔，给他提供大量军火、现金和军援，帮他与英、法、希腊、亚美尼亚多线作战。苏联强有力的外援，让凯末尔在希土战争中节节胜利，1923年他迫使协约国废止屈辱的《色佛尔条约》，重新订立《洛桑和约》，土耳其人保住了最基本的生存空间——安纳托利亚范围内的主权与领土，夺回了海峡区，罢黜末代苏丹，建立了现代共和国。土耳其今日版图，便是凯末尔革命的战果。

五、土中渊源

中国共产党人曾关注凯末尔的成败。1922 年，第一份共产党机关报《向导》周报刊发主编蔡和森的文章《祝土耳其国民党的胜利》，蔡评论说："世界上最被国际帝国主义压迫的老大国家莫如土耳其与中国。"两国都曾是幅员辽阔、雄踞世界的大帝国，现却皆沦为任人宰割的"病夫"，从土耳其的兴衰可观中国之未来。他称赞凯末尔是"最伟大最有革命精神的"，他的胜利"不独挽回土耳其和近东几千万被压迫回教民族的命运，而且给全世界被压迫民族以最好的模范与印象。所以历史上最可祝贺的胜利，除苏维埃俄罗斯的诞生外，要算是这一回了！"蔡文的目的要劝说国民党联俄联共，于是自问自答：土耳其已从重病中霍然而愈，前途一派光明，"然则远东被压迫的民族应当做何感想呢？尤其是与土耳其国民党处同一地位的中国国民党应当做何感想呢？"蔡给出济世良方：苏联是全世界被压迫民族最可靠的救星，必须与苏联结盟，才是被压迫民族实现民族解放胜利的必由之路。他疾呼："四万万被压迫的同胞呀……快快起来促起我们革命的政党统率我们与苏维埃俄罗斯的联合，推翻国际帝国主义在中国的压迫呀！！！"[1]高君宇也在该报撰文《土耳其国民军胜利的国际价值》，称土耳其的胜利不是回教打败基督教的胜利，也不是黄种人打败白种人的胜利，更不是亚洲人打败欧洲人的胜利，而是被压迫民族反抗欧洲帝国主义的胜利，它将促成工人阶级与被压迫民族的联合。[2]蔡、高两人依照20年代初共产国际撮合国共合作的路线，把土耳其之变视作中国反帝、反军阀革命的理想道路，误以为在小亚细亚发生了另一场苏维埃革命，乐观地期待凯末尔"将革命进行到底"，中国步其后尘。然而，土耳其走向共和之路却让他们始料未及。

建国之初，土耳其的确以俄为师，推行计划经济，搞高度集权的国家主义。但凯末尔从来不认同苏俄政治意识形态，相反他积极反共，最终导致与苏联交恶。对西方的态度上，凯末尔坚信千年的伊斯兰传统不能救国，必须走西化道路，只有实行现代化与世俗化，才能让土耳其摆脱蒙昧，走向文明。但他并不因此向英、法、希腊低头，相反与西方国家针锋相对、寸土必争是凯末尔时代的国策。凯末尔曾为青年土耳其党人，信仰自由、民主的启蒙理念，但也认同铁腕与强力，奉行现实的民族主义，奉国家利益为圭臬。他以专制推行西化，以暴力实施政教分离。多少世纪的传统积习，被他一下子铲除。奥斯曼的礼仪、服饰和风俗均被取缔，民众改着西装，妇女除去面纱，公元历取代伊斯兰历法，拉丁字母替换土语中的阿拉伯字母，连学校教授阿拉伯和波斯语也明令禁止。如此过激的政策无法以和平手段推行，政府就不惜使用残酷手段。土政府为实现欧洲式的单一民族国家，与希腊、亚美尼亚和保加利亚等邻国粗暴地交换人口，血腥驱逐、屠杀少数民族，给现代土耳其政治留下深刻的隐患。凯末尔铁血冷面之下也有柔情，他以国家元首之尊深入乡间、村社开办社会讲堂，手把手教农民识字，为妇女争取权利，废除多妻和休妻制，赋予妇女参政、议政权。从立国到辞世仅短短十多年，这位强人让土耳其脱胎换骨，从衰敝的封建帝国，改造成现代资本主义共和国。

中国共产党人对土耳其兴味索然了，而国民党人又对凯末尔艳羡不已。1928年1月，国民党元老胡汉民偕孙科、伍朝枢等赴土耳其，做为期两周的访问，详细考察军事、政治、财政、教育诸方面，顿觉喜遇知音。特别对土耳其"党政合一""党指挥枪"的政策，胡推崇备至。出访前，他曾撰文《就土耳其革命告我国军人》，指出中土国情相似，国民党的北伐与土耳其民族革命殊途同归。到土耳其后，胡更视凯末尔为"完美领袖"，认为土国政治已臻完美。访问期间国内传来北伐胜利的喜讯，胡在途中致电南京政府，提议结束军政之时、开始训政之际，实施"训政大纲"。其内容颇有现学现卖之嫌，他把土耳其共和人民党的"一个政党、一个民族、一个领袖"原则，包装成"以党统一、以党训政、以党治国"的方针，恰中蒋介石下怀。同年10月，国民党中常委通过《中国国民党训政纲领》，宣布中华民国由"军政"转入"训政"，实行

"一个政党、一个主义、一个领袖"的独裁统治，奠定一党独大的架构。胡汉民回国后到处宣讲土耳其经验，渲染凯末尔完成建国大业，便深居简出，大权交由内阁总理代行，暗示蒋应效法土国父功成身退，由他掌权，全不顾蒋介石正年富力强、野心勃勃，不比凯末尔重病缠身，风烛残年。胡只落得被软禁汤山的下场。

六、失之交臂

回眸 80 年前，民国时代的世界参照系不仅有英、法、美、日、俄等强国，也有土耳其这样绝地逢生的欠发达国家。与向发达国家虚心求教的态度不同，那时国人谈及土耳其时，似有心契魂交、视远如近的情感，这是我们今天体会不到的。民国知识界提醒政客，土耳其式的政党政治会误国。早期共产党人则把反帝、联俄、团结世界被压迫民族的世界图景，投射到小亚细亚这片古老土地上，希望它为世界革命树立一杆大旗。国民党人把它视为新兴国家建立威权式国家主义的理想型，土耳其因此给民族独立运动树了榜样。而今日国人，对这个第三世界国家不太关注，西亚一个普通的伊斯兰国家，它能否加入欧盟，倒是对欧洲文明包容性的考验。其实，这些体认所反映的不是对象的真实，而是主体自身欲望的表达，爱德华·萨义德描述的西方人对东方的想象，我们早已耳熟能详，也可用之反观自身，一切文化主体对他者的想象不都有"东方主义"之嫌吗？

夕阳落入博斯普鲁斯海峡淡淡的薄雾后面，日光残
影映红了一弯新月边薄薄的云。我步伐疲惫地走出多尔马
巴赫切宫，拐入一座清真寺歇脚。按规矩脱下鞋子，穿回
廊入内殿，寺内冷冷清清，有三四位着西装领带打赤脚的
男子在殿中央礼拜，拇指顶在耳垂下，双掌开合着，念念
有词。一位四十多岁面庞消瘦的阿訇在宣礼，音调婉转悠
长。不巧电话打进来，阿訇适时收声，悄悄绕入回廊，抱
着手机说起悄悄话来。殿内静默下来，肃穆、安谧。我心
静似水，现代与传统在这里交汇、兼容，没有像别处常发
生的冲突、躁动与不安。在伊斯坦布尔走马观花，也许没
了解多少内情，或还平添不少误解。我很难把眼前的一
切与20世纪初叱咤风云的历史联系起来，更难想象国人
曾对这里如此深的期许与憧憬，凯末尔对我们是否还有
意义？

被贴了标签的"凯末尔主义"，却难用左或右、西化
或传统、民主或专制、世俗或宗教等概念归类，拿"主
义"去套现实本来就捉襟见肘、词不达意，何况凯末尔是
个克里斯玛式的人物，乱世枭雄，不会照着理论、观念或
类型创生一个国家。他书写的历史是革命性的，在断瓦颓
垣上打造出一个新国家的主体，改写了一个民族的历史意
识，在以往的历史经验中打开了新的可能，也留给史学家
丰富的研究素材，但外人不易模仿或学习，甚至后来者也
难继承。他选定的接班人没有走他的路线，凯末尔身后土

博斯普鲁斯游船码头

伊斯坦布尔夜景

耳其政治动荡起来，渐渐失去了国家自主性。"二战"后投入美国怀抱，参加了朝鲜战争，并与中国军队兵戎相见。传闻曾有一个精锐旅被志愿军片刻消灭，轰动世界，名曰"金化惨案"。但无论真实性有多高，时光荏苒，沧海桑田，亚洲大陆上天各一边的两个古老国家，现代进程曾戏剧性地交集，又淡然擦肩而过，形同陌路，记忆失落在时间的无涯的荒野里。

注　释

［1］　和森《祝土耳其国民党的胜利》，载《向导》周报第 3 期，1922 年 9 月 27 日。
［2］　君宇《土耳其国民军胜利的国际价值》，载《向导》周报第 3 期，1922 年 9 月 27 日。

鸳鸯茶与土耳其浴

　　20世纪80年代初，一部译制片曾名噪一时，红透大江南北，国人几乎妇孺皆知，我想很多人还记得，那就是《虎口脱险》。它是1966年出品的法国影片，1982年译介到中国。30年后已成"80年代怀旧"的褪色的老照片，片中一曲《鸳鸯茶》和雾气迷蒙的土耳其浴室，仍零乱地散落在集体记忆之中，让人联想已成往事的"纯真年代"。《虎口脱险》原名是"*La Grande Vadrouille*"，意为"伟大的徘徊"或"伟大的闲逛"，听起来怪怪的，不能直译。美国人60年代进口此片时，尤奈译成"*Don't Look Now... We're Being Shot At!*"（《现在别看，我们正被射击呢！》）是片中一句台词，实在很不上路，怎能比得上中译"虎口脱险"传神？让人感慨当下译制片一味模仿"港版"，胡乱找个词不达意的成语做片名，什么《碧海云天》《战海情天》《四海一家》，最末流的脂粉功夫，像盗版影碟的封面一样千片一面，我们的优秀译制传统哪里去了？

　　《虎口脱险》在法国也曾轰动一时，乃电影史上的一个事件，票房一直名列榜首。虽然美国电影市场一贯以好莱坞独大，冷落外语片，但此片享受很不同的待遇，票房成绩骄人，法国式的幽默也让美国观众津津乐道。今天看来，这部回放了千百遍的片子，细细品来，仍觉情趣盎然，堪称不朽之作。让人印象特别深刻的是土耳其浴室接头的场景，虽只有短短几分钟的镜头，却可作为片花，这场戏让 1925 年美国百老汇歌剧中的一首老歌《鸳鸯茶》（*Tea for Two*）家喻户晓，尽人皆知。观众还能清晰记得，"二战"中，三位英国皇家空军飞行员，空袭纳粹占领下的法国，不幸被德军击落，飞行员跳伞落到巴黎市区，巧遇两位正直的法国人——泥瓦匠和交响乐指挥。两位凭一腔爱国热情，冒险到一间土耳其浴室与失散的英国飞行员接头，暗号就是著名的《鸳鸯茶》。片中的巴黎土耳其浴室，一派东方异国情调，珠帘金幔，绣枕锦床。即使空中悬着《一千零一夜》的神奇飞毯，我也不会感到奇怪。浴室里雾气缭绕，如梦如烟。两位法国著名喜剧演员（路易·德·菲奈斯和布尔维尔）拂云拨雾，滑稽地冲一个大胡子男人含情脉脉，清唱《鸳鸯茶》。对方一脸茫然，认倒霉碰上两个莽汉，赤条条地在那儿出乖露丑。而真正来接头的英国人，早一头钻到蒸汽下，让浓厚的白雾遮住怀疑的目光。

记得当年看片时，国内还没有什么桑拿浴、蒸汽浴，很多人从这部电影里才知道浴室不仅仅有清洗功能，还能健身、疗养。记得《参考消息》也来凑趣，介绍起桑拿浴如何健身，西方人享受蒸汽疗法。可耳听为虚，眼见为

土耳其浴室一景

实，大家仍一头雾水，搞不清楚芬兰浴、土耳其浴，干蒸或湿蒸等种种玄机，不过给茶余饭后添些谈资罢了。曾几何时，国内也流行起桑拿浴来，人们在居家装修时，顺便修上一个简易的蒸汽浴，也很时髦。但《虎口脱险》里的土耳其浴到底什么样子？未必尽人皆知。一次难得的机会，我领略了其源头正宗。

夏始春余、叶嫩花初，我飞往土耳其一游。有一天在伊斯坦布尔大街上，我远远看见一块偌大的牌匾，上书"Hamani"，下注 1482 年。这就是土耳其蒸汽浴，伊斯坦布尔最正宗的老字号，已有 500 年历史了。要体验原汁原味的土耳其浴，非此莫属，不容错过。到浴室门口时，怎么看都像个清真寺，原来古代土耳其浴室常为清真寺的一部分，虔诚的穆斯林先沐浴净身，再登堂入室去礼拜。如果招牌上的 1482 年不是吹牛的话，那就是说，奥斯曼土耳其人于 1453 年攻占了东罗马君士坦丁堡，亦即当今的伊斯坦布尔，事隔仅 30 年，这间浴室就在拜占庭帝国的废墟上修建起来。这一文化占领可谓神速啊，奥斯曼人以伊斯兰文化取代了希腊东正教文化。其实不然，土耳其浴室并非奥斯曼人的原创，而是模仿了罗马人的浴室文化。古装片里常有这样的镜头，西罗马元老院的元老们在浴室里聚首密谋，或法律或阴谋，在浴室里炮制出来。征服东罗马帝国的土耳其人对罗马人的浴室文化艳羡不已，变本加厉地营造蒸汽浴室，甚至改建基督教堂和犹太教堂，添加了清真的洁净习俗和游牧文化特色，便有了雨后春笋般的土耳其浴室。

进到浴室，我发现与《虎口脱险》的浴室风格并不相同，没有夸张的锦绣帘幕，素朴得更像老北京的清华池。门厅里站着利索的土耳其大爷招呼客人，古气盎然。一位大爷头前引路，我更衣进入"预热房间"，里面热气腾腾，有淋浴，也有池浴，却不像电影里的雾气缭绕。热身之后进入蒸汽浴室，里面温度太高了，湿气根本无法形成白雾，只见一片蒸腾朦胧，人影曲曲幽幽，热浪阵阵扑面。居中设一中规中矩的六边形大石床，等边几何形的每个斜边上高卧一人。老大爷过去请下一位，重新铺上一条湿漉漉的麻布浴巾，放上竹枕，让我躺在上面。喔，好热！石床像个巨大的饼铛，不禁联想到北京街上的煎饼摊子，炉火架上一个厚厚的实心的圆饼铛，生鸡蛋刚倒上就摊熟了。体内的汗被热度逼出来，眼前金星乱闪。心里不知下一步还会有怎样的煎熬，只无告地望着天花板。浴室上有半球形的穹顶，上面嵌了许多形状不规则的彩色玻璃小窗，如望月星空。墙壁有激光灯变幻，红、粉、橙、紫，幽幽荧光。森森然，澡堂里弥漫着庵堂佛殿的空气。昏昏然，心神恍惚间，疑幻疑真，不知身在何方。

忍耐快到极限了，一位善眉善眼的大爷端着一小盆水过来，里面泡着一大块肥皂，是那种几十年前常用的、土黄色的、北方人叫"胰子"的东西。他往我身上泼几下水，通体打上肥皂。感觉重重的大手和木锉般的老茧，揉腿、搓背、推拿、按摩，像淘孩子在蹂躏玩具。我觉得骨断筋折，忍不住叫出声来。他指尖一触我右肩的肌腱，略显踌躇，察觉到了肩周炎，那是我打羽毛球落下的痼疾。便交叉起我的两臂，突然一压，我一声惨叫，几近昏厥。他一脸得意，嘴里叨咕着阿凡提的口头禅：亚克西！亚克西！意思大概是：就好了，就好了。或，这很好。挨到"大刑"已毕，我被拖到一个墙角蹲下，一大桶漂着白沫的肥皂水从头浇到脚。后悔没先做个深呼吸，几乎令人窒息。心里恨恨然：真是花钱买罪受！整个人散了架，才被带出"刑讯室"，进入"冷却室"，冷水淋浴降温，换上穆斯林图案的雪白浴袍，浴巾高绾盘在头上，像个出浴的苏丹。躺倒在舒适的软榻上休息，席不暇暖，侍者已献上热茶，不是"鸳鸯茶"，而是地道的土耳其煎茶，义火慢煮，色浓味重，刚入口较涩，而后有回甘。小巧的茶具精美悦目，啜茗一盏，顿息劳倦，浑身经络通泰，转一下肩关节，竟不再嘎吱作响，这才体味到土耳其浴的好处。

奥斯曼帝国时代，浴室乃社会交往、商贾交易的沙龙，君士坦丁堡星罗棋布的浴室，织成了一张巨大的社交网络。上层富人家中一般有设施完备的浴室，也还要到公共浴室会客、交友，走出封闭的家庭，进入社会关系之中。妇女们来浴室嚼舌头、传闲话，后宫春色、阉宦逸事、无根传说，闹得满城风雨，沸沸扬扬。还有最经典的场面，母亲给儿子寻媳妇，让媒婆先把姑娘带来洗浴，不经意间，婆婆细细观察，给未来儿媳把一下"体检"关，可谓别出心裁。土耳其浴像一种仪式，苏丹的臣民朝至暮归，常在浴室里耗上一天，镇日长闲，优游度日。但当今的伊斯坦布尔人现代了，像所有大都市一样，年轻人泡酒吧、逛舞场、开派对。土耳其浴早成"国故"，供外国游客猎奇、赏玩。如果没有我等这般浮光掠影、寻幽探微访奇的游客，不知道老字号如何生存。毕竟传统消费口味与今天大不同，老人常讲先苦后甜，味涩而有回甘，就像土耳其茶，甘口生于苦口。新人只懂浓艳甜俗，像哈根达斯冰激凌的味道，总甜腻腻的。谁知传统与现代如何融汇？

日暮黄昏，远看博斯普鲁斯海面上一片猩猩绯的深红，莹澈的天空有点稀薄的云，如淡白的微雾，又似扬着的轻纱。回到酒店，见大堂里喧嚣嘈杂，原来有婚宴包下整一层餐厅和后花园。新人的家属、亲朋真不少，有上百人挤在一起。回房间里还能听到土耳其民乐的强劲节奏，掀起窗帘看下去，花园里"闹洞房"的年轻人伴着民族音乐跳着迪斯科舞，豪饮鸡尾酒、拍手呼啸，更阑夜深，仍意犹未尽。第二天我问当地人，才知道这样的婚礼在伊斯坦布尔时兴，酒店里订下酒席，新人聚集亲朋好友开派对。婚姻乃人生大事，只有土耳其民族音乐和传统婚仪才能表达庄重和持久，但年轻人又喜欢跳迪斯科、喝洋酒、穿西式礼服，这样的派对才热闹、时髦。所以，传统与现代只好这样结合，民族音乐给迪斯科舞伴奏，虽说表里不一，却也相映成趣。

印度之行

　　无奈被派了个编教材的活，便请学生帮忙搜找文章，收上来的材料五花八门，挑来拣去，不胜其烦。有篇讲稿虽不宜做英语精读材料，却吸引眼球。诺贝尔经济学奖得主、印度经济学家阿马蒂亚·森（Amartya Sen），也是剑桥、哈佛等多所大学的荣誉教授，在新德里一民主大会上做主题发言。中心意思是 20 世纪人类最重要的转折莫过民主的兴起，世界各地虽尝试过不同形式的民主，但大浪淘沙，希腊式民主硕果仅存，升华为人类治理的普遍模式。19 世纪还可以质疑民主是否适合某国，到 20 世纪如此提问就错了。不是民主适应国家，而应改造国家去适应民主；世上几十亿人的历史、文化和经济状况虽千差万别，民主早晚必惠及所有人；如同计算机的默认程序，20 世纪已设定民主为默认的普世价值。[1] 哇，民主也很独断哟。他举印度为例证明民主的优越：独立前，英国人担心印度人管不好自己的事，独立后印政府以宪政解决政治分歧，以选举弥合民族矛盾，仅半个世纪便取得骄人成绩，让亚洲邻国倾慕不已，言之凿凿，不容置疑。他有多种著述，"民主"都是芝麻开门的咒语，无所不利。但两年前的一次印度之行，我颇感疑惑，印度民主是什么？它与触目的现实生活是怎样的关系？虽说逗留短暂，浮光掠影，却未曾领略"希腊的民主"。如今，民主人神共佑，人人口必称之，但心中所想恐怕南辕北辙，名实未必一致。

一、孟买猎奇

从北京经香港十几小时才飞到孟买，已是凌晨2点。孟买时区也很另类，比北京晚2.5小时。这个钟点本该冷冷清清，机场却人潮涌动，肩踵相接，似大巴扎的腾腾沸沸。印度人深更半夜到机场派对？机场路上车水马龙，似尖峰时刻。"车水马龙"是个比喻，在这里却很写实：奔驰轿车与牛、马车并驾齐驱，自行车在拖拉机、摩托车之间往来穿梭。

第二天一早看街景，两边横倒竖卧着不少人，毒日头下，一老者就着污水沟洗个铁餐盘，动作迟缓。鹅黄色的宽衣大袖肮脏敝旧，头上的包布看不出本色，身后蹦跳着个孩子，一位年轻妇女半卧人行道上，一家人刚吃过早餐。街上到处是在下水沟边做饭、洗盘的人，蝇蚊嗡嗡飞转。沿着破败的街道前行，满目邋遢污秽，城市像个难民营。招待方说，我们住的地段是滨海区，很不错，市里还有贫民窟，但不肯让我们去看。原以为电

128

影《贫民窟的百万富翁》（*Slumdog Millionaire*）外景是搭出来的，或电脑制作，现在知道是实景。拍摄地点在孟买的达拉维（Dharavi）贫民窟，那里人口过百万，还有四个比它规模更大的贫民窟，据说城市人口的55%住在"垃圾堆"上。该片一上映，贫民窟便成孟买一景，每年游客以30%的速度增长。印度人很讨厌"猎奇"（voyeuristic）心理，不许游客照相。但心理阴暗的游人仍顽强地在一堆堆垃圾、一摊摊污水、烂铁丝与破钢管之间闪转腾挪。烂木板、旧木箱搭起的简易房的间隙，有寻宝般的游客，兴趣盎然地穿来绕去，不期然，眼光与屋内半裸高卧的本地人相遇，对视的一刹那间，自己先尴尬地手足无措。

海边有不少人玩水嬉戏，海水呈暗黑色，礁石也黑黑的，人在骄阳下黝黑乌亮。阿拉伯海面一片虚空，日光下也似一派黑氛，仿佛毒日头刺眼的白光也有自己的影子，

孟买街头

孟买贫民窟

这不是典型的海滨丽景。回国后从旅行箱拿衣服，见下摆领口渍上一圈黑边，原来印度的朗天白日下，空气弥漫着焦炭粉尘。入夜，莹澈的天空，没有星，也没有月亮。街道水泥地上散乱地睡着人，有双手枕头的，也有一家人蜷缩一起的，孟买的黑夜弥漫着死寂。马克·吐温游历孟买时，看到的景象与眼前并无二致："我们似乎在一座死城里穿行，空寂的街道没有任何生命的迹象，乌鸦也静默着。数百印度人四仰八叉睡在地上，姿态像是装死。"[2]

二、午夜之子

但孟买的形象不是单一的，它多重面向并置、多种空间叠加，只是排列的方式匪夷所思：印度教庙宇与天主教教堂比邻，摩天大楼下有穷街陋巷，奢靡的洋房别墅外是污秽的贫民窟。同一空间内，叠加着不同的阶层、文化、种姓、观念、利益、宗教和身份，它们平行共栖，但别以为蜷栖在奢华脚下的赤贫会安贫乐道，彼此相安。相反，这里是全球资本、世俗势力、狂热信仰、地方民族主义、等级制与阶级对抗的角斗场。独立伊始，各种势力即相互挤压、冲撞，有过无数次暴乱、屠戮、仇杀。印度流亡作家拉什迪在纪念独立50周年的文章里概括：1947年8月，独立作为印度历史的新起点，曾承诺自由的黄金时代的到来；半个世纪过去了，1997年8月的印度弥漫着末世感，幻灭给独立的新时代画上句号。[3] 他回应的是尼赫鲁独立之夜的全国讲话："在这午夜钟声敲响之际，世界仍在沉睡，印度却将迎来生命与自由的觉醒！"50年前承诺的新时代，将带给所有人，包括工人、农民、贱民一个繁荣、民主和进步的国家，无论什么信仰、种姓或阶级，一律共享平等权利。

50年过去了，殖民遗产未及清算，英国人惯用的分而治之之策却被继承下来。独立的印度无力解决印度教、锡克教、穆斯林与基督教之间的冲突，也不能缓和高种姓、低种姓、无种姓，以及语种、方言之间的敌意，分裂在所难免。独立的曙光乍现，印度教与穆斯林已各不相让，印度一分为二，巴基斯坦独立的过程苦不堪言，50多万人被屠戮，1200万人流离失所。印度教徒还埋怨圣雄甘地纵容穆斯林，射杀了他，印巴冲突从此不断。1971

年，印度支持东巴的孟加拉族闹独立，巴基斯坦重蹈印度覆辙，又分裂出孟加拉国。印度内部再因语言引起多次暴乱，死伤无数。总理英迪拉·甘地70年代实施全国紧急状态，1984年被锡克族刺杀。其子拉吉夫刚继任总理，又被"泰米尔猛虎"组织枪杀。

拉什迪的长篇小说《午夜之子》（*Midnight's Children*，1981），以魔幻般的笔触，虚构一群独立日午夜出生的孩子。电台播放尼赫鲁动人的演讲，新生儿被抛入嚣杂迷惘的世界，他们感知、涉世与成长的故事，构成印度建国的寓言。这里没有二元的善恶黑白，也非线性情节的递进，不是耳熟能详的时代史诗，却感受魔幻、神秘的历史氛围。意识流的缠绵浸溢中，时时陷入历史巨流的裹挟，到处弥漫着无助与幻灭。纷乱多元、一盘散沙般的印度社会，你无从指认谁是强权，压迫、暴力却无处不在，社会关系涣散松懈，等级却依然苛严。随你称之为专制或民主，结果一样言不及义。

三、语言的战争

在孟买，吃喝会有问题。接待方千叮万嘱不要吃生凉菜，别去普通餐馆，一定喝瓶装水。一天中午在酒店餐厅要了份冷盘，想星级酒店卫生该有保障，结果立竿见影，一次次跑肚，幸亏带了黄连素，不至影响日程。偶读美国作家保罗·索鲁（Paul Theroux）的《火车大巴扎》（*The*

Great Railway Bazaar），会心一笑。他写一次去美国驻德里大使馆，碰上使馆人员哄传哈里斯去看大夫，原因竟是便秘。四座捧腹绝倒，他却莫名其妙，有什么好笑？陪同的官员约翰说，刚到印度大肠杆菌让他跑肚六天，为省事索性睡在洗手间里算了。[4]外国人在印度便秘，得怎样一副肠胃！

茶余饭后，与负责接待的女作家莎米沙·莫汉提（Sharmistha Mohanty）闲聊，我问孟买的英文名本叫Bombay，怎么改成Mumbai了。其实心里有答案，无非印证一下。她叹了口气，说名称是1995年改的，地方民族主义排外的结果。看她一脸愠怒，一言难尽的表情，不便深问。可想而知，北京的英文名原来叫Peking，后改为本土汉语拼音Beijing，去殖民化呗。后来知道，印度的事没一件简单，仅研究孟买改名的学术专著就有好几本。外人眼里，改一下地名的英文拼写，无关痛痒，可对孟买人，这是一次生活转折，从国际都市文化转向激进的排他政治，湿婆神军党（Shiv Sena）掌权后，动员底层印度教民众，仇视穆斯林、婆罗门和所有城市精英，阶级、等级、语言、信仰的冲突一下激化，政治生态之复杂超出想象。莫汉提出身婆罗门，既是文化精英，又家境优裕，她的苦恼非三言两语可以说清楚。

语言之于印度，不单是沟通媒介。一个有400多种语言、1652种族语方言的国度，世代屡经外族统治，所坚守的唯有语言。印度人将信仰、传统、身份意识、文化情感统统注入语言之中。因此，国大党反英殖民斗争之初，便洞悉各地方、各族群的诉求，承诺独立后废除英人划定的行政区，按语言重新划界建邦，深得人心。英国向上层力推英语教育，想把殖民地连成一片，但最终只有不到3%的精英熟练掌握英语，绝大多数人与之无缘。独立后的印政府于1950年立宪，将印地语（Hindi）和英语定为官方语言，另22种地方语言也为官方使用。英语仅做临时性的联系语言，15年后过渡到印地语独当官方语，行政区划分也以语言为主，一派旧貌换新颜的气象。

但宪法一宣布，非印地语各邦群起反对，小语种纷纷要求官方地位。印地语向来不是各语种间的中介，还不如英语既不绑定宗教，也不隶属族群。殖民统治一旦成为明日黄花，英语反易为各方接受。地方掀起抵制"印地语沙文主义"运动，抗议联邦政府的语言暴政。印地语缺陷也明显，书写是梵文化的文言，与口语脱节，对文盲占大多数的国家来说难以消化。另外，语言建邦也不现实，恰如印巴之间以信仰划分国界一样，人口混居造成大规模迁徙、械斗和屠杀。宪法一出，"语言暴乱"（language riots）不断，绝食抗议，纵火，杀人，打砸抢。尤其1965年英语过渡期满，印地语独大之际，泰米尔纳杜地区爆发大规模反印地语骚乱，70多人丧生。政府才意识到语言是潘多拉的盒子，既可做反殖民的利器，又是反中央政府的离心力，释放的能量足以瓦解新生的国家。印政府连忙叫停宪法实施，两年后修宪，印地语和英语结果无限期担当双官方语。

　　孟买改名与语言建邦密切相关，是地方与联邦冲突的缩影。1956年尼赫鲁担心商业大都市孟买，会被马拉地内陆农业拖累，宣布它为马哈拉施特拉－古吉拉特双语邦的首府。但讲马拉地语（Marathi）的印度教徒不答应，骚扰、袭击古吉拉特人。警察出面弹压，打死80多名示威者，史称"孟买之战"。牺牲的悲情激励了地方民族主义，最终迫使联邦妥协，马哈拉施特拉独立成单一语言邦，以孟买为首府。讲马拉地语的内地农民涌入孟买，但无力与穆斯林或南方受教育的外省人竞争。各类技术含量高、收入丰厚的位置，都被讲英语的知识分子垄断，马拉地人只能做苦工，抱怨起外邦人抢饭碗。一份流行的图画周刊，或像我们的《故事会》之类，刊登一份名单，列举孟买大公司高管统统是穆斯林或南方人，本地人沾不上边，排外情绪一下煽动起来。该刊主编巴拉·萨克雷（Bal Thackeray）见人气够旺，便弃文从政，在1966年扯

希瓦吉持刀跃马的雕像

旗成立湿婆神军党（Shiv Sena），抬出三百年前马拉地君
王希瓦吉（Shivaji）的牌位，一位曾重创强大的穆斯林莫
卧儿帝国的武圣。希瓦吉建立了印度教马拉地帝国，但
佩什瓦时期，大权旁落至婆罗门手上，最终为英人所灭。
这位古代战神饱蓄着丰富的象征意义——既是战胜穆斯林
的英雄，遭婆罗门知识精英背叛，又是英国殖民的殉难
者。印度教重返波斯化前纯洁印度黄金时代的梦想，托
寄在他身上。所谓 Shiv Sena，即希瓦吉的军队。孟买的
大小公园、街心广场、车站、邮局，无处不见希瓦吉持
刀跃马的雕像。

　　湿婆神军煽动底层民众排斥古吉拉特人、南方人、穆
斯林、知识分子、中央政府等非马拉地元素，孟买的阶
级、信仰、部族矛盾全面激化。1992—1993 年间，印度
教徒损毁清真寺，焚烧穆斯林商店，奸淫穆斯林妇女。印
度的骚乱总伴随强奸，印度妇女竟会协助男人奸淫仇家闺
秀。起初穆斯林上街抗议，孟买警察却偏袒印度教，射杀
两百多人，城市大乱。15 万穆斯林逃离孟买，10 万人无
家可归，800 多人被杀。接下来穆斯林以极端恐怖手段报
复，1993 年 3 月在城区的 13 处安放炸弹，一天炸死 257
人，大爆炸震惊全世界，孟买一夜间成绝望之都。检索大
爆炸新闻时，只见外媒报道血腥细节，或印度媒体指责巴
基斯坦为幕后黑手，却不见谈及前因后果。

　　这次湿婆神军斗狠生猛的形象深得人心，大家其实
明白这个打砸抢黑帮的本质，用一位印度教记者的说法：

"他们的确是混蛋，但是我们的好混蛋。"[5]尽管国大党、右翼人民党显得比较负责、温和、民主，却远不及湿婆神军强悍的保护者形象亲民。两年后，湿婆神军党与人民党结盟赢得地方选举，执掌马哈拉施特拉邦。农业文化接管了"英国化的孟买"，城市的英文名称便改为印地语发音的 Mumbai。国际机场、中央火车站（维多利亚火车站）均改以希瓦吉冠名，殖民城市收归为"我们的城市"，穆斯林、袄教、古吉拉特人统统被踩下去，民粹政治大行其道。如果按阿马蒂亚·森比附欧洲的思路，孟买的地方选举倒让人联想起 30 年代的德国。

四、离散的乡愁

拉什迪将《午夜之子》改编成电影，亲自配画外音："我被历史神秘地锁铐起来，命运无法挣脱地与同胞缠绕在一起。"这位孟买富裕穆斯林家庭出生的作家，虚构了两位主人公，一个叫希瓦（Shiva），名字一看便知指湿婆神军 Shiv Sena。另一位叫萨利姆（Saleem），典型的穆斯林名字，与作家身世相似，有自传意味。萨利姆被希瓦捉弄欺负，如同穆斯林被印度教排挤迫害。希瓦长大后成了狂热的反穆斯林军官，女仆这才解开他们的身世之谜。她做产房护士时，理想是取消社会等级，在独立之夜狸猫换太子，把印度教街头艺人的儿子调换给殷实的穆斯林。希瓦实为穆斯林，萨利姆才是印度教，血统并不纯正，因为母亲被英国人强奸。寓意很直白：种族冲突的根源子虚乌有。希瓦已知道自己是穆斯林时，反而变本加厉地迫害同族，小说暗讽湿婆神军挑唆族群冲突只为从中渔利，而并不在意非我族类。编织重返波斯化或殖民化之前纯洁印度的神话，也不过是回避印度百种混杂的赤裸现实。从克什米尔到孟买，从阿格拉到卡拉奇，拉什迪处理信仰冲突、阶级对抗、信任与背叛、暴力与宽容等主题时，并不揭示大历史，而是让独立日出生的一群孩子拥有魔法，或占卜未来，或有特异功能，行巫术、变形之类。他们只冷眼旁观，却不为国效力。这是拉什迪介入的方式，印、巴分制后，穆斯林的政治身份分裂，是印度人还是巴基斯坦人？身份的纠结也让海外印度知识分子居高俯瞰，迂回、隐喻地讲述历史，顾影自怜个人际遇。

客居美国的霍米·巴巴何尝不是如此，他是出身袄教家庭的孟买人，袄教与穆斯林相似，都属专业化、收入稳定的少数派。信仰、文化与大多数人隔膜，他们远离社会政治，浮在上面做优雅精英。霍米·巴巴杜撰一个概念"混杂身份"（hybrid identity），这是海外印度人后现代离散文化的写照，因有条件移民海外，让世界听他们为印度代言，却不介入日常现实，隔洋相望。他们的叙述要么魔幻、神秘，要么抽象、疏离。理论有太多的裂隙，充斥着"破折号"隐喻的间性空间。他们心仪的是全盘世俗化、仍处于殖民时期无政府状态的印度。[6]

五、全民婆罗门？

清早打开客房门，脚下一摞英文报纸，内容多是政党纷争和竞选的彼此攻讦。印度英文报有莫名的优越感，鄙夷地方选举的蛮横、无理和恶斗，看不起底层或农民出身的政治家，认为任由他们渗透公共领域，会玷污传统的政治伦理和公共服务意识。有文章规劝婆罗门少蹚浑水，谨记自己的社会角色，不要轻易介入政治，从旁教化民众、扶植工业即功德圆满。婆罗门在传统印度是最高种姓，但如今种姓歧视已属非法，大城市对它讳莫如深，极力淡化个体的种姓背景，但它仍是日常交往的潜规则。大城市的婆罗门虽不再是祭司或精神领袖，却仍有"书香"的传统，在知识界占比例很大，海外移民也多。印度本土知识分子面对令人沮丧的现实，往往退守象牙塔，喜欢穿梭于世界大都市之间，跻身国际学术，跟风海外后殖民理论，把印度陌生化或神秘化。像宝莱坞的歌舞剧，遍地轻歌曼舞的童话，却无力再现可辨识的真实生活。阿马蒂亚·森反复强调民主并非多数人决定，更有诸多其他诉求，这也许正是印度的经验之谈。知识分子具备开放的国际视野，不希望看到大多数人决定的民粹政治，此路不会通达现代民主。但自己又不肯融入乡土政治，言行不一的尴尬之境，才是第三世界民主的真实。没有大众的参与，怎能称得上是希腊式民主？

早在1915年圣雄甘地从南非归来时，他对印度阶层的分化就有深切感触。他也是海外知识精英，出身婆罗门，在英国取得律师资格，在南非执业20多年，46岁才回祖国。他问同胞：让上层精英压迫广大民众与英国殖民何异？他回来的第一件事，便是投身乡村，晓事态解民情，发动农民、鼓动城市劳工进行不合作抵抗。独立后，他的追随者尼赫鲁发展甘地的思想，在一个极度贫困、极不平等的国家，公共政策必须强调共同发展，扶助贫困人口，帮助边缘弱势人群。他的民主理念是：坚定不移的世俗化。对内发展社会主义经济，对外奉行不结盟外交，形成国大党的核心价值。同时在文化上启蒙教化占大多数的文盲人口。尼赫鲁有自己的社会主义观念："社会主义意味着所有阶级和群体一律婆罗门化，然后最终消灭阶级差异，这与古老婆罗门的济民理想并无二致。"[7]大众婆罗门化将是怎样一个漫长过程？坚持下来得有多大的耐力？还须有甘地、尼赫鲁这样极具人格魅力的领导人。他们竭毕生之力打破信仰、种族和语言壁垒，实施"泛印度世俗主义"，将大小王国、土邦、殖民属地统一成现代共和国。但其身后印度政治逐渐右转，民粹绑架贱民，右翼裹挟大众。湿婆神军等地方政客，吃准游荡在街道上幽灵般的贱民的困窘，给他们量身定制了"马拉地人"身份，崇尚信仰笃励、血统纯正、守土护家的尚武文化，从根本上挑战了尼赫鲁主义。

80年代，一批受西方训练的印度学者，想沉下去做底层研究（subaltern studies），一时影响颇大。外界只关注其可通约的一般意义，如被压抑的少数、后殖民文化，甚或引申到同性恋研究。未必理解印度学者的独特经验：印度底层的失语，知识分子与之隔绝，绝非"弱势群体"可一言以蔽之。虽说研究底层，却未必能移情到研究对象，女作家娜扬塔拉·萨加尔（Nayantara Sahgal）一针见血：除了生活在同一次大陆上，他们在物质或心灵上全无共通之处，精英表达的焦虑也非印度本身，而是自己的生存处境。[8] 如果当地人告诉你，城市不代表印度，哪里能找到真实的印度呢？农村吗？保罗·索鲁确实去过村子，一样被拒斥在外，至多就是到肮脏的小馆子里吃顿饭而已。村民搬到火车站去了，夜幕降临时，车站变成"站村"（station village），成千上万村民睡倒站台，外人去那儿或许能与印度亲密接触。[9] 印度是复数的"Indias"，一个交错并存的多面体。甚至说，印度只是个地理概念或文化符号，很难套用现成的民族国家概念。

六、亘古洪荒

行至德里，似乎看到印度的真实。阿克萨达姆神庙（Swaminarayan Akshardham）是一座 2005 年才建成的印度教新庙，占地一万多公顷的大园子。到处赭红砂石或汉白玉砌成的琼楼玉宇，有 2000 多尊精雕细琢的神像，柱廊环绕。远望绿茵绵延，近看莲池水光潋滟，游人荡舟逸闲，倒影草木欣然。淡烟暮霭中，音乐喷泉声光凌乱，霓虹流窜其间，人影散乱。不仅是鬼斧神工，还有高科技玄幻：

3D 影院、激光投影、超大银幕。这里曾汇集 3000 多位艺术家，几万工匠历时数年修建，被吉尼斯认证为世界印度教庙宇之最。原以为圆明园极盛之际才美轮美奂，但眼前的触目丽景，让自己深愧管见浅识。奢豪的庙墙之外，乞丐成帮结伙拦住游人，伸出污黑干瘦的手臂，而眼神却涣散迷离，或许魂魄已飘到大墙之内，现世早已心不在焉。在这里信仰生活才真实可靠，知识精英所谓普世自由，尼赫鲁的泛印度世俗化，哪里敌得过僧侣和民粹深谙民情？他们把控民众信仰这芝麻开门的秘诀，敛尽民财，役尽民力。

1896 年，马克·吐温游印度，记录"苏替"（suttee）墓地，即新寡妇女自焚殉夫的地方。石碑上刻有夫妻双双携手赴死的画面，令当地妇女艳羡不已。陪同告诉马克·吐温，若政府允许，寡妇们还会竞相效法，这是光宗耀祖的好事。作者感慨，多么奇怪的民族，一切生命都是神圣的，怜悯蝼蚁懒扫地，爱惜飞蛾纱罩灯，却不把人命当回事，真是令人费解的国度。[10] 这是现代世俗文化的典型态度，于了解印度无益。远处一逸静安闲的牧羊人，靠在破庙颓垣的古老壁画上，睡着了。一寸寸斜阳悠悠地日以继夜，夜以继日。印度与他何干？国家于他何益？古老的自然生存状态，让"公民"一词太奢侈，也太空泛。法律课本上的"自然人"，应该让牧羊人诠释，他想象不出民族共同体，整体观离他太遥远。想由中央统筹全国工业现代化，在印度比骆驼穿针鼻儿还难。森的民主观经不住推敲，与他不言自明的前提有关，其实，欧化的民族国家观念并不普遍，虽然中国人两千年前已想象天下大一统，却未必产生西式的国家观。在虚无缥缈的前提下，他设定民主、宪政为默认程序，社会为一架机器，制度则是应用程序，人作为物理世界的一部分，装载不同的程序即产生不同结果，嫁接理想制度，可期待理想社会，却没有给亘古荒凉的原始定力留下应有的位置。

注　释

［ 1 ］　参见 Amartya Sen, "Democracy as a Universal Value," *Journal of Democracy*, 10.3 (1999), pp. 3–17。

［ 2 ］　Mark Twain, *Following the Equator: A Journey Around the World* (Hartford, CT: The American Publishing Company), p.172.

［ 3 ］　参 见 Salman Rushidie, "India's Fiftieth Anniversary," in *Step Across This Line: Collected Nonfiction 1992–2002* (New York: Random House, 2002), p. 159。

［ 4 ］　参见 Paul Theroux, *The Great Railway Bazaar* (New York: First Mariner Books, 2006), p. 99。

［ 5 ］　Thomas B. Hansen, *Wages of Violence: Naming and Identity In Postcolonial Bombay* (Princeton, NJ: Princeton University Press, 2001), pp. 123，121–122、125.

［ 6 ］　参见 Rushdie, *The Riddle of Midnight*, p. 33。

［ 7 ］　Hansen, pp. 44–45.

［ 8 ］　参见 Nayantara Sahgal, "Some Thoughts on the Puzzle of Identity, " in *Point of View: A Personal response to Life, Literature and Politics* (New Delhi: Prestige, 1997), p. 80。

［ 9 ］　参见 Theroux, p. 97。

［10］　Twain, pp. 92–93.

怀恋冬宫

罗马假日

一、出国置装

记得 80 年代末，单位通知参加赴意大利代表团。那年头出国是大事，"置装费"发 500 元。当时工资还不足百元，算意外之财。另有零用钱 30 美元，回国还带"一大一小"出国指标。所谓"一大"，即凭指标买彩电、洗衣机、冰箱、录像机之类一件。"一小"乃电烤箱、剃须刀、电熨斗等，那时的生活水平，"小件"均属中看不中用的劳什子。出次国已穷极奢靡了，但还没完，单位一纸介绍信去"红都"裁西装。红都服装店专给首长做礼服，出国人员勉强巴结上个边角。记得"红都"离天安门不太远，店面像个衙门。我敛手低眉踅进门，候在过道个把小时，才有个中年女裁缝出来，矜持地抬着一张不屑的脸，左下眼角余光瞟一下，颟气地问："什么事？"我心想："上户口不到这儿来，除裁衣服还能什么事。"忙举上介绍信。"什么时候出国呀？呦！那可来不及，我们净是重要任务，得等三四个月呢，你还做吗？"我伏低做小地弱答："做吧，没准儿下回出国能穿上。"话出口便后悔了，裁缝一个白眼儿，好似说：瞧那小样儿，还惦记着下回，昏头了吧你？推推搡搡量了尺寸之后，我灰头土脸溜出门去，未出国门已遭"百年屈辱"。但出国一定得穿西服，只好飞奔王府井百货大楼，买套"平民西服"，先具其形，罔顾其实。

二、文化冲击

80 年代想象的西方是爱丽丝奇境，琼楼玉宇，梦幻般靡艳。我走出米兰利纳特机场，心里凉了半截。破败狭窄的旧街道，暗灰的砖墙与突兀的电线杆上，到处是一样的招贴画，金发美女从长裙拼缝间露出一条性感的长腿，风吹雨打，美女图黯败污浊，残片随风瑟缩，恰似原来宣传的资本主义腐朽没落。明明向西飞了十多个小时，怎又回到了改革开放前？住进米兰中央火车站边一家四星级酒店，但看上去还不如国内县级招待所。在公寓楼一侧辟出些客房，酒店既没大堂，又没酒吧。电梯能容纳两个人，放进行李，人不能上，门还得手拉。当年北京已有三五家涉外大饭店，长城、丽都什么的，都比着拉斯维加斯赌城的水准建的，咱们在国内也开过眼。原以为西方的生活就像住北京的大饭店，后来才明白，欧美城市也少有那么豪华的旅馆。

游米兰名胜，才明白自己的认识出了偏差。意大利城市差不多就是艺术博物馆，中世纪、文艺复兴的艺术品，俯拾皆是。尤其在佛罗伦萨，米开朗基罗的大理石雕像，随随便便丢在街上。意大利政府那年有个统计，1.3万件文物在博物馆或教堂遗失，全欧洲的艺术品盗窃案，80%在意大利。意大利人对待文化遗产的态度，恰似工作作风，粗心大意。首先，政府不肯出资维护文物，致使三分之二的国宝封存库中不能面世。其次，历代建筑师、艺术家拆东墙补西墙，为新创作而破坏旧文物。比如，巴洛克艺术大师贝尔尼尼（Gian Lorenzo Bernini，1598—1680），曾给教皇雕制圣彼得大教堂的青铜华盖，铜不够用了，便满不在乎地去扒罗马万神殿的铜屋顶。因此，意大利城市景观，往往由时间与历史层叠交错、沉积而成，凝尘败叶的表层下，有精致与浑厚，这不是铺张跋扈的炫富所能比的。

意大利半岛形如靴子，一脚踏入地中海。米兰位于靴筒上端，再向北开车一小时，就到瑞士。与瑞士交界处有一风景：科莫湖。秋日阳光下，渌渊镜净，可鉴天光云影。远山与天与水，浑然无际。晴光潋滟，众山倒影，叶红花飘，美可入画。17世纪，意大利为欧洲风景画滥觞之地，艺术家胸中之妙，与眼前云山烟水相映成趣。描绘科莫湖风景，并非模山范水，更需情与境会，大师神来之笔在点染间，自然灵趣，如初曙透纸的黎光，隐现于画布之上。

这里是墨索里尼的归宿。"二战"尾声，盟军登陆，日暮途穷的墨索里尼败走科莫湖。也许临终要去个景色怡人的地方，恰巧撞上意大利游击队，他与情妇双双被捕。不审讯，也不过堂，就地正法。两个尸首被头朝下吊起

墨索里尼和情妇暴尸街头

来，供国民鞭挞。我看这段纪录片时，颇为死者不平。民众肆意侮辱荡在空中的死尸，扔鸡蛋、吐唾沫、撕扯，情状不堪。墨索里尼纵使罪大恶极，也一死百了，犯不上辱尸，你们与罪犯何异？

三、拉丁风情

代表团在意大利只短暂停留，便转赴美国，剩下我和一位同事，两只年轻的"菜鸟"留守米兰公干。日子一天天难熬起来，出国餐费标准是每天 13 美元，人多时凑一起还能将就，两个人就不够吃了。每天睁眼第一件大事，饕餮饭店供应的早点。专拣奶酪等顶时候的"硬食"，强塞下肚去。剩下两顿就难了，13块只够吃汉堡包的，上一顿麦当劳，下一顿汉堡王，一个月下来，看饭桌上什么都像包子。那时不兴"全球化"，也不大提"欧洲一体化"，意大利还是"原汁原味"的。电视台不播外语节目，报亭也不卖英文报纸，不懂意大利语等于与世隔绝。既不知意大利发生着什么，也不晓世界有何变化。一到晚上，几个小时不停地按遥控器换电视频道，不知道自己要找什么。可怜的同事视力减退，赖上我换台摧残了他已深度近视的眼睛。后来，发现火车站卖《国际先驱论坛报》(International Herald Tribune)，这是意大利仅有的英文报纸。每份 1.5 美元，当时正处山雨欲来、风云变幻的时代，要心怀祖国放眼世界，就得跑趟火车站，中午少吃一份薯条。

旅行箱里两叠花花绿绿的国际旅行支票越来越薄。那年头，国人没有信用卡，出国只准带"中行旅支"。据说现金怕被盗或自盗，而支票须两人签字才有效。每去银行要等个把小时，不是人多，是意大利人的工作效率让人抓狂。我们一次只敢兑 100 美元，所以回忆意大利的好时光都是银行里度过的。米兰的大街上三天两头有外国游客被盗，警察束手无策。行窃者是未成年的吉卜赛孩子，七八个一群，年龄五岁至十二岁不等。他们的攻略是，先把你团团围住，个子高一点儿的伸手到你鼻尖底下喊"行行好"，转移注意力。0.01 秒的一刹那间，无数只小黑手伸进你内外所有口袋，像 X 光扫描。人群散去，再摸口袋，连个纸头也留不下。意大利接待方有个叫法尔科尼尼的绅士，出身望族，是位守礼君子，善眉善眼的。一次中国代表团被围攻，他碍于地主身份，自觉颜面尽失，突然失态，面露狰狞，大打出手，乞丐鸟兽四散，我们再也不轻信他的慈眉善目了。

周末最无聊，我与同事打算去威尼斯转转。从米兰乘火车向东走三个半小时，水城位于意大利半岛"高靿靴筒"的后上方。去中央火车站乘车也是一景。20年代，车站模仿华盛顿联合火车站设计，恰在此时，墨索里尼上台，城市建筑须体现法西斯的宏大气象。结果1931年落成时，车站比华盛顿的国会山或白宫都气派。墨索里尼死时，大家咬牙切齿，到了战后，意人态度又暧昧起来。人们对法西斯建筑的磅礴气魄津津乐道，感念墨索里尼时代留下的公共设施。这一点与德国很不同，德国人最忌讳提及希特勒，所有城市小心翼翼地抹掉纳粹的一切痕迹。

车站外表光鲜内部邋遢。候车大厅挤挤杂杂，游子过客往来如梭，买票的长队一眼看不到头，加塞儿情况严重。每个人到售票口都比比画画，动情倾诉着什么。窗口后的售票员表情冷漠，眼神空空呆望前方。意大利人话多，没有哪个民族表达欲如此强烈。一次与意大利人出行，一办公室出十几人开四辆小车首尾相随。每走四十分钟，他们要停下来聚一起喝杯espresso，三个多小时的路走走停停。每次小憩似久别重逢，拥抱亲吻，聊个没完。搞不懂，天天扎在一间办公室里，哪儿来那么多话说？办公时间也见缝插针，一上午要两次上街喝咖啡，难怪意大利经济不景气。拉丁文化确实与日耳曼文化不一样，德、英、荷、比等国做事严谨，工具理性，社会效率高。拉丁人散漫、放纵，物质上赶不上西北欧，艺术上却更敏感些，有生活情趣。好容易挨到售票口，离发车只剩两分钟。售票员又摆出一副抵御情感垃圾的表情，但我无话，只吭哧出几个现学现卖的意大利单词：两张、威尼斯、二等票。

四、莎翁情史

一上火车，发现对面坐着一位中国人。那时去意大利的东方人差不多都是日本人，火车上碰到中国人的概率接近撞上外星人。他显然也好奇，几次欲言又止。最后终于问："你们是从中国来吗？"脸上欢快起来，一个劲儿地问："为什么来意大利？""待多久？""要去哪里？"他自我介绍在维罗纳（Verona）开餐馆，来意大利20年了。谈兴不久便松懈了，海内未必存知己。火车驶抵维罗纳，我们握手告别。他却拉住我们的手不放，坚持一起下车："看看维罗纳吧，很美的，有圆形剧场，罗密欧、朱丽叶的故居，还有我的餐馆，我请客。"有些突兀，萍水相逢，怎么就请吃饭啦？他看我们犹豫，一副本地通的模样："别担心，车票废不了，上午游维罗纳，下午赶威尼斯的车，二十分钟就到。"盛情难却，也久闻此地大名，便糊里糊涂地跟着下车。

莎翁写浪漫剧《罗密欧与朱丽叶》，从未来过意大利，故事也非原创，而是取材于一个已经流行欧洲的煽情故

事。大概一位叫卢吉·达波特（Luigi da Porto）的意大利
军官，在1531年原创的这个浪漫史。莎翁在16世纪末写
剧本时，已存在各种版本、不同语种的罗密欧与朱丽叶的
殉情。但唯有莎翁能使小城故事千古流传，仅凭原作者的
才情，大情圣的名字恐怕已失落在时间的黑洞里。小城整
洁安谧，可看的地方不多，有蒙太古与凯普莱特两世仇家
族的旧址，也有朱丽叶的墓地。大可不必当真，估计是旅
游经济吧。可是古圆形露天剧场（amphitheatre）有看头。
从顶上向下看，剧场像个椭圆的火山口，比罗马的大竞
技场刚好小一号，维护的状况却好得多。古罗马人好血腥
游戏，角斗士、马车赛、人兽斗，都是帝国最大的娱乐产
业。古帝国版图内已发现230座大小不一的圆形剧场（也
翻译成竞技场）。古罗马的圣·奥古斯丁（354—430）在
《忏悔录》里，提过一个亲历的故事。罗马学习期间，有
位同学叫阿利皮奥（Alipio de Tagaste），高尚聪慧。好事
者撺掇他去竞技场观角斗，阿利皮奥很不情愿，但盛情难
却，只勉强答应一起去，仍发誓掩面不看。当角斗士倒
地，场内十万观众咆哮雷动，在强烈的好奇心驱使下，他
从指缝间瞥了一眼嗜血的竞技。不得了，这一眼对他心灵
的伤害，比角斗士的致命伤还厉害。阿利皮奥从此沉迷角
斗，场场不落（见《忏悔录》第六卷）。可见，古罗马毒
害青年的游戏，比今天的网游有过之而无不及。

　　1786年，歌德来维罗纳探古寻幽，拾阶而上来到剧
场的顶层，感慨不已：别的地方看演出，观众站在凳子

上、木桶上，或手推车横铺一条木板站上去，有的干脆爬上屋顶，乱七八糟的；这里不同，伟大的建筑师设计了火山口式的观众席，每人无论身在何处，一览舞台无余；剧场无需装饰，由观众入席装点，一盘散沙似的民众，被剧场空间塑形成庄严集会的与会者，空间格局让观众凝聚为有机整体，一种超然精神降临了，感染每个角落；如今剧场已成古迹，空无一人，魅力丧尽，连壮观也谈不上。[1] 想必歌德心系德意志文化的统一，才感发不胜今昔之慨。他转到剧场墙外，看见维罗纳人正在赛球，场面涣散凡庸。歌德纳闷：为何不把剧场重新利用起来呢？果然，一百多年后，圆形剧场重新启用，自1913起举办一年一度的歌剧节，意大利歌剧因维罗纳而享誉世界。

维罗纳最后一景，是好客的中餐馆。餐馆外表堂皇，餐具、桌布摆成宴会的排场。一进厨房，却不免咋舌，寒碜的后厨与朱漆大柱的厅堂很不搭调，意大利中餐馆大多是里外两张皮。老板娘端上一盆油光腻亮的蛋炒饭，量够十人一席的，周围摆上几盘炒菜。厨艺说不上高明，大葱卵蒜，家常便饭，吃起来却如天厨仙供。一个月的汉堡肠胃，这顿饭别提多解馋了。老板夫妇不善言辞，静静对面坐着，看我们狼吞虎咽、长汗直流，面露满意之色。相聚之缘只有同胞情分，没有其他考量，他们沧桑的眼睛里有泉水般的纯净。这对夫妇是浙江青田人，意大利大部分华侨都是同乡。不知何故，青田人遍布罗曼拉丁语国家（西班牙、法国、葡萄牙等），却鲜见于日耳曼语国家（德、

奥、荷、比、卢、美、英等国多为福建、广东人）。还有
一次经历让我见识了青田人的性情。

90年代一次从罗马飞回北京，搭乘国航。乘客大部
分是中国人，到了登机口，才被通知飞机因故障延误。透
过玻璃墙，波音747宽体机翼下巨大的涡轮时转时停，据
说降落时撞上一只大鸟。机场地勤与中国飞行员反复试
车，确定不了受损情况，一拖九个半小时。候机室里，乘
客早横七竖八，鼾声四起。我隔着玻璃猜度测试结果，时
间悠悠如发动机的空转。终于，国航决定请乘客吃饭，大
家鱼贯而入，进入一家机场餐厅，看档次应该会供应一顿
意大利正餐。没想到，行李车推来一堆压得歪歪斜斜的
泡沫塑料盒饭，打开一看，满满的白米饭上面，点缀几根
青黄的鱼香肉丝。旅客不干了，抱怨、诅咒起来。空姐见
势不妙，说声"慢用"，溜号了。一片乔声颡气中，突然
"砰"的一声拍案，同桌一位中年妇女倏然而起，高声喝
道："你们还算中国人吗？国家办意大利航线容易吗？出
点技术故障，给你们吃，给你们喝，还挑肥拣瘦，好意
思吗？有点爱国心吗？"

乘客被镇住了，个个面带愠色，渐渐啧有烦言：跑这
儿给政府代言来了，有病吧。她颓然坐下，挽住丈夫呜咽
着："出来十几年了，第一次回家坐自己的航班，看见这
么多中国人，本来挺高兴的……"旁听这对夫妇聊天，知
道是在佛罗伦萨开餐馆的青田人。我也嫌她上纲上线，像
被洗过脑，又隐隐情为之所动，见她眼里也有维罗纳夫妇

那清澈与纯净。无法想象今天还会发生这种事，人们太世故了，攘攘利往。身份、阶层种种俗见，让国人在海外街头照面时，无缘无故地白眼相向。若诛心论之，想必内心嫌弃同胞，即精神分析所谓"自我憎恨"，悔不该生为中国人，恨不得戴上面具出门。内部失和，莫怪外人轻看。

五、罗马兴亡

歌德曾说，游罗马需要大量知识储备。他带着朝圣欧洲文明发源地的敬畏，访问罗马，感慨："进入罗马城那一刻，我仿佛浴火重生，一生所学历史知识，在这里亲见，整个世界史与这个城市相关；我既可随恺撒远征幼发拉底，也能隐遁罗马神圣大道（Via Sacra），静候王者凯旋。"[2] 看一队队游客欢天喜地，来往穿梭古竞技场、梵蒂冈和西班牙台阶之间，却不知随人俯仰的热闹，不过是赶时髦的盲目、到此一游的虚妄。罗马与一般旅游城市不同，这里文化与历史的沉积太厚重，伊特拉斯坎人、希腊人、罗马人、西哥特人、蛮族、高卢人，攻城略地，同一宅基上不断摧毁、修建、再焚毁、再重建。新罗马与古罗马之间难分难解，在新、旧城分界的草蛇灰线之间，玉楼金殿连接颓垣废柱，新名胜覆盖旧遗迹。大事炫耀的巴洛克豪宅，曾征用古罗马的砖瓦泥墙；罗马风格的神殿，却让古埃及石柱支撑希腊风格的屋檐。你不会觉得建筑风格混乱，建筑师把不同的时代组织起来，让每一座纪念碑、每一所邮局或每一个火车站，宣示时间进程的不容置疑，古代、中世纪与现代浑然一体。

古罗马废墟上，一个放学回家、路上贪玩的男孩，捡起一块公元前2世纪的古希腊残砖，投向一只灰白杂色的信鸽。罗马人的现代生活与古代世界从未阻隔，时间演进与历史嬗变是渐进和连续的。温煦夕阳的光晕里，城市空间、历史时间与思古幽情交汇，无意间，领悟一个文明的生生不息与勃勃生机。然而，意大利入欧盟后再访罗马，已找不到这种感觉了。一个夏始春余的明媚下午，故地重游，却见大竞技场和古罗马废墟被栅栏围了起来，入口处设了票房，白铁牌上标明门票10欧元。意大利里拉已成纪念币，加入欧元区后什么都贵起来，意大利人喝咖啡也要算计了。栅栏里到处是东穿西走的旅行团，古废墟更像复叠堆垛的文物陈列。游客挤挤挨挨，头不得顾，踵不得旋，只能随势潮上潮下，不知去落何处。当地人肯定不会进来了，"旧城"已做文物，供游人观赏。铁栅栏剥夺了古罗马遗址的现代生活，城市空间的连续性被分割，历史时间断裂了。古罗马不再是新罗马的有机部分，而升格为世界文化遗产，高卧于博物馆之中。这是城市之幸，还是罗马人之灾？

六、教皇秘闻

到罗马，一定得去梵蒂冈，但80年代那曾是敏感地带。梵蒂冈与中国没有建交，当时参观有违外事纪律。虽不失大节，却还蛮纠结的。代表团每人都想去看看，又怕被打小报告，只好攻守同盟，去了不准拍照，回国不许说出去。梵蒂冈号称国家，怎么看都有浮夸之嫌，充其量是个机关大院吧。把守"国境线"的门卫，穿着稀奇古怪的16世纪瑞士雇佣兵制服，好像刚从歌剧院舞台上跑过来，没来得及卸装。进梵蒂冈免签，圣彼得大教堂是开放的，但大院内须有组织参观，怕影响办公。圣彼得大教堂的辉煌，让你目瞪口呆。内部空间可谓"广袤"，容纳六七万人同时做弥撒，是世上第一大教堂。无数根大理石柱，高高顶起巨大的穹顶。援梯爬上穹顶内环平台俯视大厅，游客小如蝼蚁。圣彼得的宝座统摄整个内部空间，不像其他教堂供奉一个大十字架或耶稣受难像。三束阳光静静地从宝座后照射过来，静若太古，信徒们不由自主跪在光影里，双手伸向苍穹：主啊，带我去吧！这是文艺复兴大师的杰作，米开朗基罗、布拉曼特、卡洛·马泰尔、贝尼尼设计的建筑极品，让宗教情感在这里升华。

意大利虽为最虔诚的天主教国家，却未必以首都有教会圣地而感自豪。这个国家的近代史上，对教皇国很不友好。拿破仑一世王朝覆灭后，意大利民族意识渐趋高涨。民族统一的漫漫长路上，意大利人视教皇国为死敌。盘踞罗马的教皇与法国、奥地利勾结，一起镇压民族主义者。1870年，意大利王国最终对教皇宣战，攻占罗马，教皇庇护九世躲进梵蒂冈自闭成囚，千年教皇国寿终正寝。1929年，意大利国王派总理墨索里尼与教皇签署《拉特兰条约》，承认梵蒂冈城有完整主权，但立国的条件是，永不许教皇兼神权与世俗权力于一身。尽管从1523年起到约翰·保罗二世之前，所有教皇都是意大利人，但意天主教徒未必拿他们当自家人。

我两次碰上教皇约翰·保罗二世，一次他在教堂外大阳台向朝圣者祝福，一次他乘敞篷车到圣彼得广场布道。圣彼得广场有八万多平方米，两个半圆形恢宏的长廊，拱卫着教堂大门。每侧弧廊由284根大理石柱支撑，中间有大喷泉簇拥着41米高的埃及方尖碑，教皇保罗二世就在这里险些遇刺身亡。1981年，他也是乘敞篷车布道，刺客从人群中近距离射击，命中四枪，一枪射到腹部要害，他仍奇迹般生还。康复后，保罗非但没有减少露面频率，反而更积极活动，保安措施并没有加强。这位教皇很传奇，说他改变世界格局也不为过。尽管《拉特兰条约》不许教皇干预俗界政务，保罗仍我行我素，翻云覆雨，笃定乾坤。他本是一位波兰天主教堂的普通神父，一直积极投身反政府的秘密活动。44岁那年升任波兰克拉科夫大主教，也上了克格勃的黑名单。1978年被选为教皇，坐镇梵蒂冈。克格勃头子安德罗波夫（后任苏共总书记），认定保罗当选是北约颠覆苏联的阴谋。果然，加冕一年后，教皇回访故乡，登高一呼，数百万波兰人闻风景从，波共舆论失控，保罗剑指格但斯克大罢工，号召同胞起来造反。次年，团结工会成立。

克格勃坐不住了，命令保加利亚情报部门刺杀教皇。保国特工大概看《007》太多了，行动计划像间谍片的剧本：雇一名土耳其职业杀手狙击，枪响后，一保加利亚特工引爆小型炸弹，制造骚乱，罗马特务再趁乱接应杀手躲进保加利亚使馆。计划看似天衣无缝，问题是刺杀不同于拍电影。杀手连射多枪也没致命，策应人一听枪响慌不择路，忘了引爆，径自逃命。广场非但没乱，只两个窈窕修女就连挠带扯制服杀手，克格勃把《007》恶搞成闹剧了。保罗人难不死，坚信自己神人共佑，万打不倒，更不顾福祸毁誉，大搞和平演变。1983 年和 1987 年，他两度造访波兰，与团结工会暗通款曲，与里根政府缔结"神圣联盟"；分布在东欧各国的教会网络，秘密为他收集情报，梵蒂冈与中央情报局资源共享，一起资助地下异议组织，私下提供间谍设备。[3] 毕竟保罗地下工作经验丰富，把传福音导演成《谍影重重》，以梵蒂冈的软实力联结美利坚的硬实力，终于在苏联帝国大厦的根基上撬开一条裂隙。1989 年波共垮台，团结工会执政，1991 年苏联解体。西方领导人表彰教皇的汗马功劳，他自谦道："这棵大树早已枯朽，我只轻轻一摇，烂苹果就掉下来了。"[4] 保罗二世让梵蒂冈声威大震，近代以来，它原只是天主教会内部科层的顶尖，常与世俗权力博弈征战，并不总占上风，胜败荣辱无定。但冷战两阵营的大对决，却让梵蒂冈攀升到道德制高点，以瓦解共产主义阵营赢得西方的敬意。包括美国在内的许多国家，都在保罗任期内才与梵蒂冈建交。媒体吹捧梵蒂冈为基督教世界的圣地，实属"后冷战"的幻象。

七、别了，红都

不久前整理旧衣物，翻出"红都"西服，才想起二十多年前的往事。这件衣服取回来就没穿过，款式"老土"，还不如当年百货大楼的西服"新潮"呢。可面料贵重，衣柜里其他衣服的料子，没一件比它实在。想改成一件中山装，衣料尺寸捉襟见肘，好裁缝也难为无料之衣，怕只够改个毛料短裤的。它属于那个年代，虽然不太久远，但已恍如隔世。如果留它当个念想，又觉得矫情，如今怀旧总不够真诚，毕竟刚刚迫不及待要告别那个时代。况且，躁竞攘攘的日子里，哪有它的位置。

注　释

［１］　参见 J. W. von Goethe, *Italian Journey* in *Selected Works* (New York: Pantheon Books, 1962), pp. 420–421。
［２］　参见 Goethe, p. 523, 530。
［３］　参见 Carl Bernstein, "The Holy Alliance: Ronald Reagan and John Paul Ⅱ," *Time*, 24 Feburary, 1992。
［４］　参见 Carl Bernstein and Marco Politi, *His Holiness* (New York: Doubleday, 1996), p. 356。

海内存知己

一、内参电影

参加欧语系博士开题，论文以 70 年代阿尔巴尼亚译制片为题。小时候，看阿尔巴尼亚电影可是大事，片段的台词、支离的画面、散碎的桥段，仍偶尔闪现记忆，却说不清曲直原委，有人专门研究当然可喜。这几年，一碰到老译制片，便买碟回来看看，终不免俗，也怀旧了。观后却兴味索然，怅然若失。以今天的标准，阿尔巴尼亚电影质量不高，手法幼稚粗糙，滥调说教，实难消受。但心里仍想寻找点儿什么，儿时记忆的碎片？旧梦的残影？

70 年代大院里放过一部阿片，名字忘了，未译制，可能属"内参"，才特别期待。好像在露天放映，"内参"气氛总神秘兮兮的，像淘孩子瞒家长干了出格的事。开演前隆重推出特邀"同传"，开头是几个全副武装的人敲开一家房门：某人在你家吗？女主人似乎说不在，眼睛却示意人在里面。这都是猜的。周围大人青筋暴起，屏气凝神等翻译，翻译吭吭哧哧没句整话。不速客又说了句什么，主人大妈说："屋里喏。"一口南方腔立刻翻译出来：请进。接下来又语焉不详了。总在20分钟或半小时之间，翻译蹦出一两个不相干的词，观众如坠雾里。可"屋里喏"一出现，他定言之凿凿：请进。孩子们发现规律，一听"屋里喏"，便大喊：请进！翻译索性不吭了。演完谁也没看懂，却一致评价是惊悚佳片，要求重放，换翻译。

　　不久，果然大礼堂重放，翻译仍是这位仁兄，哪那么容易找阿语人才？显然，他做了功课，先讲故事梗概，我年龄小不记得了，开演后却依然含糊其词，比上次强不了多少。现在想来，翻译也没机会再看片子，片源、放映设备和场地不允许，估计是打听到的情节。小孩儿一听"屋里喏"又哄场，结果到今天也没弄懂电影讲什么的。男孩"玩打仗"却添了噱头，追杀"坏人"、对暗号总"屋里喏"，所以至今不忘。对阿片就这点破碎的印象，偶然耳际萦绕一段莫名的旋律，细想可能是某片插曲。"文革"期间，中国人八个样板戏颠来倒去看了十年，辘辘饥肠，阿片算得天厨仙供了，可比美国大片。答辩时，有两位阿语老专家回忆，阿电影填补了"文革"初的电影荒，缓解中国人的审美饥饿，部分解释了轰动中国的原因。西方电影史家也说，霍查时代的电影都是政治宣传，无艺术价值。难道阿尔巴尼亚只给我们增加了片源？宣传弦外就没遗音吗？

二、患难兄弟

持平论来，中国观众迷恋阿片，不完全是没电影看。六七十年代之交，除样板戏外，还有"三战一队"——《地道战》《地雷战》《南征北战》和《平原游击队》，然后是三个社会主义国家进口片。朝鲜《卖花姑娘》《鲜花盛开的村庄》，哭哭啼啼，男孩喜欢"打仗的"，不看苦戏。越南电影倒是飞机大炮，可连故事都讲不圆，不如再看倒背如流的"三战一队"。阿影片水平也有限，但比这些片子就不是一个档次。阿语专业的陈逢华博士开题，梳理六七十年代中国进口的阿片：《宁死不屈》（1967）、《海岸风雷》（1968）、《地下游击队》（1969）、《战斗的早晨》（1972）、《第八个是铜像》（1973）、《广阔的地平线》（1968）、《脚印》（1971）、《勇敢的人们》（1971）、《在平凡的岗位上》（1974）等。我脑子里勾出个谱系，回家下载，发现无论叙事、影像、政治基调、题材还是表演，阿片彼此呼应，自成一派。

当年最火爆的《地下游击队》，共产党员彼得罗中尉打入意大利军，但渐被法西斯怀疑。为了考验，意军头目命他处决一位女游击队员。驶向郊外法场的漫长车程里，镜头快速切换脸部特写，眼神传递内心纠结：不能亲手杀害同志，但不开枪又会暴露身份，外表仍不流露一丝不安。轿车开到山花烂漫的郊野，手枪交到彼得罗手上。镜头推进，特写枪口一寸寸瞄向游击队员。观众的心提到喉咙，中尉突然潇洒转身，枪口转向敌人，却哑火了，没装子弹。身份暴露，大义得以保全。生死呼吸之间，游击队神兵天降，大团圆的结局。镜头节奏与音效相得益彰，妙入筋骨，好莱坞式的“最后一分钟营救”吊足胃口。电影千人一面、情节教条的年代，阿尔巴尼亚人还搞点惊悚悬疑，风格算很西化了，尽兴得出人意表。

进口社会主义国家影片，绝非娱乐考量，乃亲密友邦。中朝鲜血凝成的友谊，越南战争少不了中国援助，而中阿之间乃神交魂契，两国皆与美苏两霸抗衡。1956年苏共“二十大”，赫鲁晓夫抛出“秘密报告”清算斯大林。阿领导人恩维尔·霍查谴责他是江湖骗子，说去斯大林化是以自由民主为饵绑架苏联人民，篡谋布尔什维克政权。1959年，中国也放弃“一边倒”外交，开始揭批苏联修正主义。1960年6月，布加勒斯特召开社会主义国家共产党和工人党会议，中阿关系戏剧性转折。会前苏共代表散发《致中共通知书》，给中共扣上“教条主义”“宗派主义”等大帽子。偏袒印度，说毛在中印冲突中左倾冒进，赫鲁晓夫声色俱厉，形容中共是“疯子”“要发动战争”，是“纯粹的民族主义”。[1]东欧各国附和，朝鲜、越南沉默，一时成控诉大会，中共孤立无援。阿劳动党代表团长卡博（Hysni Kapo）站出来，要求停止恶意中伤。赫挥拳跺脚，不无讥讽地问：“卡博同志，我们没人能与中共沟通思想，能否派你去与中国人洽谈？”卡博不慌不忙：“恕不从命，我只接受阿劳动党的领导。”[2]（伍修权回忆说卡博只半票支持中国。)

布加勒斯特会议后，毛泽东派邓小平赴莫斯科，参加"世界各国共产党和工人党代表会议起草委员会会议"。招待宴会上，赫鲁晓夫埋怨霍查搞人身攻击，阿劳动党对不起苏共，使得社会主义国家不团结，请中共表态。邓回答："阿尔巴尼亚劳动党是小党，能够坚持独立自主，你应该更好地尊重人家，不应该施加压力。"[3]中阿再被围攻，两党靠得更近，联手反击苏沙文主义，以及赫鲁晓夫与北约"和平共处、和平过渡、和平竞争"的妥协外交。苏联报复了，1961年与阿断交，停止援助，撤走专家。阿遂与各兄弟党成仇隙，1968年退出华约，却与中共成莫逆。弹丸小国，两面出击美苏两大阵营，侠气如云，也势孤寡助。若非中国咬牙接济，恐也无以为继。但其倔强有历史渊源，古阿尔巴尼亚先后被罗马、拜占庭、塞尔维亚、威尼斯和奥斯曼所占，近代大起义方得片刻独立，"一战"又先后陷入奥匈帝国和意、法之手。战后1920年再次独立，"二战"再被意大利吞并。熬到墨索里尼倒台，德国又来填补空白，抵抗运动遭反复血腥镇压。所以，民族独立是社会主义时期文艺的永恒主题，不屈不挠成了风格，电影《宁死不屈》最好地诠释了阿尔巴尼亚的民族风骨。

三、重访革命

答辩会又来了阿尔巴尼亚学者沙班·西纳尼（Shaban

Sinani），散后去咖啡厅一叙。话题回到中阿蜜月，老歌《海内存知己，天涯若比邻》的旋律仍在耳边，还有《地拉那——北京》之类。西纳尼教授说，他们也有赞美毛主席的歌，唱出："谁胆敢动他老人家一根毫毛，阿尔巴尼亚人民不答应！"让人出乎意料。但后来读到一篇1969年的影评《共产主义战士的颂歌——阿尔巴尼亚故事片"广阔的地平线"观后》，结尾有："如果美帝、苏修及其走狗胆敢动阿尔巴尼亚一根毫毛，只能遭到彻底的、可耻的、无可挽回的失败！"其实这口号也非原创，出自最高指示。阿退出华约时，苏军舰游弋地中海示威，毛泽东致电阿领导人，给苏联一个警告。[4] 影评作者是北京第一机床厂工人张云峰和新华印刷厂的戴龙林。工人搞创作在"文革"期间蔚然成风，生产建设之余，他们在车间、地头搭"上层建筑"。翻阅70年代杂志，工人评法批儒、文艺评论、小说散文等汗牛充栋。比如一篇铸造车间工人集体研究秦史的论文，从唯物史观考察生产力与生产关系的矛盾，来分析如何导致秦朝灭亡。

工人走上历史戏剧的前台，当属十月革命，阿伦特却在法国大革命里寻找根源。她的《论革命》中提出一个细节：1789年7月14日夜，拉罗什福科公爵报告路易十六：巴士底陷落了。法王问：暴动了？公爵答：不，革命了。公爵看到什么才坚称革命？无数挣扎在生命线上的底层市民，涌上巴黎的大街小巷，多少世纪隐忍于耻辱与沉默的人，走上给优雅精英准备的政治舞台。[5] 革命虽昙花一现，精神却在 1830、1832、1848、1851、1871 年一系列革命里薪火相传。纵观世界史，从奴隶到将军，后称孤道寡、出将入相者不乏先例。但劳动阶级——不加官晋爵仍操旧业——能独领风骚，可谓前无古人，后无来者。俄国革命是新纪元，它宣称人民主权，却由少数几人执政，政府既非民选，也非代议。它不认同洛克的代议制，资产阶级议会只代表"利益"，不表达人民"意愿"，政治未真开放，大众仍隐身于沉默的晦暗中。但革命政权的合法性何来？人民如何表达公意？列宁的方案，无产阶级政权不源自"一致性的公意"（the unanimity of the general will），大多数的意愿相加，未必体现阶级的整体意志。无产阶级意志从马克思主义学说召唤出来，因而超越多数决定原则，自上而下改造个人意见为阶级意志，并凌驾于其他阶级之上。

在阿领导人霍查的眼中，苏东各国党取得政权后，都渐渐蜕化、变修，背离马列主义；如何防止政权背叛无产阶级，才是社会主义革命的首要任务。但他不以权力制衡或制度性安排去解决，而寄希望于纯洁党性和革命者操守，以净化党员灵魂来体现无产阶级意志。必须在思想和意识形态领域发动一场持续的革命，与修正主义做不懈的斗争。从 1966 年到 1969 年间，霍查发起阿尔巴尼亚"文革"，名为"文化与意识形态大革命"。军队撤销军衔、政治指导员挂帅，生产与文化领域批判"白专道路"，干部、知识分子上山下乡接受再教育，揭批资产阶级文艺路线，撤销部委机关，拉平干部与群众的工资差距，砸烂公检法，取缔宗教信仰，解放妇女等，与我们的"文革"如出一辙。中阿两国是知音，只对剥削制度是否消灭看法不一，但一致相信思想文化战线的大革命势在必行。霍查亲审每部故事片，电影为文化革命的急先锋，《广阔的地平线》体现了无产阶级专政下继续革命的理念。影片以海港浮吊司机乌拉恩为主角，一位根红苗正、保卫国家财产的工人，无私奉献给工业建设。与恶劣天气、官僚主义不断斗争。工人是正能量，情节的推动力，官僚干部是反动力。双方相持不下时，乌拉恩坐下来研读马列。镜头特写著作扉页，射灯聚光重点字句。权力在和平时期腐化，只待马列思想武装的工人先锋队，涤荡资产阶级的污泥浊水，确保政权的纯洁。

四、高大全与假大空

相对战争片，阿尔巴尼亚的工业题材为数不多，却高度类型化，在社会主义阵营内形成互文性。"文革"初中国故事片一度停产，到 1973 年恢复，集中上映一批工业片。如 1974 年上影《火红的年代》和《战船台》、长影《创业》和《钢铁巨人》等，望眼欲穿的中国观众，如久旱逢甘雨。罗马尼亚也有《沸腾的生活》(1975)，这些片子无论是情节、叙事、场面调度或人物塑造，显然彼此借鉴、相互影响，形成社会主义工业类型。《火红的年代》

主人公也是工人，叫赵四海，一心要炼"争气钢"（造军舰用的特种钢）。《创业》有石油工人周挺杉，非要打出第一口自己的油井，"抱个大金娃娃"。悬念设计一样是技术难关，冲突也同样在工人与官僚干部之间。工人要土法上马，没条件创造条件生产；业务厂长裹足不前，技术攻坚陷入官僚主义的泥沼。这时，"大老粗"手捧毛主席著作，一字一顿拜读，镜头也聚光红宝书的扉页。《火红的年代》有点别出心裁，高音喇叭播放最新指示，工人阶级力量倍增，重装上阵，与资产阶级法权殊死一搏。反修防修是贯穿"文革"文艺的主线。

但中国工业片更教条，人物更脸谱化，角色都贴着标签：业务厂长、总工程师必定官僚，《火红的年代》的厂长姓白（喻"白专"），只拉车不问路，死啃书本，墨守经验，迷信进口。书记、政委都高瞻远瞩，编剧先不让他们出场，支去北京开会。等工人与厂长互撕得很难看时，突然回厂，力挽狂澜，凸显党的英明领导。结尾必有暗藏的敌人跳出来，破坏生产酿成大祸。《火红的年代》的反革命叫应加培（谐音"阴加倍"）、《创业》是冯超，历史加现行反革命，跳梁小丑，利用厂长政治上的糊涂，行不可告人勾当，物先腐而后虫蠹。书记扭转了局面，敌人只好自己跳出来，被工人逮个正着，全片到高潮。沉痛的教训，厂长、专家如当头棒喝，幡然悔悟，是可以改造的走资派，属人民内部矛盾。有敌人存在，内部才能团结，外部威胁可以消弭个人异见，统一思想到党的总路线上来。把电影拍成活报剧，把书记、政委塑造成真理的化身，看似"高大全"，实为"假大空"。教条如此盛行，正反映出"文革"后期弥漫的怀疑、幻灭和敷衍，生产停滞、人心思变。

阿电影不那么呆板，人物有七情六欲，婚恋、爱好、性情也合情入理。情节冲突比较具体，不上纲上线，解决方式显示技术性的复杂，不大而化之。而罗马尼亚的《沸腾的生活》（1975）就带点艺术范儿了。虽然题材、情节、人物也大同小异，但价值取向不一样，主人公是业务厂长，政工干部却是反角，好坏颠倒，很"修正主义"。在阵营里算得"豪华"工业片，突出个人英雄主义，还有个"小资产阶级的含情脉脉"的尾巴。这种片子得等到粉碎"四人帮"，1977年末才能与中国观众见面，成为改革开放的先声。

五、兄弟反目

阿尔巴尼亚的知识分子也是改造对象，但电影对"白专"角色的刻画可圈可点。《脚印》（1970）的主角是阿尔丹大夫，医术高超，得志益骄，渐脱离群众，自私自利起来。他良知未泯，迷途知返，最后主动上山接受伐木工人的再教育。这个"斗私批修"的滥套，要想吸引观众、让人信服，得别具匠心。编剧P.达道设计个间谍类型片的外套，开头边境线上发现阿尔丹的尸首，与特务偷渡案有关。警察立案，从阿尔丹身边人排查，寻访同事、领导、导师、学生、家人、病人和行政人员，结果众说纷纭。老师、学生评价他才华出众、人才难得。同事觉得他工作负责，但为人孤傲，自沽其名。领导批评他工于趋避、深于算计。病人赞扬他医术高明、救死扶伤。行政人员时有打点，所以揭发他腐化变质。家乡父老都相信他苦出身，有劳动人民本色。一个丰满、立体的人物呼之欲出。从多视角、多层次透视一位中年知识分子人生经历，勾勒出他成长的心路历程：从卑微到荣华，由自满而骄纵，终扪心自省，洗心悔过。

通片冗长的对话、絮叨争论，在今天看来实属"闷片"。利用观众爱惊悚的心理，把人诳入影院，让他们看"思想研讨会"。导演达莫（Kristaq Dhamo）明知大段对白非电影之道，便频繁变换镜头、机位和景别，尽量让画面丰富些。不断闪回、跳切，让叙事复杂些。场面调度也煞费苦心，后景拍些随机活动，以活跃中景的沉闷。虽然片子充斥说教的空气，但沉下心看进去，偶尔会被刺痛。后革命时代，有本事走遍天下，一技之长尽享荣华，持身之道趋利避害，已经不言自明。但人之特殊，恰在不止于满足一己之欲。久违的大公无私、毫不利己专门利人、为工农兵服务之类，意外触碰隐幽的情怀，也体会到渴望被他人需要的欲求。知识分子上山下乡，先进入角色体察民情疾苦，后让他人之艰辛变成自己的一次经验，这是改造。以同情之心体认他人不幸，以苦难历练就牺牲忘我的革命品格，后投身解放被压迫人民的事业。阿尔丹上山之路，似宗教式的"天路历程"。

然而"私"字一闪念,"公"字也倏忽难辨,动机一直隐身于心灵的晦暗之中。诛心之论,无异水月镜花,即使扪心自省,也未必了然寸心。电影看到结尾,观众并不确知阿尔丹的真实动机,若非警察揭开谜底——为阻止特务,他英勇搏斗而献出生命,谁能担保不是与特务一起叛逃?以品德论革命,须开诚布公,然内心之幽微无以告白,斗私批修反逼人虚与委蛇,以过激、偏执的言行,掩饰内心暧昧;以己之虚伪,推知他人表里不一,人心隔肚皮,居心两不知。因猜忌而生疑,因相激而矫枉,结果人人身边潜伏着赫鲁晓夫,猎巫运动无限扩大,一犬吠影,百犬吠声,人际败坏,思想斗争演化成政治迫害,吞噬一切,包括自己的孩子。

法制追究行为,人治拷问灵魂。动机之诡谲,使人人忧谗畏讥,一旦恐惧攫住灵魂,创作只希图自保。国产"文革"片大多是给最高指示注脚,以政策、敕令编排内容,结果工人、业务干部、支书、阶级敌人都是僵化的符号。舞美、表演和场面调度均舞台化,情节"三突出",主题千篇一律,粗制滥造。"文革"后期,宣传看似高调,其实随人俯仰,揣摩上意闹革命。艺术与草木同朽,电影史上没留下印迹。阿片也是"文革"的产物,政审一样苛严,却有份真诚,追问政权蜕变、工人的角色,以及权力与腐败循环等困境。或许霍查有点理论追求,他不相信消灭剥削制度,即一劳永逸地解放人民;苏维埃的成就不是被官僚主义、庸人政治和空洞口号腐蚀了吗?他认为,党性的沦丧、社会主义阵营的匮乏，并非马列、斯大林主义有问题，而是野心家、阴谋家肆意的歪曲和破坏；[6]党打着民主集中的幌子，居高临下、永远正确，脱离现实，失去了革命活力；[7]修正主义的根源在党内，党员追求安逸、特权和私利，趋炎附势之风从内部腐蚀党的斗争和牺牲精神。所以无产阶级专政下要继续革命，加强一元化领导，以文化革命消除剥削意识和组织涣散，拯救革命的希望在于"灵魂救赎"。

号召革命时，固然可将贫困归咎于剥削，发动群众。但消灭剥削制度后，虽拉平了财富不均，却难缓解物质匮乏，经济繁荣还得靠生产和积累。霍查在社会主义制度下围剿一切剥削形式，以期消灭贫困，只讲革命不讲生产，国民经济凋敝日甚，生活完全依赖外援。中国此时也很拮据，却勒紧裤带伸出援手，大批粮食、贷款、外汇、成套设备、技术专家、培训和军事装备，源源不断输入山鹰之国。这出自志同道合，与朝鲜和越南的地缘利益不同。正如中阿联合声明所言："两党和两国政府在所有问题上，在思想上和行动上都完全一致的。"霍查对中国"大跃进"和"文革"推崇备至，还嫌不够激进，东方阵营无出其右者。但他并不吃人家嘴短，动辄以不情之论责人。中国提出三个世界的划分，霍查即指责搞新修正主义，不以压迫与被压迫阶级划分世界，以发展水平混淆阶级矛盾，是主张阶级和解，为中美缓和铺路。他还批评中国将世界主要矛盾简化成一个，即联合第三、第二世界和第一世界的一半——美帝——共同对付苏修，这是掩盖阶级矛盾，低估美国的侵略性；纠集北约、伊朗、西班牙，甚至智利法西斯来围堵苏联，属修正主义特征，是实用哲学。[8] 他虽痛恨苏联，原则仍是原则，反衬中国比较务实和变通。随中美、中日关系正常化，中阿矛盾公开化，两国关系终从胶漆变冰炭。

六、"词"是人非

雕刻时光的咖啡机喧闹躁动，熏熏香气撩人。西纳尼教授感慨中国人至今不忘阿电影，不到三百万人的小国，竟撬动八亿之众的巨人。其实，翻翻"文革"报刊、文件和各类出版物，阿尔巴尼亚乃"客厅里的大象"，曝光频率之高，有喧宾夺主之势，不过现在不提罢了。一位阿语前辈说中国电影也曾轰动阿尔巴尼亚，《冰山上的来客》一度成地拉那的坊间谈资。他说不记得六七十年代看过中国电影，倒记得有中国援建的纪录片。电影曾是阿文化生活的全部，弹丸小国有450家影院，每年两千万人次光顾，平均每人一年看10部电影。那时只有一个片厂"新阿尔巴尼亚电影制片厂"，开足马力，年产十几部长故事片。从1958年第一部本土故事片《塔娜》（导演 K. 达莫）到1995年转制，该厂生产了270部长故事片、700部纪录片、150部动画片，中国进口其中30部左右。

1991年社会主义阵营坍塌，霍查时代的影片被视为政治宣传、对艺术的亵渎，再无人问津，大家急于忘却创伤的过去。"新阿"厂解体，一分为四：阿尔巴尼亚制片厂（Albafilm）、阿电影发行公司、动画电影厂和电影资料馆。影业颓败凋敝，从业人员流失、改行。1996年本土故事片才生产一两部，主业转向电视电影和节目制作。地拉那剩下一家电影院，美国片充斥影院和电视节目。电视台播放的美片大多没有版权，人口太少，好莱坞犯不上花钱财精力监督知识产权。记得十年前，北京街头盗版DVD很多有阿尔巴尼亚语字幕，竟以如此方式再度给中国观众输送电影。

社会主义时期的优秀影人，一般在苏联、东德和捷克培养，如今去西欧打工，以技术特长为国外拍片。偶尔回国，也是重复欧洲主流题材，如移民、同性恋等亚文化内容，阿民族电影一去不返。近年来，人们追忆似水年华，阿电视台重播经典老片，学者、艺术家意识到社会主义时期电影的价值，重访六七十年代电影黄金时代，修复老片引起重视。当年"新阿厂"的物质、技术条件极简陋，摄影、照明、录音、剪辑设备很落后，冲洗彩色胶片要到中国。粗劣的影像和音效几十年后修复，效果不理想。更钦佩"新阿"影人因陋就简，变幻技巧，挖掘人才，能把意识形态演绎得别具韵味。如今条件好了，民族风格却荡然无存。

阿尔巴尼亚地处欧洲，西方人却很陌生。奥斯曼帝国的长期统治，给它涂上一层突厥底色。与塞尔维亚、黑山、意大利无休无尽的冲突，酿出极端民族主义性格，加之山地隔绝，永远是遥远的国度，"冷战"后被遗忘。有部美国警匪片《局内人》(*Inside Man*，2006)，纽约警察包围了银行劫匪，窃听器监听到匪徒说一种没人懂的语言，只好上电视征询破译，原来是阿尔巴尼亚语。一种欧洲语言在70%以上外国移民的国际都市能当密码用，匪夷所思。相映成趣，中国外语院校竟设阿语专业，特殊年代的别样馈赠。朋友从美国打长途来，闲聊提到正看阿电影，便力荐当红作家卡达莱(Ismail Kadare)，被誉为阿尔巴尼亚的昆德拉或帕斯特尔纳克，连获耶路撒冷、布克等大奖，授予法兰西院士，英语世界译了20多本小说。有人说他是霍查的密友，附逆之嫌，但写阿尔巴尼亚不能不提他。我网上搜了一下，中英文材料颇丰，但都一个调调，无非抗争专制的斗士或集权的吹鼓手，前社会主义作家耳熟能详的赞誉和贬损，提不起兴趣。反觉得卡达莱自己的轶事有点意思：他旅居法国15年，女儿结识一位新朋友，介绍自己来自阿尔巴尼亚。法国朋友"哦"了一声：是那个大独裁者卡达莱统治过的国家吗？[9]张冠李戴至令人错乱，却也道出实情，卡达莱比霍查名气大。

相隔四十年，话语方式与过去已无法对接，看问题的角度、价值取向、概念体系都恍如隔世。卡达莱的创作跨越两个时代，作品未必能截然两分，不过读者的参照系变了，才有斗士与帮闲之辩。与其读卡达莱追寻昔年旧梦，不如承认过往经验已云烟倏散。如俯拾现成的说法，给那个年代贴上"僭主专权"或"清平世界"的标签，无非宣泄伤痕记忆，或缅怀人人平等的血色浪漫，仍没超出左、

右派别的纷争辩驳，唯独忘怀深究"革命"那已沉入历史
迷雾的原义。

我发邮件请教阿语陈博士，"屋里喏"到底哪个词，
她说应该是 Urdhëro（有几种变格）。星移斗转，剩下个
"请进"，也已"词"是人非。

注 释

［1］ 刘宋斌《布加勒斯特会议：中苏关系重要的转折点》，《党史文汇》1994 年
5 期，第 18 页。

［2］ 参见 Paul Saba and Sam Richards (ed.), "Enver Hoxha and the Great Ideological
Battle of the Albanian Communists Against Revisionism", *North Star Compass*
Vol. 17 No.10–11 July–August 2009。

［3］ 刘金田《中苏论战：邓小平舌战赫鲁晓夫》，《炎黄春秋》1997 年 5 期。

［4］ 成晓河《意识形态在中国联盟外交中的作用：中国—阿尔巴尼亚联盟剖
析》，《外交评论》2008 年 10 期，第 49 页。

［5］ Hannah Arendt, *On Revolution* (New York: Penguin Group Inc., 2006), p. 38.

［6］ Enver Hoxha, *The Khrushchevites*, "8 Nentori" Publishing House, Tirana, 1980,
English edition, pp. 59–60.

［7］ Saba and Richards.

［8］ 参见 Enver Hoxha, *Imperialism and the Revolution*, "8 Nentori" Publishing House,
Tirana, 1979, English edition, p. 270, 278, 282, 291, 296, 305。

［9］ Adam Kirsch, "Mystery of Man: Just Who is Ismail Kadare?" in *The Sun*, New
York, June 27, 2005.

奥利机场的叛逃者

在中国电影老观众的记忆中，法国影片《蛇》（*Le Serpent*）有特殊的位置。它不属于永恒经典，也未必能充当一代人的集体记忆，一次次重放或写入电影史。但如果你问 70 年代前出生的铁杆影迷，会有人记得这部 30 多年前的老片，未必讲全情节，但在某怀旧 80 年代的饭局上，没准儿谁会冒出一句：你们还记得电影《蛇》吗？

一、"冷战"大片

1973 年法国拉卜埃第公司出品的《蛇》，在法国电影史上并没留下很重的一笔，研究资料少，影评寥寥。它也曾改头换面打进美国电影市场，北美发行时，片名改成《从莫斯科飞来的夜间航班》（*The Night Flight From Moscow*）。其实，此片本来就是给美国观众量身定做的。法国导演亨利·维纳尔（Henri Verneuil）为影片装备了强大的好莱坞明星阵容，主演亨利·方达（Henry Fonda）、尤伯莱纳（Yul Brynner）、德克·博嘉德（Dirk Bogarde），清一色当红巨星。加上饰演过名片《老枪》的法国明星菲立普·努瓦雷（Philippe Noiret），此片堪称不折不扣的国际豪华阵容。台词用法、英、德、俄四国语言，故事空间跨越苏联、法、美、英、德、比利时等地缘大国，当年肯定算国际化大制作。可美国影评也反应冷淡，有关《蛇》的文字很少，似乎落入了记忆的黑洞，但对中国观众的意义非凡。

20世纪80年代初，《蛇》引进大陆。当年最有影响的《大众电影》，以封面剧照隆重推出。1982年1月号刊出胡思升的文章《"蛇"的启示——评法国影片"蛇"》，说片子对国人有个最大的启示："西方间谍机关那些为普通人闻所未闻、见所未见的现代化特务手段：从测谎器到模拟发声器，从五花八门的窃听器到室内闭路电视录像装置，是会增长见识并有所启示的。我们没必要因此而草木皆兵……"[1] 那是"冷战"年代，在国人心目中，美国乃特务之乡。片中"五花八门"的间谍技术，着实让我们大吃一惊，以至有"草木皆兵"之虞。这是部间谍悬疑片，还带点科教片的味道。不少桥段配上画外音，不厌其烦地讲解中央情报局如何使用测谎仪、混合录音仿声设备、金属材料分析仪、大型计算机，以及窃听和影像拼接等技术。对世界各国媒体的监听与书报翻译，更让中国观众大开眼界。

《蛇》公映前，曾作为"内参片"在外交部、公安部机关内部放映。封闭了多年之后，中国科技水平与西方差

影片中的"测谎"片段

距很大，此片很有"科技含量"，从中可以学习军事科学、增长外交知识。今天回头去看，《蛇》在当年的中国，远非先进技术"博览"这一层面所能涵盖。从"文革"转入"新时期"这一历史拐点上，影片传递的信息已超出原意，是法国导演所始料未及的。

二、影片原意：地缘政治的博弈

《蛇》拍摄于"冷战"的冰点——1973 年，第四次中东战争刚刚爆发，世界爆出石油危机，中国试爆氢弹成功，苏联勃列日涅夫政权骤然加快全球扩张的步伐，插手并控制了阿富汗。法国导演亨利·维纳尔在这个大背景下，拍摄这部间谍片，要传递怎样的信息？在"冷战"中，法国地位尴尬。作风强硬的总统戴高乐不满美英之间"兄弟私情"，更不肯让北约任由英美主宰，法国不也是世界强权吗？他要求美英法三巨头齐肩共管欧洲事务，附带法属阿尔及利亚纳入北约防御。但别忘了，法国曾沦为纳粹臣仆，被美英解放。美国老大哥对戴高乐的桀骜不驯置若罔闻。结果法国1966年退出北约，搞独立防御，并单独与华约媾和。戴高乐的自主外交，与其国力式微很不相称，这让法国吃尽苦头。此片为美英法明争暗斗的生动写照：美国霸道却也仁慈，英国邪恶昭彰，被法国人称为"一筐臭气熏天的烂苹果"（《蛇》台词）。战败的西德受尽"凌辱"，默默沦为苏联与英国情报勾结的牺牲品；法国本想跃跃欲试，无奈国小力单，"没有本钱"（台词）再展宏图。

《蛇》的基调是自怜自艾，一方面丑化英国情报系统，将北约防御漏洞统统算在英国头上；另一方面对美国暗送秋波，乞怜谅解自己脱离北约的任性，甘愿伏低做小，承认其领导地位。影片结尾耐人寻味，英国双料间谍翻云覆雨，让法国情报局长贝尔东（Lucien Berthon）苦苦遭受陷害，险些丧命。CIA（中情局）局长手眼通天，明察秋毫，帮法国人洗清污名，识破苏联反间计。在著名的"间谍桥"头——格林尼克大桥（Glienicke Bridge），贝尔东吊着绷带与中情局长押解苏联间谍，换回美国飞行员，挣回法国的"自由世界"资格。

三、蛇之诱惑

法国片的主人公本该是法国人贝尔东，但《蛇》中最出彩的却是苏驻法二等参赞弗拉索夫（Aleksey Vlassov）上校和中情局局长艾伦·戴维斯（Allan Davies），由他俩推动着情节的跌宕起伏。开篇在巴黎奥利（Orly）机场，弗拉索夫上校应召回国，与夫人准备搭机前，抛下妻子跑进法国警局避难。这一幕乃经典"冷战"场面，再现了希思罗、肯尼迪、法兰克福、史基浦等西方国际机场不时发生的叛逃事件。华约外交官或公务人员投敌，已成间谍故事的基本配方。如今去巴黎我们只知道戴高乐机场，占地"广袤"，航站楼之间距离遥远。90年代初，北京首都机场还很小，只有一个航站楼。落地巴黎时，我觉得戴高乐机场简直不可理喻，分明是几个首都机场大小的不同机场，怎么算是一个？后来到奥利机场，其规模与老首都机场相当，狭小寒酸，以运营短程航班为主。而《蛇》的背景在70年代初，戴高乐机场还名不见经传，叫巴黎北机场，奥利才是国际航班起落的大机场。至1974年，北机场重建，变成今天的超现实巨无霸，世界首屈一指，命名戴高乐，奥利才渐渐退出外国游客的视野。

弗拉索夫叛逃，法国情报局意识到逮住一条大鱼，局长贝尔东亲自审讯，非搞出重大情报不可。他算盘打错了，苏联上校没打算与法国交易，借宝地出逃而已，他的目标是美国，要求送他去美驻法使馆后才开口。贝尔东用尽伎俩，无功而返，慨叹道："法国没有本钱收买叛国者。"镜头切换，位于弗吉尼亚州兰利的中央情报局大楼，弗拉索夫已顺利抵美，骗过测谎仪，赢得局长艾伦·戴维斯的信任，开口吐露绝密情报。他将克格勃渗透北约的间谍网和盘托出，瞠目结舌的美国人才明白，位居关键地位的西德将军、法国情报高官都是苏联间谍。北约内部大清洗开始了。西德军方高层一个接一个神秘自杀，法情报局局长贝尔东被追杀，险些丧命。到片尾才真相大白，弗拉索夫其实假意叛逃，而真在执行克格勃任务：与英情报局M16高官菲利浦·博伊尔（Philip Boyle）合谋颠覆北约防御。CIA知道真相已晚，北约组织遭遇重创，追悔莫及。间谍一旦暴露就没有价值了，戴维斯只好用弗拉索夫交换一名普通被俘飞行员，"废物利用"。间谍桥上，"邪恶"的克格勃上校跨过大桥中线上的两大阵营边界，与相向而来的美国飞行员擦肩而过，脸上露出一丝难以察觉的得意微笑。他是间谍战的胜利者。煽情的音乐响起，夕阳雾霭中，戴维斯与贝尔东相视无语，美法算彼此谅解了。

70年代，意、法、德盛产政治娱乐片，《蛇》也属这一流行类型。中国进口该片的官方说词是：揭露、批判西

电影中的"间谍桥"

影片中交换战俘时，
尤伯莱纳饰演的弗拉索夫

方资本主义的没落与腐朽。而观众却拿它当西洋景，大开眼界的视觉盛宴。实际上，此片色调阴郁，是欧洲左翼影人讽喻西方世界内部偏执的"红色恐怖"（Red Menace），延续着好莱坞批判麦卡锡主义的传统。这一传统的经典之作，当数1962年好莱坞影片《满洲候选人》（*The Manchurian Candidate*），麦卡锡被演绎成苏联渗透到美国政府的参议员，诬告政府内部隐藏数百名共产党员，情报机关也潜伏大量苏联间谍，之后的政治大清洗削弱了美国政体，社会陷入红色恐慌之中。该片被誉为百年经典。《蛇》取材欧洲的间谍丑闻，60年代菲尔比、剑桥间谍帮案震惊世界。"二战"前，一帮从剑桥大学毕业的年轻人，加盟英国情报局，私下却憧憬共产主义的浪漫理想，心甘情愿效力斯大林，直到60年代身份败露。剑桥间谍帮为苏联提供了大量北约绝密情报，最终潜逃莫斯科，成为苏联英雄。

《蛇》的法式幽怨，一方面嫉恨老大哥偏袒英国堂弟，冷落自己，另一方面怨毒英国人不争气，"一筐烂苹果"坏了整个北约防御，这种情绪恐怕不能传递给80年代的中国观众。本片虽然面向国际市场，多语种、国际阵容，但当年中国观众的审美是第三世界叙事，《蛇》的路数很陌生，却反而更喜欢。所以片子未必走通了国际市场，不期然却在中国中了头彩。隔绝了几十年的国人，虽不尽解其意，但新奇、别致的叙事、从一欧洲城市穿越另一美国都邑的眼花缭乱，让人在懵懂中发现还需了解这个世界，学习更新技术与电影手段。《蛇》几乎每演必看，当作教科书。今天大家争看美国大片，其实意味不同，看大片是图个乐子，满足娱乐需求。当年这部电影宛如一扇慢慢打开的窗户，求知的目光迫切地聚焦在大屏幕上。这超出原作之意，创作与接受之间出现"扭矩"。

四、颠倒的世界图景

"冷战"结束几十年后，世纪末的一代人再看此片，已恍如隔世。北京大学举办"冷战谍影"系列活动，放映《蛇》一片之后，我做了个讲座。年轻学子也说看不懂，当然与80年代的幽闭后遗症完全不同，世纪末的一代对好莱坞和欧洲电影了如指掌，西方文化与自己的生活息息相关，可惜"冷战"已经远去，地缘纷争的狼烟也尽散去，对"一个梦想，一个世界"的青年一代，两大阵营为何如此斗狠？"自由世界"也会内部倾轧？历史与当下在时间轴上断裂了。而80年代观众的陌生感，属空间的隔绝，现实空间与银幕上的世界遥不可及。《蛇》以实景拍摄，西方大城市，巴黎、西柏林、伦敦和华盛顿乃故事的"主场"，西方观众自然移情到银幕空间里。而莫斯科红场的画面，却出现在 CIA 大楼放映厅的银幕上，观众从一块银幕上观看另一块银幕，画中有画。中情局在放映苏联官方纪录片，赫鲁晓夫红场阅兵、勃列日涅大主持克里姆林宫党代会，大段新闻纪录镜头呈现在银幕中的银幕上，两块银幕制造出"距离"感，苏联乃陌生敌国。西方观众意识到摄影镜头的存在，也就明白是苏联的宣传，红场游行、克里姆林宫会议均被宣传机构处理过，影像被操纵了。镜头语言创造的疏离感，与调度实拍巴黎、华盛顿、伦敦镜头的"临场感"，形成鲜明对照。这样，观众便站到中情局和盟国情报官一边，参与评估苏联上校叛逃的虚实。弗拉索夫的造型也耐人寻味，好莱坞巨星尤伯莱纳饰演的间谍，一张冷漠、呆板的扑克脸，没人能看透其内心，经典的苏联人脸谱：没有情感和自由思想，只剩下躯壳，冷酷残忍，没有信仰和人性，不可理喻，无法体验，苏联是不可理喻的"邪恶帝国"。

　　但当年的中国观众未必能轻易接受影片营造的疏离效果。"冷战"尚未结束，我们看外面的世界如隔岸观火，只有苏联反而亲切可感。毕竟曾为"老大哥"，多年受苏联文艺的熏陶，心目中的英雄是保尔·柯察金，耳边的情歌是《莫斯科郊外的晚上》。西方世界才陌生遥远，心理上的阻隔今天看来难以置信。不料，中苏交恶，老大哥变成"苏修帝国主义"、中国的"最大威胁"，面目狰狞可憎。美帝国主义从朝鲜战争起一直是最险恶的敌人，不共戴天，1972年中美关系却逐渐解冻温和起来。等到改革开放，整个西方形象变得暧昧了，官方说法仍是腐朽没落的资本主义、批判的对象，实际生活中却是学习追赶的目标和发展的未来。整个80年代，法、意、美、英、日各国影片蜂拥而至，影院和电视荧屏上充斥西方影视。国人大开眼界，耳熟能详的阿尔巴尼亚、罗马尼亚、朝鲜、越南等社会主义国家电影，渐渐隐退，失却光环。人们心目中的世界图景开始错位、颠倒，银幕上的人物和角色认同也逐渐调整，人性、家庭、个人深入人心，未来乌托邦投射到西土彼岸。偶尔看到电视上重播老译制片，如今回顾阿尔巴尼亚、罗马尼亚、朝鲜老片，反而觉得陌生，更像异国情调，比西方电影费解。

五、两个时代的间谍

间谍片是喜闻乐见的商业类型，在电影市场上经久不衰。与后"冷战"间谍片相比，《蛇》又颇有独到之处。主人公弗拉索夫这个角色，个人信息交代不多，没有生动的传记性铺垫，以戏剧性突转，改变观众的认同：从一个叛逃到自由世界的迷途知返者，到用心险恶的双料间谍。谜底一旦揭开，情节急转直下，观众从爱到恨一瞬之间，这是间谍片的基本套路。《蛇》有何与众不同呢？我们最熟悉的类型是后"冷战"间谍片，主人公身份往往游移不定，属于主流社会之外的"他者"，影片不渲染其政治理念，也不强调其归属的国家或政治共同体。比如美国片《谍影重重》（The Bourne Identity）（2002 年），主人公杰克·波恩（Jack Bourne），从开始便失去身份和记忆，整个情节是寻回身份的历程。中情局为幕后的邪恶力量，不断阻挠波恩揭开真相，片子基调为反国家。在电影市场全球化的背景下，潜在观众分布在世界各地，要期待世界观众都能移情，必须剥离人物的政治归属，凸显个人境遇的孤独。"他者"与主流、个人与国家之间的疏离感，让观众从自己的经验去体认主人公的无家与落魄，间谍片实际是游荡者的传奇，国家身份、共同体认同与政治意识形态在惊心动魄中消解了。

而在"冷战"硝烟里制作的《蛇》，每个人物都有明确无误的政治身份，而非个体，他们代表国家主权与政治阵营。片中，美、英、法、德四国情报局长，俨然是四大国的化身。方达饰演的中情局长艾伦·戴维斯，原型为历史上的艾伦·杜勒斯（Allen Dulles）（1953 年至 1961 年间任中情局长）。渗透到英国情报局 M16 的间谍菲利浦，原型是剑桥间谍帮的菲尔比（Kim Philby）。历史与虚构掺杂糅混，真伪难辨。最令人难忘的，是时代的气息和政治含义如此丰厚，乃至今天重温，仍感铁幕的寒凛。与其说是间谍片，不如说是政治片，风格带有很强的现实感。2015 年，斯皮尔伯格拍了部《间谍桥》（Bridge of Spies），片中的苏联间谍明显带有弗拉索夫的印记。导演把 CIA

与克格勃之间的暗斗，讲成没有道德高下之分的职业对决，间谍各为其主，无善非恶。新一代观众理解人性的高低，不认同政治价值的优劣。

间谍片还有个特点，带观众环球旅游。经典者如《007》《谍影重重》之类，画面从一个城市切到另一个城市，远景俯拍巴黎埃菲尔铁塔、华盛顿纪念碑、林肯纪念堂，近景特写罗马古竞技场、伦敦大本钟等旅游标志。明信片般的风景，观众不出影院，已游历世界。《蛇》也不免俗，取景巴黎、华盛顿、慕尼黑、波恩、伦敦、莫斯科等大都市，画面从一个空间跳切另一空间，却不驻足旅游景点。镜头锁定象征权力的政府设施：爱丽舍宫、苏联驻巴黎使馆、中情局大楼、唐宁街10号、莫斯科红场之类。不沉迷于走马观花，而着意勾勒地缘格局与大国博弈的路线图。间谍片虽然是通俗娱乐类型，《蛇》却描绘现实政治的冷硬，再现"铁幕"两侧明争暗斗、权谋角力。间谍片之所以长盛不衰，生命力正源于惊悚悬疑与现实主义的融贯，两种貌似水火不容的风格，在间谍故事里相遇，携手共舞，生出别样的意趣。

六、"冷战"时代的恐怖主义

记忆中还有个插曲，给影片《蛇》平添异趣。从80年代起，中国外事部门出国任务日增，便频发"叛逃"事件。机关经常开会传达文件，说某某在巴黎或伦敦机场擅离"出国小组"叛逃。我脑海便浮现《蛇》的画面：奥利机场的免税店里，苏联二等参赞弗拉索夫剃着精光的秃头，从容地在柜台要了瓶威士忌，给售货员付钱时，钞票里夹了个纸条，然后突然转身，一头冲进机场警察局，要求政治避难。同事说，我们的"叛逃"人员有的也很戏剧化，刚下飞机，突然甩掉护照，直奔机场保安处，难道他们看《蛇》受了启发？到90年代，文件的措词委婉起来，"叛逃"说成"出走"，惊悚刺激的感觉荡然无存。不久之后，连"出走"的热情也没有了，国人开始经合法渠道"经济移民"。不到40年，流行词已是"海归"，这段历史渐淡出人们的记忆。

　　一阵急雨落后，夕阳穿云透雾，从空蒙的天际射下一道道光束，塞纳河激滟的清波上，驳船穿行拱桥。瑰色云霞的天幕下，远远的埃菲尔铁塔渐入画境。我忙掏出手机抓拍，香榭丽舍大街上已霓虹初上，人形车影闪灭于霓虹流光之间，一点看不出刚经历过一场惨烈的恐怖袭击。一晚的浩劫，夺去130多人的生命，300多人受伤，2015年11月13日晚，巴黎城区五处爆炸，多处枪击，血洗了这座艳丽的城市。在新世纪刚刚拉开帷幕之际，"9·11"让世界步入恐怖主义时代，全球恐袭不断，各国政府都将反对和打击恐怖主义列入首要日程。而在弗拉索夫叛逃的70年代，法、英、德、美情报部也掌握大量的恐怖活动情报，如巴勒斯坦解放组织多次劫机、日本赤军炸弹袭击以色列机场、"黑色九月"制造慕尼黑奥运会惨案，德国红军派焚烧百货商场、袭击政府大楼和美军基地，意大利红色旅绑架杀害总理莫罗，当时的恐怖主义更触目惊心。但北约国情报部门只盯着华约间谍，恐怖主义一碟小菜，视同刑事犯罪，由警察和治安防范就够了。

1984年，乔治·乔纳斯（George Jonas）出版一本纪实文学《复仇：一个以色列反恐小组的真实故事》（*Vengeance: The True Story of an Israeli Counter-Terrorist Team*），曝光70年代以色列摩萨德刺杀"黑色九月"组织的策划者、为慕尼黑惨案复仇的故事。书中有段情节，最能烘托时代氛围。摩萨德特工阿夫纳（化名），与法国一地下恐怖情报掮客约会，双方彼此不摸底，却一见如故。两人从凯旋门散步到香榭丽舍大街，再转回凯旋门下，互诉衷肠，意犹未尽。路易斯代表法国地下组织Le Group，掌握欧洲和中东各恐怖组织的情报，但他坚守一个原则，不与政府打交道，野心勃勃将颠覆一切形式的政府，实现无国界、无国家的乌托邦。阿夫纳咬紧牙关不露身份，让对方以为自己隶属德国红军派。当时的法国情报局，应该就是《蛇》中的"贝尔东"时期。他们眼里只有国家背景的情报渗透，Le Group或红军派这等无政府组织，眼角也不夹一下。

到21世纪恐怖主义坐大，威胁世界的力量不再以国家为依托，世界的敌人以前所未有的形态，无论组织方式、渗透渠道、指挥途径、袭击目标或作案手段上，让各国政府猝不及防，缺乏有效手段应对。2005年，斯皮尔伯

192

格把乔纳斯的小说搬上银幕，取名《慕尼黑》（*Munich*），又是一部应景之作。20 世纪的花边轶事，被他讲成反恐时代的主流叙事。小说原作者乔纳斯对电影的评价是："斯皮尔伯格以 21 世纪的答案解答 20 世纪的问题。"[2]"冷战"时代，恐怖主义尚且隐身"壁橱"里，巴解领导人阿拉法特虽然幕后主使慕尼黑事件，但事后否认与"黑色九月"有任何瓜葛。摩萨德秘密派遣暗杀队，曝光后仍矢口否认故事的真实性，恐怖与反恐两厢都见不得人。乔纳斯 80 年代出书，斯皮尔伯格 2005 年拍片，时隔 20 年，虽是同一个故事，世界观已发生深刻变化。恐怖与反恐都已"出柜"，恐怖组织通过半岛电视台播放斩首人质，美反恐特种兵与 CNN（美国有线电视新闻网）一道制作追杀"真人秀"。即使电影《慕尼黑》忠实原著的情节，其精神也已背道而驰。[3]乔纳斯表现反恐部队的牺牲精神，而斯皮尔伯格表达反恐时代的伦理困境。两大意识形态对垒的世界格局灰飞烟灭之后，价值随之暧昧与相对起来。

注　释

［1］ 胡思升：《〈蛇〉的启示——评法国影片〈蛇〉》，《大众电影》1982 年 1 期。
［2］ George Jonas, "The Spielberg Massacre", *Maclean's* 01.09 (2006).
［3］ Ibid.

慕尼黑的一个秋日

　　柏林墙倒塌不足一年，我赴欧途经法兰克福机场，专程跑去柏林瞻仰"冷战"遗迹。柏林墙址已是一片空场，在水泥地面上寻找墙基，草蛇灰线，似有若无。难以想象这里曾有东、西两德间的"铁幕"，墙体虽已荡然无存，它仍是意识形态和社会制度的分水岭。举头四望，还能感觉到这条细线，它无形、无际，却也泾渭分明。线的西侧，楼宇华丽，霓虹流窜明灭，殷实繁荣。另一侧，灰蒙蒙一片，建筑颓靡、尘壁旧窗，一片萧索。

　　两德尚在统一的前夜，跨过这隐形的线，便进入另一国度。虽无人把守，但西德签证到此有效，心理上的国境线羁绊前行的脚步。东边沉沉的灰色里，几尊铜像格外醒目，前有马克思，后面恩格斯，高大、庄严、明洁，在阳光下熠熠闪闪。

一、欢乐奥运

　　当年北京刚办过亚运会，国人憧憬着走向世界，憋足劲儿要争奥运。柏林古迹虽多，同行者却撺掇看柏林奥运场馆，之后还想去慕尼黑奥运村。我对体育没兴趣，却了解到德国不寻常的奥运经历。德国总共办过两次奥运，一次是1936年柏林，二次是1972年慕尼黑。两次奥运不因比赛而闻名于世，却因奥运蒙耻而成"奇葩"。柏林奥运会最臭名昭著，希特勒让运动场成为法西斯宣传的舞台，各国代表队的沉默，无形背书了纳粹的乖张。御用女导演里芬斯塔尔（Leni Riefenstahl）拍摄的纪录片《奥林匹亚》，以精美绝伦的镜头，展现雅利安人的完美体魄、轴心国运动员的超凡卓越。片中充斥纳粹意识形态的隐喻，但技术上，此片不愧为世界电影史的杰作。里芬斯塔尔发明不少绝妙的拍摄技巧，如跳水、跳远的仰拍、气球挂摄影机的俯拍、竞技全景镜头等，当时都是匠心独创。她为体育电影树立了典范，人们至今仍因循这位天才导演的脚步。

第二次在慕尼黑主办夏季奥运会，初衷本想洗刷上次的恶名，结果再创耻辱记录。巴伐利亚政府用心良苦，展示给世界一个民主、自由、繁荣、乐观的新德国，不惜斥资6.15亿美元抹掉36年前的负面印象。开幕式不奏国歌而弹民乐，放松安保，减少警察出勤，营造一派祥和、宽松的氛围。慕尼黑的口号是"欢乐奥运"（Die Heiteren Spiele），会徽为照耀蓝色光芒的太阳，与前次纳粹的红、白、黑色调形成鲜明反差。温馨得有点儿过头，与"冷战"寒彻的背景不搭调。70年代两大阵营不择手段，宣传战、间谍战、军备竞赛不断升级，相互污蔑、打击、消耗，一场没底线的"超限战"。

开幕式上以色列队最引人注目。深蓝色套装，白色软帽，人数不多，一脸倔强。重返惨遭涂炭之地，这个几乎覆灭的民族的代表队，行进在距达豪集中营仅六英里的慕尼黑体育场，昂首示威：我们又回来了，幸存的犹太人，你们灭不了的民族！"大卫之星"的国旗下，他们对记者骄傲地说："我们举着国旗在这里露面就足够了。"那年头的奥运不比现在，与其说是体育比赛，毋宁说是政治较量。

为不让人联想起德国人的铁血，慕尼黑看不到制服，警察不配枪、便衣出没于琳琅满目的商场和拥挤的酒吧。城市沉浸在狂欢的气氛中，寓无留客，肆无留酿。各国运动员久仰慕尼黑啤酒盛名，一醉方休，夜深才归。奥运村宿舍大门落锁，仍有贪杯之徒哼着小曲攀缘铁门。9月5日凌晨4点，八名运动员模样的阿拉伯人爬上铁门，后面跟来酩酊大醉的美国人，还以为是酒友，相互提携，互道晚安。阿拉伯人直奔以色列运动员宿舍，砸开一号寝室，一声枪响，摔跤教练温伯格应声倒地。三号寝室又一番混战，举重运动员罗曼诺奋力厮打，结果毙命。

清晨7点，世界媒体铺天盖地：巴勒斯坦解放组织一分支"黑色九月"绑架九名以色列运动员，枪杀两名，要求西德、以色列当局释放234名政治犯，期限为中午12点，过期后每小时杀两名人质。

二、视觉恐怖主义

1972 年，电视直播算新鲜事，实力雄厚的美国广播公司（ABC）刚尝试卫星转播奥运会。以前的新闻先有声频，视频得等冲洗胶卷或录像带空运到电视台。ABC 在 1968 年首次直播墨西哥城夏季奥运会，这次慕尼黑技术已日臻成熟。5 日早间新闻屏幕上出现两组彩色画面：一组田径比赛，场面热烈，观众欢呼雀跃；另一组是宿舍区一白色小楼的特写，一张戴面具、露着两只黑洞洞眼睛的脸，从阳台玻璃门探头探脑，此照定格为恐怖主义的标准像。两组画面各自构成叙事线索，相互间频繁对切，以平行蒙太奇强化悬疑、惊悚的视觉效果。

经历 60 年代学运，媒体与左翼运动配合默契。"德国红军派"（*Rote Armee Fraktion*）等极端组织，利用媒体曝光打造革命恐怖的神话。商业利益与政治诉求共谋、磨合，渐渐形成一套视觉语法（viso-linguistic）：曝光秘闻、煽情口号、插播快讯、深度跟踪，恐怖、丑闻、暴力被统统编入新闻节目，兜售给求异标新的观众，镜头的焦距与镜片的屈光度，映托暴力与恐怖的镜像。[1] 报道慕尼黑将这一语法推向极致：奥委会宣布拒绝停赛！军警、装甲车、机关枪扑向奥运村；画面一切换，运动员赛场上仍为奖牌斤斤计较，或捶胸顿足，或得意忘形、哭笑无端。场外谣言满天，记者更添枝加叶，点评、臆测、爆料，新闻堕落到厨房肥皂剧的水准。当年观众做何感想？有德国

《图片报》（*Bild*）为证，那天头版通栏标题是：观众大饱眼福！ABC记者彼得·詹宁斯（Peter Jennings）和吉姆·麦凯（Jim McKay）因报道慕尼黑成就一生辉煌。

谈判也有看点，德国官方代表走马换将，往来如梭。先一位淑女走入俯拍的宿舍楼门的画面，她头戴俏皮的白贝雷帽，蓝色超短裙，花摇柳颤，倚门倾谈。恐怖代表化名伊萨（Issa），脸上涂着黑鞋油，白礼帽，摇头颠腿，谈兴正浓："抱歉小姐，我们不得不暂时征用这个理想的世界舞台，实现20年武装抗争不敢企望的效果。"画面一转，巴伐利亚内务部长与慕尼黑警长一脸凝重，亲自出马，对伊萨苦口婆心，劝其迷途知返，双方耽溺于"哲学式的讨论"。最后，部长以身相许换人质，开出无限额赎金。但伊萨固执一理，不要钱不顾命，一心向往巴勒斯坦解放。

电视插播以色列总理梅耶（Golda Meir）的讲话："如果我们让步，世界各地的以色列人将永无宁日，讹诈！最差劲的那种。"镜头缓缓摇起，转向隔离矮墙，上面爬满记者，长短镜头如小炮阵。镜头再向外摇，墙外别有一番景象：小小人工湖上，几只鸭子优游逸静，湖畔草坪运动员在晒日光浴，云淡风轻，意闲态远。这些画面剪辑起来便魔幻了，超现实之感，像台好戏，剧中人都有很强的表演自觉。恐怖分子扮演强行登台的不速之客，德国部长悲情献身换人质，以示屠犹悔意，以色列重申绝不向阿拉伯人妥协，奥委会傲慢作态，人命事小，奥林匹克精神天大。

慕尼黑奥运会具备电视收视率的三大要素：竞技、娱乐和暴力。现代恐怖主义滋生于大众视觉文化，电视已被恐怖行动征用：没有发达国家电视的普及，没有卫星为传媒服务，没有体育赛事过分依赖现场转播，慕尼黑事件或许不会发生。一旦视觉媒体使事件、解读、播放三者同步时，肇事者和新闻工作者便自觉或不自觉地共同参与事态的进程。恐怖分子会随镜头的多视角、记者点评或观众反馈随时调整策略，双方合谋将"现实时间"转化为节目时间，将事件叙述为故事，大众文化完成了仪式，公众焦虑得以宣泄。

三、设下圈套

西德政府明白谈判无望，秘密筹备突袭，拖延时间。"黑色九月"答应期限推到下午5点，警察4点半包围宿舍楼。他们身穿运动装，冲锋枪藏进网球拍套，偷偷占据制高点，要从通风道、阳台窗户强攻。对面楼顶摄像机一直开着，整个行动直播给上亿观众，房间里恐怖分子同时观赏。警察从楼顶刚探下身，恐怖分子据电视画面立即到位，举枪瞄准。5点差一分，警察总部恍然大悟，行动等于自杀，慌忙叫停。观众惊魂未定，谁说警匪片惊险？哪比得新闻惊悚？别以为德国人高效率，赶不上电视直播的速度。好莱坞的不少恐怖题材片，受慕尼黑启发，反复演绎这个桥段。

　　"黑色九月"知道目标不能实现，便提出新要求：要一架远程飞机把他们和人质一起送到开罗。西德不会让人质被劫出境，设计在机场猎杀恐怖分子。三架直升机降落奥运村，转运人质到菲尔斯滕菲尔德布鲁克（Fürstenfeldbruck）空军基地，从那里上波音727飞往开罗。无数摄像机记录了这个场面，奥斯卡最佳纪录片《9月的一天》（*One Day in September*）（1999）采访当年观众，大家感觉像看电影《007》，虚构与真实难分。一位以色列女运动员说："他们刚杀了两名队友，现在端着枪昂首阔步，像警匪片里的绝地英雄，气死人了。"唯一幸存的绑架者杰莫·阿尔·加希（Jamal al Gashey），东躲西藏近30年之后，在非洲一秘密地点接受专访，回忆说："一上直升机，我们与人质都觉察到这是圈套，接下来是场激战，气氛凝重下来。没离开宿舍前大家厮守一整天，两方关系松弛下来，绑架者与运动员闲聊天，开玩笑，这时意识到最后的时刻到了。伊萨下令：准备壮烈赴死！"

　　警方原以为有五名恐怖分子，埋伏了五个狙击手在基地，六名警察扮作机组人员候在波音飞机上。绑架者高调亮相，才发现是八名，狙击手不够，以精确著称的德国人却没通知埋伏的警力。直升机落地军用机场，波音机上的警察慌了手脚，没请示总部便弃机开了小差。伊萨验收大飞机发现空无一人，知上当急返直升机，但这时灯火齐明，枪声大作。

四、黑色的 9 月

记者只见人质上了直升机，不知去向，媒体被封锁了。当空军基地方向传来密集枪声时，市民和记者闻风而动，涌向去基地的公路，把增援的装甲车塞住，眼巴巴听远处激战两个多小时。ABC 终于插播最新消息：慕尼黑警方宣布行动胜利，人质全部获救，恐怖分子悉数毙命。顿时一片欢腾。击剑教练斯皮策的夫人已在家中守了一天，她住荷兰，一大早得知丈夫被劫，一刻不停拨电话给荷兰警局、以色列使馆和奥委会，但谁也不比电视消息更多。午夜刚过，以驻荷大使来电，要她开香槟祝贺，以色列大街小巷像节日般狂欢。凌晨 3 点，ABC 又播重大新闻，主播吉姆·麦凯语气沉重："看来情况不那么乐观，最终得到消息是，11 名人质全部遇难，三名恐怖分子被抓，其余击毙。"

在基地到底发生了什么？由于媒体不在场，没留下影像记录。纪录片《9 月的一天》根据口述，电脑动画复原了当年的场景。假扮机组的警员逃逸后，诱敌离开直升机的一计未成，加之狙击手训练不足，狙击步枪不专业，结果一阵乱枪打过，仅射杀两名罪犯，搭上一狙击手的性命。接下来双方对峙，均无斩获。警署方寸已乱，用高音喇叭重启谈判，"黑色九月"一梭子子弹作答。无奈调集装甲部队，结果路上耽搁两小时后才到位。装甲车一来横冲直撞，不分敌我，重伤两名狙击手。伊萨冷眼一看，大势已去，下令"撕票"。冲锋枪横扫人质，手榴弹引燃直

《时代周刊》报道慕尼黑惨案

升机，人质被大火烧得面目全非，无一生还。

五、从"六八"到恐怖

一位德国学者告诉我，那年他 16 岁，在斯图加特的家中一整天盯着电视，到深夜打盹睡着了。凌晨时分，父亲叫醒他，已泪流满面，说人质全死了，竟啜泣失声。这一幕对他震动很大，"二战"的记忆，犹太人又一次被杀，心里的负罪感、被阉割的无力感交织一起，让一代德国人永难释怀。

慕尼黑是现代恐怖主义的经典案例，有鲜明的国际特征，追求世界性效应。恐怖分子从利比亚出发，经东德辗转潜入西德，在西德有左、右两翼激进组织积极配合，攻击外国目标，营救国际政治犯。在要求释放的名单上，除阿拉伯人外，还有德国红军派领袖巴德尔（Andreas Baader）和迈因霍夫（Ulrike Meinhof）、日本赤军成员冈本公三。巴解凭什么营救德国人、日本人？70年代恐怖主义不同于后来的伊斯兰原教旨。"六八学运"退潮后，左翼激进主义薪火相传，德国红军派、意大利红色旅、日本赤军都奉马克思主义为圭臬，视本国资产阶级政府为仇寇，袭击美军海外基地，支持第三世界反殖、反帝运动。华约国家也暗中接济西欧左翼与阿拉伯民族运动，颇有合纵连横的大气象。巴德尔、迈因霍夫常往返于阿拉伯和欧洲各国，与当地政府、秘密组织一道训练、策划行动，日本赤军也大老远去以色列或欧洲作案，所以他们同志相称，彼此帮衬。

70年代革命形势日渐低迷，西欧政治斗争前景暗淡，阿拉伯在"六日战争"中受挫，巴勒斯坦解放已渺茫无际。巴德尔愁叹："革命既不能指望政治抗争，就靠新闻头条实现目标。"于是，红军派在媒体上打造城市游击队的形象，在家里打"越战"，以"视觉恐怖"揭露政府，制造"眼球灾难"。红军派的恐怖主义蜕变为渲染观感刺激，追求曝光率以争夺诠释现实的话语权，唤醒麻木的大众。[2]其对手的策略竟如出一辙，右翼保守的德国《图片报》，同样渲染暴力，但是以诋毁左翼为目的，用敌手的血腥来恫吓公众。这是个媒体文化歇斯底里的年代，各种力量都热衷"视觉政治"，随传媒技术日新月异，恐怖手法也花样翻新。但当激进政治沦为媒体丑闻时，政治恐怖等于媒体犯罪，原本具有颠覆性的政治对抗，被炒作成大众文化的热议话题，从此不再介入历史性对话。

六、双子塔坍塌或电影回放

故事还没结束，一个多月后，西德汉莎航空一架波音飞机再被劫持，交换条件是释放被捕的三名"黑色九月"绑架者。西德政府索性不跟以色列商量，私下放人。三名绑架者回到利比亚，受到英雄凯旋般的欢迎，对媒体高调宣称："这是巴勒斯坦解放运动的伟大胜利！"五名死者也受国葬待遇。西德这下臭名昭著，以色列指责它与"黑色九月"勾结上演劫机一幕。东德评论说，慕尼黑事件乃第三次中东战争的必然后果，以色列才是真正的恐怖分子，西德媒体掩盖巴勒斯坦难民的绝望处境。[3]

梅耶命令摩萨德追杀"黑色九月"头目和绑架者，以暴易暴。巴解头目一个个遭暗杀，三名绑架者中有两个被清除，只剩杰莫·阿尔·加希亡命天涯，今仍健在，无怨无悔。也不知多少传奇、小说、电影、电视剧演绎摩萨德传奇，斯皮尔伯格的电影《慕尼黑》可谓经典。大众文化酣畅淋漓地消费暴力、谍报、硬汉和动作，但原本蕴含的政治锋芒，已被后工业文化生产吸收、消毒。意识形态对抗的背景也被漂白，沦为暴力美学或感官消费。慕尼黑之后留下个遗产，西德因此成立反恐部队 GSG9，法、英、美也相继组建反恐机构。如今媒体喋喋不休的"反恐时代"，其实已在 70 年代拉开帷幕。

为何重提 40 多年前的往事？发生过那么多恐怖事件，影视工业为什么对慕尼黑情有独钟？慕尼黑可谓现代恐怖主义的原型，搬演这惊心动魄的一天，实际在建构"元叙事"。如何定义现代恐怖主义？它有如下特征：以跨国越界的形式策划，在世界性舞台上演轰动性事件，将表演性与戏剧性推向极致。"二战"后国际政治格局日趋固化，超级大国强加的世界秩序，挤压了政治性对抗的空间。传统暴力如摧毁军事和经济设施，暗杀政治人物等，让位给新的恐怖形式。红军派头目迈因霍夫声言："砸毁一辆汽车是刑事犯罪，砸一千辆汽车是政治事件。"它的目标不再是破坏本身，而是关注度，在媒体聚光下作秀。撒切尔夫人曾说：媒体是恐怖主义的氧气。这一逻辑的登峰造极是"9·11"，21 世纪激进主义的历史指涉越发晦暗不清，暴力沦为歇斯底里的宣泄，恐怖是空洞的能指。

本·拉登策划袭击世贸，看重它是帝国之都的地标，金融资本的符号，攻击符号意在象征。拉登知道，每时每刻有摄像机对准双子塔，拍电影的、旅游留念的。成龙差一点在"9·11"上午 7 点登上世贸北楼，拍一部叫《鼻出血》(*Nosebleed*) 的电影，情节竟是密谋炸倒双子塔！成龙扮演主人公英勇制服恐怖分子，拯救了世贸。他吉人自有天相，在多伦多同时拍另一部片子，耽搁了日程，才躲过一劫。得知世贸真塌了，他对记者说："9·11"那天下午的感觉像"行尸走肉"。虚构故事不意间真的发生，电影公司唯恐给纽约人伤口上撒盐，决定《鼻出血》胎死腹中。但剧本开头的台词耐人寻味："世贸中心象征自由和资本主义，以及美国所代表的一切；让双子塔倒下，意味着让美国跪下。"

其实也不算太巧合，好莱坞此前已拍过很多世贸袭击的影片，双子塔在虚拟世界中倒过多次了。"9·11"新闻实况转播世贸倒塌时，反倒像灾难片的"回放"。鲍德里亚如此问：为什么世贸有一模一样的双塔？因为它们是后政治时代取消政治对抗和极端主义的象征，双塔彼此映照，宛如镜像，实为"拟像"（simulacrum），恰似取消差异的形象。[4]马尔库塞如是说：后政治时代乃"一维社会"，社会批判渐行渐远，如果艺术虚拟的政治对抗缺失，则差异与意外不复存在，只剩下真实世界的唯一可能了。世贸遭袭，观众或非因袭击本身而震惊，倒是电影情节在真实世界上演，虚拟僭越了实在。现实本该冗繁、平庸，虚构才有惊心动魄。"9·11"吊诡之处乃是现实从虚构中吸取能量，真实世界摹仿虚构情节，这可不是摹仿论的艺术再现现实。双塔坍塌的新闻录像与影片《独立日》（1996）的电脑特效相差无几，拟像与真实如何区分？人们将来会不会拿影视去验证生活？虚拟的真实难道比现实更真？[5]

如今，柏林墙分开的两个世界已看不出一点不同，走在柏林大街上，很难想象曾有过"铁幕"。政治对抗的界标在"后政治社会"无影无踪，太平盛世已欣然而至？
不，非政治化的纯粹暴力正愈演愈烈，每每见诸报端的
"恐怖"（terror），恰是"后政治时代"的产物。看似与政
治分歧无关，却是"拟像"社会特有的狂躁症。如果战争
是政治斗争的延续，那么，恐怖则是"后政治"躁动的
表征。只知以福柯的圆形监狱比喻凝视的规训权力，拿
《1984》影射专制下的秘密监视，却罔顾我们当下生活的
实情：人们内心到底怕被观看呢，还是唯恐被忽视？互联
网时代，微博、微信、facebook（脸书）、twitter（推特）
营营扰扰，一天不被关注，便失魂落魄。曝光率、人气、
粉丝量才真是货真价实的资源。

注　释

［1］ 参见 Rupert Goldsworthy, *Revolt into Style: Images of 1970s West German "Terrorists"* (New York University UMI No. 3295339, 2008), p. 186。

［2］ Goldsworthy, p. 138, 109.

［3］ 参见 Terroranschlag in München, DDR-1, Sept. 5, 1972, Deutsches Rundfunkarchiv Babelsberg (DRAB), ID-Nr. 71207, AC12329/ DRAB/1/1。

［4］ 参见 Jean Baudrillard, *Simulacra and Simulation*. Ann Arbor: The University of Michigan Press, p. 32。

［5］ 参见 Baudrillard, *The Spirit of Terrorism*. Brooklyn: Verso, 2003, pp. 28–29。

怀恋冬宫

一、《列宁在十月》

曾经，一部苏联电影比任何一部国产片更深入人心。至少两代中国人观赏《列宁在十月》的经验，改变了他们对一个时代的记忆。70年代峥嵘岁月，中苏交恶，但大人、孩子口头语还提起这部苏联电影的台词："面包会有的""让列宁同志先走""小人闹事真可怕"，不一而足。孩子们玩"打仗"时，最爱模仿的电影场面是叛徒出卖列宁，卫士瓦西里护送领袖最后一分钟脱险。姜文电影《阳光灿烂的日子》也有这场戏，部队大院啸聚一彪"野孩子"，歇斯底里地喊："地址！地址！"主人公马小军躺在沙堆上假装叛徒，断气前吭哧吭哧地说出列宁的住址。一部电影充斥了孩子们的整个想象空间，不知因为它意趣盎然呢，还是循环放映的次数太多，让本已匮乏的文化生活更显偏执、重复、沉滞。

我问过60年代出生的朋友，他们记不清电影情节了，三十多年没看了，但有些台词仍朗朗上口。一部电影也是一个时代流行文化的元素，台词渗透到流行语汇里，像如今网上不知所云的"浮云""神马"，已沉淀到社会集体无意识之中。有意思的是，朋友们不约而同记得同一场景——占领冬宫。一旦勾起怀旧情绪，大家不能自已，将破碎的记忆一片片编织起来，似修复蚀损的老胶片，已模糊的影像复现了：几个俄国工人、士兵，先遣爬上冬宫森冷的铁栅栏门，本想翻过去打开它，可后面潮水般的大军已经冲上来，门被撞开了，爬上去的人伶仃无告地骑在门扇上，就那么随人潮涌动来回荡着。

二、双城记

去俄罗斯，我最想看的首先是红场，其次便是冬宫。其实心里明白两个地方都是文化符号，怀旧情结的残余而已，但毕竟是想象俄罗斯的要素。我的俄罗斯之行便遵循这个路线图，先浮光掠影地参观红场、红场上的列宁墓、边上的克里姆林宫。然后乘高铁去圣彼得堡，直奔冬宫，路上才四个半小时。原来的印象，莫斯科与圣彼得堡之间路途遥远。托尔斯泰的《战争与和平》里，皮埃尔与几个青年贵族荒唐无稽，把圣彼得堡警察局长捆在狗熊背上，扔进莫伊卡河。他被驱逐出境，小说场景一转，皮埃尔又出现在莫斯科社交场。故事发生在19世纪初拿破仑入侵俄国战争期间，俄国没通铁路，莫斯科与圣彼得堡之间靠马车交通。700公里漫漫长路让两城的命运判若天渊，一城焚毁，一城纸醉。《安娜·卡列尼娜》的故事发生在 19 世纪 70 年代，与小说作者托尔斯泰处于同一时代。莫斯科与圣彼得堡通了火车，安娜从圣彼得堡赶来莫斯科只需一个通宵。刚到莫斯科站台，便碰上风流倜傥的弗龙斯基伯爵。莫斯科城的舞会少不了贤媛名士、风花雪月，安娜初情萌动，仓皇逃离，弗龙斯基尾随其后，偷偷登上圣彼得堡的列车。一夜快车成全一段倾城之恋，也酿下一场旷世悲情。

　　高铁列车缓缓驶入圣彼得堡车站，我领略了托尔斯泰笔下的白夜。从车窗望出去，站台上飘着太阳雨，天那边艳阳高照，这边烟雨蒙蒙，此刻已是晚上 10 点多。本应 8 月酷暑，圣彼得堡最高气温还不到 20 摄氏度，恍惚间时光倒错。关于这个城市，我的知识是芜杂的。读到过

红场夜景

圣彼得堡

"圣彼得堡"的沙皇改革，听说过"彼得格勒"推翻沙皇的革命，又知道"列宁格勒战役"，支离破碎，其实都发生在这同一地方。圣彼得堡在人口过百万的城市中纬度最高，地处芬兰湾。彼得大帝1703年从瑞典人手上抢过这个要塞，他很西化，不喜欢莫斯科的保守，便迁都向西到此，给新都起了个德国情调的名字"圣彼得堡"（Санкт-Петербург, Saint Petersburg）。一次世界大战，俄、德分处两大阵营，刀兵相向。正厮杀酣战之际，沙皇尼古拉二世嫌圣彼得堡名字太德国化，与同仇敌忾的反德情绪不搭调，遂更名为"彼得格勒"（Петрогра́д, Petrograd），地道的本土地名。乍看意思没变，含义却不同，原本为"圣徒彼得的城市"，改名后似"彼得大帝的城市"。"一战"没结束，1917年俄国相继发生两场革命，"二月"和"十月"革命，新名称还没叫顺口呢，城市又更名为"列宁格勒"（Ленинград，Leningrad）。原因是列宁1924年离世，悲痛的苏维埃缅怀国父在此革命，称圣地为"列宁的城市"，首都却迁回莫斯科。几十年后，苏联解体，为表达新俄罗斯告别老苏联之决绝，爱在地名上做文章的俄国人又行动起来，1991年恢复该城最初的名字——圣彼得堡。

三、占领冬宫

也许下意识地模仿在10月的列宁，我风风火火地搞到一张圣彼得堡（旅游）地图，找冬宫的方位。冬宫是艾尔米塔什国家博物馆建筑群中的一座，旅游指南首推的景点，与卢浮宫、大英博物馆、纽约大都会博物馆齐名，为世上最古老、收藏规模最大的艺术馆之一。至于攻打冬宫，指南上只字未提。博物馆前有宽广恢宏的广场，身着18世纪宫廷盛装的红男绿女，眉开眼笑，争着与游客合影敛钱。背景尖顶拱门，琼楼玉宇，气象不凡。在《列宁在十月》粗劣的黑白旧胶片上，欣赏不到如此美奂胜景。进入宫里，更叹为观止。女皇叶卡捷琳娜二世浪掷钱财，搜刮世上珍奇异宝，皇宫里堆金砌银，竞奢耀豪圣极。

艺术迷宫虽让人目眩，儿时的记忆却让我的兴致带着意向性。电影里被撞开的那扇铁门一下吸去我的目光，现场实物与片中的影像不大一样。电影里枪林弹雨、血雨腥风，漆黑的铁门在硝烟中阴森冰冷，是暴政与镇压的象征，临时政府负隅顽抗的最后防线。当它被攻破时，故事达到高潮，呈现狂欢式的群众大场面，布尔什维克革命从此走向胜利。而眼前这门，富丽堂皇、伟岸凝重，门扇闭合处竖立一尊镀金的双头鹰，腾空展翅之势，是沙皇权力的象征，森森然有帝王霸气，似夸耀沙俄昔日之辉煌。拍电影的大门是同一个吗？会不会时隔百年冬宫改换门庭了？

回家之后第一件事就是翻出老碟片，重放"占领冬宫"。找到两部苏联片子，一部为纪念十月革命 10 周年的献礼片《十月》，另一部是 20 周年献礼片《列宁在十月》。爱森斯坦导演的《十月》，不厌其烦地拍摄冬宫大门，远、

冬宫大铁门

中、近景不断切换，还有门上那双头鹰的特写，与我看到的实物分毫不差，只是传递出的信息不同，我的印象才出现偏差。爱森斯坦是蒙太奇的鼻祖，运用剪辑，将铁门与临时政府调部队镇压的镜头拼接，产生象征意义：临时政府从革命者蜕变为新皇权，与沙皇尼古拉二世一样镇压革命。如今艺术博物馆营造的气氛却是另一样，这调调我在俄罗斯中央当代历史博物馆找到了最贴切的诠释。在莫斯科原高尔基大街上，我一进当代史馆，门口的第一展柜郑重声明：双头鹰乃俄罗斯联邦的国家标志，自古以来一直象征俄罗斯民族的神圣不可侵犯。

四、"阿芙乐尔"一声炮响

一座铁门传达了什么不同的意义，细究起来，需"闪回"到1927年。28岁风华正茂的爱森斯坦刚拍完《战舰波将金号》，声名鹊起，被奉为电影蒙太奇的世界级大师，对欧洲和好莱坞电影有深远的影响。是年，苏联政府庆祝十月革命10周年，计划影像再现"开创人类历史的新纪元"。鉴于爱森斯坦的声望，主管电影制作与发行的"苏联影业"委托他拍献礼片。时间紧、任务急，导演把情节限定在从"二月革命"走向"十月革命"。爱森斯坦是两场革命的亲历者，十年前在彼得格勒，他懵懂遭遇推翻沙皇和布尔什维克夺权的历史关头。一个17岁的文艺青年，心无旁骛，仍专注于绘画和戏剧研修，他至多充当了革命的旁观者。[1]十年后接献礼片任务时，他对革命已有了一整套理论。一篇名为《电影形式的辩证观》（*A Dialectic Approach to Film Form*）的文章中，他说一切新事物均产生于对立矛盾的斗争之中，十月革命是改变世界历史、创生新制度的时代拐点，蒙太奇能生动地揭示革命的斗争性。[2]二月革命与十月革命本质不同，前者为资产阶级革命，后者则是无产阶级的，"辩证蒙太奇"（dialectic montage）可以在银幕上表现这两者之间的断裂。

影片《十月》一开头，沙皇的雕像被激愤的民众拉倒，罗曼诺夫王朝结束，二月革命胜利。观众以为末代沙皇尼古拉二世的雕像在彼得格勒被毁，其实导演偷梁换柱了，银幕上的石像是远在莫斯科的老沙皇亚历山大三世的。[3]爱氏的影像是象征性的。接着，辩证蒙太奇演绎一系列"矛盾与斗争"：领导二月革命的临时政府蜕变，继续不义的战争；总理克伦斯基想当拿破仑，在七月屠城、镇压人民；列宁出现在彼得格勒车站，号召工人起义。一个个冲突，铺陈并积蓄着最后的戏剧性转折。导演懂得无声影像讲故事的方略，一点点拉起悬念，缓缓加码，沉住气，慢慢推向高潮，最后观众才宣泄、狂喜、升华。接着，士兵挖壕修垒、扛枪架炮，紧张备战。守卫冬宫的妇女敢死队面目狰狞，死心塌地捍卫临时政府。"阿芙乐尔"号巡洋舰像个黑色幽灵，在涅瓦河上游弋，炮口指向冬宫。在斯莫尔尼宫，布尔什维克与孟什维克、社会革命党辩论得热火朝天，武装起义还是政治斗争？漫漫长夜，爱森斯坦的悬

参观"阿芙乐尔"号

疑拉得太长了，观众已昏昏欲睡。突然，"十月革命一声炮响"，"阿芙乐尔"的主炮开火了，叙事的洪水也决堤了。

我推开冬宫后面一扇黑漆小门，细雨霏霏，散进空气中，似烟似灰。跨过一条小马路，我站在涅瓦河畔，远望水面，寻找"阿芙乐尔"开炮的方位。这艘年逾百岁的老船依然健在，远远停泊在河道拐弯处，颇费周折，才觅见踪迹。熟悉的船体，依旧如电影里雄姿威武。可怜它耄耋之年，战场上不中用了，充作博物馆挣游客门票钱的景点，晚景凄惨。船边无数小摊贩兜售十月革命纪念品。据当地报上说，苏联的"红色遗物"都是中国边贸生产。苏联一度向中国输出革命，现在返销回来，在这儿消费"革命符号"的，又多是"前社会主义国家"的游客，记忆循环意淫，历史开了个国际玩笑。史学家不肯放过这条船，俄罗斯中央当代史馆陈列的历史图片上说，"阿芙乐尔"号当年一炮未发，舰上未配备弹药，只打了一响空炮，权作起事的信号。俄国修正史家存心让"给中国带来马克思主义的一声炮响"落空，其心歹毒。

电影《十月》里，"阿芙乐尔"雄风尚在，一炮揭开历史篇章。大场面的"武戏"上演了，冬宫门前万炮齐发，起义大军风卷残云。死守的女敢死队员被刺刀穿心，镜头特写一张因痛苦而扭曲的丑脸。临时政府的办公桌颤抖了，部长们魂飞魄散。爱森斯坦释开悬疑，一泻千里，烽火狼烟中革命推向高潮，他的斗争哲学也升华为"矛盾的合题"——无产阶级铸就历史主体，革命激情化作阶级意识。蒙太奇不仅图解了官方意识形态，也诠释了导演钟情的唯物史观。

后冷战俄国史家又出来辨伪，存心扫兴。他们称攻打冬宫纯系子虚乌有，俄历 1917 年 10 月 25 日那天，克伦斯基已弃冬宫而去，无须占领。有一小股散兵游勇，大模大样地接管皇宫。曲折回廊里他们迷了路，误闯早餐室，碰上几名部长，顺手逮了个正着。这关乎几代中国人的集体记忆，难道攻打是事后排演的不成？据修正史家考证，1920 年，苏政府为庆祝十月革命三周年，确实在冬宫广场前排演了一场大规模的"街头行为艺术"。政府征用数千名红军和八千多市民，配备装甲车、卡车、机枪大炮，还有戏剧导演、舞蹈演员、大合唱团，以及庞大的乐队，声势浩大地"攻打"

起冬宫来。音乐奏起,《国际歌》嘹亮,爆竹烟火齐鸣。据称,列宁领导的不流血的革命才过去三年,宣传机构觉得没有武装斗争总是个遗憾,体现不了历史新纪元,便模仿法国大革命攻陷巴士底狱,搞了场十万人观摩的大戏。也就是说,爱森斯坦再现的不是历史,而是"行为艺术"。当年有个笑话,爱森斯坦拍电影动用的枪炮比真实历史中的规模还大,伤亡的演员比革命的代价还多。[4]修正史家怕矫枉过正,失信于人,又摆出严谨姿态,说笑话的前半句千真万确,后半句有点夸张,十月革命实际逮捕了 18 人,死了两人。

《十月》在苏联公映,爱氏美学无人喝彩。官方批评他庸俗的马克思主义,观众抱怨影片冗长、乏味,像包罗万象的百科全书。只有西方学院派盛赞,称其为视觉盛宴,影像与形式颇多创新。该片到如今还是世界电影史上的经典,可大众文化中早已了无痕迹。爱森斯坦费力不讨好,还另有原因。《十月》淡化了领袖的作用,给列宁的镜头匆匆掠过,反角克伦斯基却大占篇幅。其实这是导演的历史观:临时政府惑世诬民,激起人民自发革命;历史的必然选择这一刻,人民创造历史,并成为主体;布尔什维克并非先知,不可能在历史关头到来之前策划并领导革命。[5]如此唯物史观不合时宜了。1924 年列宁逝世,斯大林掌权,加强对文艺的控制,视为党的喉舌。1932 年苏共中央下发《关于改组文学艺术团体的决定》,1934 年作协成立,要求以"社会主义现实主义"为文艺创作的方向,突出英雄形象,强调党的领导,宣传领袖的钢铁意志。而《十月》突出人民革命的集体群像，淡化了党的领导，政治上不正确。卢卡奇讥讽公式化的艺术观为"官僚的自然主义"。

五、新与旧的决裂

苏联迎来十月革命 20 周年时，新献礼片又紧锣密鼓地筹备起来。1937 年的政治形势急转直下，党内大清洗开始了，报纸上也捷报频传，第二个五年计划胜利完成，苏联一跃成为世界头号工业强国。美国对红色威胁忧心忡忡，既拉拢又嫌恶。好莱坞拍起苏联题材影片，歪曲五年计划的成就，将斯大林与上台的纳粹相提并论。与好莱坞合作密切的爱森斯坦失宠了，献礼片的任务落到学生辈的米哈依尔·伊里奇·罗姆身上。十年倏忽，政治环境变幻莫测，电影技术也日新月异，苏联电影从默片进入有声片时代。年轻气盛的罗姆深谙声、画同步的潜力，别具手眼地运用新技术，迎合新政策的口径。同是十月革命题材，他不蹈前辈覆辙，不拍社会全景，省略掉二月革命、临时政府镇压和议会斗争等历史背景交代，只铺陈一条线索，聚焦一位超人般的主人公——列宁的历险记，片名叫《列宁在十月》。故事乃"通俗情节剧"（melodramatic）风格，酷似好莱坞动作片中的英雄传奇。列宁神出鬼没、运筹帷幄、力挽狂澜。他周旋于斯大林和卫士瓦西里之间，有情有义、嘘寒问暖，不失伟人气度，又俏皮幽默，集大贤大能于一身。罗姆最懂好莱坞的经典叙事，最后一分钟营救、心理动因定义的情节、幸福结局等技巧，烂熟于心，信手拈来。片子拍得起伏跌宕、引人入胜。从 1950 年引入中国以来，该片在祖国各地的机关厂矿、部队学校，内、外部影院，几十年放映不衰，国人百看不厌。将革命演绎成大众娱乐，爱森斯坦望尘莫及。当然默片时代，爱氏为电影形式所限，没有对白、独白，只靠影像与剪辑象征性地刻画心理与个性，缺乏有声片的现实感。而十年后罗姆如虎添翼，以好莱坞叙事给意识形态编码，赢得数不清的荣誉：列宁勋章、劳动红旗勋章、苏联人民艺术家称号。

然而，攻打冬宫是爱森斯坦的一座影像丰碑，罗姆无力超越，只亦步亦趋地模仿。重要的是这场戏的意识形态美学，十月无产阶级革命与二月资产阶级革命的性质，要靠一场武戏清算了断，只有武力大对决才能标识历史性转折，观念老套却喜闻乐见。罗姆除了给枪林弹雨、炮声隆隆、人潮汹涌同步配音之外，几乎重复《十月》的场面调度。这才有我辈刻骨铭心的视觉记忆：俄国工人争相攀上漫长的"大使阶梯"，运动长镜头随人流穿行于一间间珍品点缀的宫廷内室，呐喊，交火，雕像崩碎。最后，包围政府部长，悉数逮捕——大团圆式结局。革命也给中国带来了马克思主义。"十月"深入我们的集体无意识，给中国革命的历史书写涂上底色。对新、旧民主主义革命的分期，我们不是步苏联官方史学的后尘？"阿芙乐尔"号的那响空炮，不也成为区分中国新、旧两场革命的符号吗？但 70 年后，俄国影人一心要颠覆这个神话。

六、告别"十月"

　　1991 年苏联解体，十月革命题材冷落了。2008 年，俄政府却资助出品了一部耐人寻味的影片《海军上将高尔察克》(安德烈·克拉夫库克导演)。俄罗斯电影史上，这几乎是投入最大的片子(合两千多万美元)。它颠倒苏联时期的历史价值观，让"反革命头领"、白军最高统帅高尔察克做正面英雄，而革命工人和士兵却是反角——凶残的暴民。两场革命便成了亘古未有之浩劫。影片以高尔察克的视角贯穿叙事，时间框架设在二月和十月革命的前后，是部爱国将领忠心沙皇、为俄罗斯民族存亡献身的英雄史诗。但经典电影史诗时代已经过去，《高尔察克》与这个时代其他历史片一样，不兴以历史做主线。历史太沉重，只配做罗曼史的背景，主人公与美女安娜的生死恋才能作为故事的前景。战争场面、革命起义、权力角逐、暴虐屠戮都衬托爱情的伟大与崇高。市场化社会里，历史、民族，甚至个人的成长，只在与消费逻辑契合时才得以言说，而爱情才是商业文化中唯一超越性的神祇。电影结尾处，高尔察克被苏联契卡枪决，安娜孤身生活在"暴政"之中。镜头切换到 1964 年，老迈的安娜参观莫斯科电影制片厂，正赶上排演托尔斯泰的《战争与和平》。一场斗脂竞粉的宫廷舞会戏，唤起安娜的往事回忆。潇洒英俊的海军上将，慷慨赴死前也不忘记他庄严的承诺，与她跳上一曲华尔兹，舞会是盛装华丽的那种。但下层暴动葬送了高雅的贵族生活，嗜血叛乱毁灭了痴男怨女的海誓山盟。一段肝肠寸断的未了情，便是我们时代的悲剧意识。爱情宇宙洪荒，革命乖戾无常。

在苏联的残垣断壁上诞生的俄罗斯，为寻找新的身份认同，否定革命，追认沙俄的昔日辉煌，来填充民族主义的历史想象。新的历史叙述强调俄民族自古绵延不断的独特传统，虽一度被革命中断，但新俄罗斯能再次接续历史，重塑民族之魂。所以，影片《高尔察克》恢复了沙皇的正面形象，尼古拉二世悲悯仁厚，赠予海军上将一本镶金《圣经》，作为托付使命的信物。高尔察克为民族的荣耀，像堂·吉诃德冲向风车，与布尔什维克殊死决斗，毁灭在时代与命运的车轮之下。语境不同了，再现出来的"十月"也与爱森斯坦或罗姆的天差地别。非但没有占领冬宫，以便划分新、旧革命，就连布尔什维克起事也没给一个镜头。只有"无耻的"二月哗变逼退沙皇，十月之变只是小插曲而已。大对决发生在代表俄罗斯的皇室与不信教的暴民之间，而不在布尔什维克、孟什维克与临时政府之间，因为他们乃一丘之貉，同为无长幼尊卑的冒险家、牟利小人，不睦也是内部分歧，两场革命被算在一笔账下。

这不仅是一部电影的历史观，也是俄国意识形态的镜像。俄中央当代历史馆的表述虽貌似公允，实与该片互为表里。电影再现十月革命这80多年的风风雨雨，让人感叹历史百变千面，电影像面哈哈镜，反射的不是历史的原貌，而是扭曲的镜像，其"扭度"便是作者的欲望，即苦心孤诣说服大众的权力意志。在哈哈镜里找历史真相虽然徒劳无功，但可对不同时代的意识形态洞若观火。比如，爱森斯坦主张自下而上的革命——群众为革命主体，罗姆则宣传自上而下的模式——布尔什维克领导革命走向胜利，后冷战时代的俄罗斯为告别革命，退出暴民乱政的艰难时世，每个模式都是时代政治气候的风向标。如视野再展开一点，还发现西方的俄国史学恰与之形成"倒置"的镜像。如美国鹰派史学家理查德·派普斯（Richard Edgar Pipes）的观点，便呼应罗姆自上而下的模式，只是价值判断颠倒一下。派普斯认为，十月革命乃一小撮知识分子组织政党、操纵并愚弄民众的篡位政变，是极少数黑手策划的社会灾难。批评派普斯阴谋论的，是美国修正史家亚历山大·拉宾诺维奇（Alexander Rabinowitch）。在《布尔什维克通向权力之路》（*The Bolsheviks Come to Power*）（1976）一书中，他认为俄共在革命前并非铁板一块的政党，而是主张不同、争论不休、毫无权威可言的一群知识分子组成的松散组织。1917年10月的事变碰巧顺应了民意，大众把他们推向风口浪尖，才成了弄潮儿。既非历史必然，也不是阴谋政变。冷战后，俄国与西方史学终于殊途同归。英国史家奥兰多·菲格斯（Orlando Figes）在《一个民族的悲剧》（*A People's Tragedy*）（1996）中，追溯革命的起源到彼得大帝时代，不怨激进思想滥觞，却痛惜贵族文化衰落，致使俄国底层农民残暴的野性失控。所以，民众绝非革命的受害者，相反，因为他们诉诸暴力成性才败坏了社会变革，让理想主义蜕变成嗜血专断的革命。电影《海军上将高尔察克》恰为菲格斯做了影像注脚。

七、再次握手

冬宫宽阔曲折的"大使阶梯"上熙熙攘攘，旅行团一队队摩肩接踵，上下穿梭，想拍张清静的照片也难。导游操着各种语言，但都讲着同样的故事：外国使节衣冠楚楚，敛手低眉，缓缓登上台阶。女皇叶卡捷琳娜二世居高俯瞰，君恩臣节，好不堂皇。我眼前却浮现起义工人呼啸着冲上汉白玉阶梯的镜头，知道很不合时宜，更何况子虚乌有。想来国内趁"辛亥"热也掀起一波修正史潮，电影、电视剧一哄而上，重述历史的调调有如"大使阶梯"的气象，有的叹息清帝立宪未果，辛亥革命始乱终弃，无端割断中华文明一脉相承，耽误了一个世纪的和平发展。也有主张大国崛起再改良的，无论新、旧民主革命，还是阶级斗争，皆为取乱之道。私下感慨，中俄两国确有心契魂交，不期然再次遥相呼应起来。

注　释

[1] 参见 Robert A Rosenstone, "October as History, " *Rethinking History: The Journal of Theory and Practice*, 5 (Summer 2001), p. 264。

[2] 参见 Sergei Eisenstein, *Film Form* (New York: Harcourt Brace Jovanovich, Inc., 1949), pp. 45–46。

[3] 参见 Murray Sperber, "Eisenstein's October, " *Jump Cut: A Review of Contemporary Media*, No. 14, 1977, p. 17。

[4] Rosenstone, p. 273.

[5] Ibid., p. 265.

"五月风暴"的余烬

一、回眸"六八"

久违了革命，激进狂潮之后留下的碎屑残渣，却被消费时代追捧、膜拜。切·格瓦拉的肖像变成了时尚元素，热卖狂销，商业价值与历史人物早已脱节。大概知道文艺青年矫情，香港地产商便投其所好，在尖沙咀黄金地段立起巨幅广告牌，白底黑字"五月风暴五十年"，实际是2018楼市开盘，哪里在乎"五月风暴"到底是什么。这段历史值得回顾，如果真回到50年前，围观这场深远的文化暴动，感慨其规模之大、影响之远，就不能以"五月风暴"这个只持续一月的巴黎学运来命名。在1968年，美、法、意、德、加拿大、北爱、日本、捷克、波兰、南斯拉夫、中国、巴西等国，先后爆发多起运动，口号、目标、方式，彼此遥相呼应。结局却不像巴黎，一个月后复课、复工，总统重新掌控局面，事态平息。不少国家，学运演变成"世界革命"，城市游击战一直持续到90年代"冷战"结束。特别像德国红军派、意大利红色旅、日本赤军、美国黑豹党、爱尔兰共和军等极端组织，其恐怖活动竟拉开了21世纪"反恐时代"的序幕。

今天谈"六八"文化，我们会提及流行音乐、电影新浪潮、反主流亚文化、嬉皮格调、西方知识界左转、学院精英与大众对立等，这是运动奠定的基调，也成为西方知识生产与媒体导向的模式。就是说，偏左自由精英的品位、自由媒体的制衡，主导着今天西方社会舆论。但是，欧洲民粹兴起、特朗普上台、英国脱欧、意大利五星运动、法国前进党等运动，正挑战这一传统，清算这份遗产。所以，如今回顾"六八"运动尤显意味深长。

"六八"是场世界运动，在不同空间发生，既有各地的独特性，又彼此声气相通。仅从单一国别纵向观察，如聚焦法国"五月"或美国反战，则管中窥豹。但若横向整体讨论，各国情况又极其复杂繁芜，很难形成前后相继的一个线性叙述。如何将不同历史空间里的事件缝合起来，形成一融贯的整体，揭示这场运动背后更大的图景，使历史深层显影，是项有意义的工作。不如选取几个片段，或一组快照，透视学生运动演变成激进暴力的转折点，也许可为20世纪后半叶席卷世界的文化革命立此存照。

二、运动的缘起

回望那段历史，是美国学生在1967年率先奏响序曲。马尔克姆·X在1965年遇刺似乎是先兆，黑人平权运动渐渐激进化，至 1967 年底特律大骚乱，七千多人被捕，数十人被杀。而映衬国内动乱的是越战步步升级。与朝鲜战争的时代不同了，西方电视开始普及，50 年代中美国家庭拥有电视率已达 80%，到 60 年代中，彩色电视已成家庭必备。所以，越战是第一场电视直播的战争，撩拨了西方年轻学子的敏感神经。彩色画面中橘红色的燃烧弹火焰、血肉模糊的肢体、落叶剂撒过的遍地哀鸿……视觉的冲击，在校园形成道德义愤，从纽约、巴黎到东京，学生一致声讨帝国主义的侵略与腐朽性。1968 年，美、法、德、意、英、北爱、日本各国爆发反战大游行。侵略行径是西方知识分子的共同靶标。

在理论上，马克思列宁主义对霸权的批判非常有力。于是，西马、法兰克福学派、毛泽东思想、结构主义、心理分析、女性主义如火如荼，反潮流、反主流、青春文化如野火春风。随后工人也起来了，工运与学运此消彼长。1968 年，黑人领袖马丁·路德·金遇刺，南卡大学抗议中，三个学生被警察射杀，遍及美国 15 个城市的学运渐趋暴力。学生内部发生分裂，白人学生希望理论斗争，营造反主流的自由文化氛围，而黑人学生更倾向于行动与实践，黑豹组织（Black Panther）与黑人权力组织（Black Power）联合起来，效法东方社会主义阵营，搞暴力革命。联邦调查局的围剿弹压，又激化了少数白人学生。1969 年，"美国大学生民主会"（SDS）形成，并组织更暴力的"地下气象员组织"（Wheaterman），抢银行，安炸弹，劫人质，这一年大小爆炸事件竟达九千多起。

三、西德的"六八"

西德学生从电视新闻上关注美国学运，行动起来与之呼应。西德政府当时的总理是库尔特·G.基辛格（Kurt G. Kiesinger），纳粹时期曾任格林元帅的助手，政治上保守强硬，雇用了大量前纳粹党人。1967年学运爆发，西德实施紧急状态法。恰逢伊朗国王巴列维6月访问西柏林，学生组织大规模抗议，反专制独裁者，批评西德教育观念的陈旧，声援美国反战游行。警方以紧急状态法镇压学生，大学生奥内佐格（Benno Ohnesorg）被警察枪杀，公众愤怒了。左翼学生领袖鲁迪·多茨克（Rudi Dutschke）号召以非法手段暴力抗争。当时已是哲学教授的哈贝马斯，则主张温和、理性的对话。他指责多茨克为"左翼法西斯"。双方僵持不下之际，意外却发生了。多茨克被便衣行刺（后说是东德特工），身负重伤，却奇迹般地活下来。从此运动激化变质，学生暴力渐渐失去公众支持，学运转入低潮。坚持下来的只有少数极端青年组织"红军派"（RAF）等地下组织。巴达尔（Andreas Baader）、迈因霍夫（Ulrike Meinhof）则脱颖而出。

记者出身的迈因霍夫鼓吹：烧掉一辆汽车是刑事犯罪，烧掉一千辆则是政治行动。暴力不仅是伤害，也是政治表达。红军派火烧百货大楼、在美军基地安放炸弹、抢银行、杀警察、劫飞机，几乎垄断电视和报纸头条。燃烧着的汽车、肢体残缺分离的街头、警察飙车尾随、交火的镜头，在电视上展示视觉恐怖主义。红军派娴熟地运用视觉语法，将恐怖演绎成媒体奇观。原来同情左翼激进的人，不久就惧怕了，西德人生活在恐惧中，谴责的声音主导了舆论。红军派士气低落，迈因霍夫以《毛主席语录》武装思想："当敌人恶毒污蔑我们时，说明我们打痛了敌人，使其丧胆……"（不知道它的出处在哪里）

西德政府与北约情报部门联手，严拿红军派，巴达尔与迈因霍夫相继被捕。而新生代前赴后继，恐怖行动变本加厉。先有西德左翼恐怖组织"RZ"（Revolutionary Cells）与巴解的"解放巴勒斯坦人民阵线"（PFLP，简称"人阵"）联手劫机，将法航班机劫到乌干达（1976），后有红军派与"人阵"再度劫持汉莎航班，到索马里首都摩加迪沙（1977）。两次劫机分别被以色列军方与西德反恐特警成功突袭，解救了人质。从此，国际反恐突袭部队建立，反恐技术日臻成熟。

四、意大利红色旅

意大利学运的起因与法国更接近些。60年代，意大利大学生人数激增，学校设施、师资捉襟见肘。1968年，大学生辍学率超过50%，意大利北部城市连续爆发学运，多所学校被学生占领。当局的镇压造成多起警、学伤亡事件。此时社会大环境恶化，经济危机加剧，因自动化程度提高，无技能工人大批失业。结果，学生与社会呼应，辍学的大学生加入到失业工人大军里，学运进入工厂。意大利工会、共产党和劳工联盟等，都是"温和建制左派"，它们采取一致批评学生和工人的立场。加上右翼政府的弹压，青工与学生被推向激进的无政府状态。法国"五月风暴"退潮后，意大利工人和学生以法国为鉴，意识到组织的重要性。只有在学校、工厂成立革命小组、自治联盟，才能摆脱温和左派的"修正路线"，斗争不妥协到底。于是，"工人力量"（Potere Operaio）、"工人先锋"（Avanguardia Operaia）等组织出现，取代工会，号召工人罢工；闹革命，不搞改良。1969 年的"热秋"（autunno caldo），意大利的狂飙革命进入高潮。

1970 年，米兰西门子厂区出现第一份"红色旅"（Brigata Rossa）传单，鼓动工人拿起武器，武装暴动，夺取资产阶级政权。红色旅乃学生与工人在热那亚成立的地下组织，招募少数激进青年，在意大利打城市游击战。总战略是继承毛主义和俄国革命遗产，第一阶段先传播革命思想；第二阶段，武装打击资产阶级国家的心脏；第三阶段全面内战以夺取政权，建立无产阶级专政。其战术借鉴拉美城市游击队和巴解恐怖主义，放火烧毁工厂管理层的车辆与财产，爆炸右翼党派办公设施，破坏工会以惩戒解雇工人的行为。后来，暴力升级到绑架政客、企业经理和地方法官，以索取赎金来维持地下组织运转。

1978 年的一起红色旅绑架案，震惊整个世界。由于切齿痛恨基督教民主党，红色旅绑架了基民党党魁、意大利总理阿尔多·莫罗。意大利故事片《早安，晚安》（*Buongiorno, notte*，2003）演绎了红色旅与囚禁于秘密阁楼莫罗的漫长而哲理的对话，马克思左派与基民党两种意识形态针锋相对，映射出贯穿 20 世纪进步与保守思想之间的冲突。因最终与政府谈判未果，意总理被残酷杀害。

五、日本赤军

远在东方的日本，也以独特的方式回应"六八"。表面上，学运的方式、口号和目标，均与欧美相差无几。但深层的文化心理与特殊的境遇，又让日本的"六八"别具风韵。运动起因就很具日本特色——反对日美安保协定。第二次世界大战期间，日本与德、意同为轴心国，战败与美军占领的创伤经历，使三国民间反美情绪强烈。60 年代起，日本学生转向左倾，渐渐激进化，也要摆脱日本共产党，搞"全日学生自治政府"（*zen nihon gakusei jichikai sō rengō*, the "All-Japan League of Student Governments"），组织大小抗议"安保"的游行。然而，右翼政府不为所动，学运无果而终。日本社会环境与欧洲不同，正处于经济腾飞时期，国民产值飙升，大众消费莅临，日本社会变化深刻。之前，苏联干涉匈牙利（1956 年）的新闻，大大削弱了马克思与社会主义思潮的社会影响力，这时抵制

"安保"运动受挫，让多数学生的社会参与的热情消散。可是，一个偶然事件，让事态突转。

1967年10月，一小股学生抗议日本首相访问美国侵略下的南越，在东京羽田机场与警察冲突，一名学生被枪杀。彩电刚刚在日本普及，荧屏上学生头戴工地安全帽与警察对峙、流血的画面，如一石激起千层浪，公众愤怒了。学生参政的热情再次回潮。1968年6月，日本精英大学有十分之一的学生加入"全共斗"（Zenkyōtō，"所有大学共同斗争委员会"），占领校园，路口设障、封锁学校入口，营建所谓"学术与个人自由的解放区"。媒体大肆报道，推波助澜。至1969年初，占领运动已波及几百所大学和上千所中学。反越战、反安保、反保守政府是运动的总目标。但最能引起社会共鸣的，却是反战和反"安保"。当时民调显示，80%日本民众反对政府亲美，而左翼进步思想却吸引力不大。当政府加大镇压力度，运动迅速转向低迷。至1969年底，绝大多数学校园清场，游行示威平息了。当年的日本大选，保守的自由民主党大获全胜，左翼党派却失去大部分席位，"安保协定"于1970年续约更新，不再遭遇抵制。

事后反思这场运动，日本当时的社会心理提供了重要的参照。五六十年代，日本经济高速增长，大规模城市化，城市人口激增。流动人口生活于都市陌生人社会中，失却乡村的情感与人际纽带。同时，国民收入与日俱增，消费成为流动人口的唯一精神寄托。奢侈与喧哗，与日本

日本影片
《联合赤军》海报

传统伦理观——节俭与清静——格格不入，身份意识呈现危机。而拥挤、富裕的城市生活，又极大地刺激了教育产业的迅速扩张。大学扩招、中小学入学率激增，精英教育被稀释。学生须拼大血本"高考"，千军万马创独木桥式，大学毕业才发现文凭贬值，背叛感在年轻人中蔓延。当欧洲"六八"的消息传来，即刻燃爆了日本青年的沮丧情绪。社会主义阵营，又传来中国"文革"的消息，似乎给社会问题提供出替代性方案。日本学生重读马克思，从马克思和毛泽东思想中寻找消费文化的解药。涌入城市的移民虽未参加学潮，却在街头驻足，为运动站脚助威。日本学运看似与西方相同，但深层心理大相径庭。西方学生要破除权威、追求平权，而日本学生在反主流、反保守的大旗下，内心想保全精英地位。

当学潮低迷、光景绝望，来自不同左翼组织的一小撮骨干着手组建"联合赤军"，搞暴力革命，步德、意学生的后尘。他们夜袭枪支店和警局，夺取第一批武器，然后上山遁入秘密营地训练。联合赤军在营地的生活，与西方也很不同。虽然声称反文化，但不学欧美学生的嬉皮式反叛，不主张个人自由和道德相对主义。相反，日本版的激进反叛带有很高的道德期许——修炼自我以实现崇高。赤军纪律严明，禁欲主义，不许恋爱。除军事训练科目外，赤军每天学马列毛选，武装思想，纯洁队伍，打造先锋党。赤军不容男女暧昧，视贪图安逸为资产阶级情调，一旦发现堕落的苗头，严惩不贷，不少年轻的生命丧于内部清洗。而此时，德国红军派在也门和黎巴嫩营地受训，他们乱交、吸毒、裸体日光浴，罔顾当地穆斯林的风俗。

与此同时，以重信房子为代表的另一支赤军组织"日本赤军"于1971年在巴勒斯坦宣告成立，他们将眼光转向世界革命。他们劫持日航飞机到朝鲜，叛逃社会主义阵营，冲出窒息的低迷环境。让世界震惊的大行动多与巴解"人阵"合作，如突袭以色列卢德机场，冲锋枪扫射、投掷手榴弹造成24名旅客死、80名受伤的惨剧。赤军还与德国红军派、巴解"黑色九月"组织、爱尔兰共和军、土耳其"人民解放军"合作，在海牙、巴黎、吉隆坡多次作案，表现尤其凶残、勇猛。

六、"巴解人阵"

德国红军派、意大利红色旅和日本赤军的多起恐怖袭击中，总会出现"人阵"（解放巴勒斯坦人民阵线，PFLP）的名字，为什么西方左翼运动与"巴解"有瓜葛？"巴解"不是西方眼中的宗教激进主义吗？那么，极右宗教组织为何联合左派？其实，六七十年代的巴解与今天不同。1967 年"六日战争"后，阿拉伯国家的惨败，使之与以色列争雄的局面逆转，把以色列赶入大海的希望破灭。同时，巴勒斯坦人的身份意识也从周边国家独立出来，不再视自己为约旦人、叙利亚人或黎巴嫩人。指不上其他国家了，巴勒斯坦人要靠自己实现民族解放。在阿拉伯联盟的支持下，法塔赫与"人阵"等武装组织联合起来，形成一个巴勒斯坦解放运动。阿拉法特领导的法塔赫，致力巴勒斯坦民族主义，斗争集中在巴以境内。乔治·哈巴什（George Habash）领导的"人阵"，具有鲜明的马克思主义色彩。哈巴什是基督徒，主张世界革命与无产阶级解放。以马列主义武装思想，以城市游击战打击世界各地的犹太复国主义。"人阵"的主战场在西方。哈巴什在贝鲁特美国大学医学院的同学瓦迪·哈达德（Wadi Haddad），是他最得力的助手，他们一起策划了多起世界级恐怖袭击。从 1968 年到 1984 年，"人阵"劫持以航、法航、汉莎、美 TWA、瑞航、英 BOAC 等多个航班，在纽约、巴黎、海牙、苏黎世、乌干达恩德培机场多地作案，西方世界惶惶不可终日。

　　"人阵"在西方运作，没有德国红军派、日本赤军、意大利红色旅的配合，光靠阿拉伯人不可能成功。所以，哈巴什博士将"巴解"包装成世界革命的分支，与西方左派共鸣。他把犹太复国主义转译成帝国主义，称巴勒斯坦为"中东的河内"，这样中东战争被叙述成美帝在越南之外称霸的战场。"人阵"与西方左翼结成神圣联盟，共同打击世界帝国主义。哈巴什因此与阿拉法特分道扬镳，阿拉法特乃现实的民族主义者，他靠地缘政治找平衡，在大国博弈的间隙求生存，利用埃、叙、伊、约，甚至美、以之间的矛盾，给自己找立脚点。这种在夹缝中谋求巴勒斯坦建国的运动，终极目标不过是与以色列分庭抗礼。

　　而"人阵"幻想消灭以色列，从巴勒斯坦解放，走向解放世界上所有受压迫人民。它手上也有筹码，西方情报部在中东鞭长莫及，"人阵"便在黎巴嫩、也门、利比亚、约旦营建军事训练基地，为红军派、红色旅和赤军等组织提供避难所。通过培训，各组织之间的协同行动能力大大提升，加上苏东阵营的秘密资助和指导，"人阵"从走私武器、训练人员、指挥行动，让各国地下组织运转更高效、更严密，全球恐怖网络渐成。"人阵"的军事指挥官哈达德，招募了委内瑞拉籍的伊里奇·桑切斯（Ilich Ramírez Sánchez），此公的父亲是列宁的崇拜者，故起名伊里奇。伊里奇·桑切斯有独行侠般的无畏与冷血，暴得大名"豺狼卡洛斯"。他利用拉美身份和欧洲面孔，在巴勒斯坦人与西方人之间穿针引线，共谋多起"国际大行动"，这是为什么西方国家视"巴解"为恐怖主义的原型。

七、脑袋决定屁股

在实施行动时，"西方白左"的表现，往往与巴勒斯坦人风格不同。有的"白左"本性并不暴力，得靠观念先行，让思想说服自己施暴。在六七十年代之交学运的低迷期，激进学生发现知识分子的软弱、不彻底，转而坚信革命没有中间道路，要么胜利、要么赴死，只有以革命者的鲜血涤荡资本主义的污泥浊水，新社会才能浴火重生。将革命思想付诸行动，一个意大利红色旅队员的回忆，提供了最好的例证。罗伯托·佩西（Roberto Peci）回忆在1977年，曾受命去米兰菲亚特汽车厂，枪击一名车间工头，给资方压榨工人一个警告。中午，那个工头出现在停车场，准备开车回家吃饭。此人45岁上下，秃顶，很不起眼。佩西不知道他是否欺压工人，动手前犹豫了。经过一番思想斗争：工头不是普通人，而是资本家的帮凶，代表着资产阶级；工人在厂食堂吃着猪狗食，而他却开着老板赠送的菲亚特回家吃饭！他又想到父亲，每天一大早去建筑工地劳作，中午吃自带的冷饭。对！惩罚他一个人，会教育千百人。佩西扣动扳机，整个弹夹里八颗子连续射向工头的双腿。他倒地呻吟着，佩西从眼角的余光里，瞄见工头拖着鲜血淋漓的双腿爬向汽车，他仍心硬如铁。[1]

"巴解"战士的心态就不同了，他们苦大仇深。战乱中失去过亲人，家人仍离落在难民营中，终日朝不保夕。切肤之痛才能冷酷而坚定，执行命令毫不迟疑。1976年，"人阵"策划的法航劫机案，248名旅客被劫往乌干达恩德培机场。配合这次行动的"德国革命组织"（Revolutionary Cells，比红军派影响小的左翼），看守劫持在机场的犹太人质。当以色列派特种兵突袭机场，两位德国青年发恻隐之心，不忍再次屠犹，没执行杀人质的命令，让营救成功。从大学生到恐怖分子，心理如何转变，值得深思。季羡林在《牛棚杂忆》里，回忆北大东语系师生，从文弱书生变成以折磨人取乐的暴徒。本是同一单位的同事、学生，知根知底，每个都有自己人际圈子。但运动起来后，一些人能把老师、同学打成反革命，踏上亿万只脚，怎么过得了情感关呢？

据季老分析，要把熟人想象成"非人"，不是反动学术权威，也是历史反革命，反正不再是朝夕相处的季教授。这是理论抽象能力，将活生生的人对象化，转化为概念符号——季羡林等于反动阶级，打倒他一个，即打倒一个阶级，因此，运动从"文斗"走向"武斗"。日本赤军遁入山中训练，先苦读马列毛选，武装思想，然后擦亮眼睛，认清敌我，磨炼意志，克服小资的软弱与温情。这也是修炼理论抽象能力，抵御常识与经验的干扰。对敌人冷酷无情，对组织无限忠诚。什么是对人类最大的悲悯？牺牲自我，消灭压迫阶级，救大众于水火。

如今重访"六八"，思考学运如何从"反文化"激进成恐怖主义，这关乎如何理解 20 世纪的主旋律——革命。如只谈革命济苦怜贫，铲除不平的一个面向，那么，它与宗教的慈悲贫残、普度众生何异？"革故鼎新"才是革命的第一要义。革命是观念与经验的对决，以意识形态之强力，破除习以为常、浑然墨守的习俗。先将旧生活格式化归零，时间才从此开始，革命开启了历史新篇章。它宣称旧时代将一去不返，并承诺新社会伸张正义、实现公平。但是问题是，新观念一旦强行推入旧经验时，实践思想的路径将千奇百怪。虽然主张同一个"主义"，践行主义的行动却因人而异。所以，阿伦特说："思想不会是新的，只有实践，将思想付诸应用时才会出新意。"[2] 思想的实践往往出现暴戾、乖张，要经历长期痛苦的磨合，历史才会前行。但随着时间的推移，新观念又蜕变成旧经验，新社会又沦为旧时代，新革命则又在悄然酝酿之中，这就是现代历史的逻辑。

八、灵肉倒置时代的莅临

1978 年，埃及总统萨达特与美、以握手言和，签署戴维营协议。中东最强的国家埃及易帜，从地图上抹去以色列的愿望渺茫了，"巴解人阵"的活力不再，渐渐分崩离析。阿拉法特不管左右意识形态，紧随埃及转向，承认以色列，提议巴以"两国分治"。他常年在美、苏、埃、叙、伊、以大国间周旋，坚持现实主义的政治，最终让他领导下的巴解成为唯一合法代表，阿拉法特自命巴勒斯坦总统。而"巴解"左翼成员被边缘化，在绝望中转向宗教原教旨主义，哈马斯、真主党相继出现，"巴解"的左翼色彩荡然无存。"人阵"创始人哈巴什哀叹道："也许现在是他们（宗教激进主义）的时代，让他们试试吧。"

西方极端左翼一直撑到90年代，"冷战"结束后才烟消云散。资本主义与社会主义两大阵营原是其现实依托，也是革命的目标。当世界告别革命，激进左翼便沦为无根的浮萍，被时代的暗流吞噬。豺狼卡洛斯的命运，遂成这场传奇的生动写照。在70年代，他自如穿行于铁幕两侧的两个世界，风生水起，八面来风。到80年代，他潜遁东欧避风，在社会主义阵营的庇护下，小打小闹。至90年代，苏东、阿拉伯、拉美均宣布他为不受欢迎的人，先后将四处漂泊的卡洛斯驱逐出境。一时间，偌大的世界竟无他容身之所，最后亡命苏丹这个被世界遗忘的角落。法国政府没有忘记他，买通苏丹军政权，将其拿获，判终身监禁。从此，巴德尔、迈因霍夫、卡洛斯、乔治·哈巴什、瓦迪·哈达德、冈本公三、重信房子等一代左翼恐怖明星，退入世界舞台聚光灯下的阴影里，悄然谢幕。20世纪终结，革命一去不返。当21世纪的大幕刚刚拉开，本·拉登、巴格达迪等宗教恐怖枭雄已迫不及待，粉墨登场。

后革命时代，人们争论革命的合法性，左与右孰优孰劣。一个世纪的革命如此的恢宏、庞杂，复杂性和多义性尚不及梳理，一场新的革命已不期而至，并颠覆了20世纪观念主导实践的革命范式。尚在"冷战"如火如荼之际，美国电脑专家为预防苏联先发制人、摧毁通信中心的战略，设计了极其复杂的中继交换系统，不期为因特互联网提供了技术原型。互联网是场新革命，它不因袭上个世纪灵魂统摄肉体的高蹈模式，而是让零价值的技术先改变生活的方方面面。我们依赖网络金融、社交媒体、网络交易、大数据信息，日常经验日新月异，却不能理解这些变化的历史含义。这是场经验倒逼观念的革命，20世纪的知识型过时了，我们因此茫然失措。或许它把我们带得更远。

注　释

[1]　参见 Alessandro Orsini, *Anatomy of the Red Brigades* (Ithaca, NY: Cornell University Press, 2009), p. 24。

[2]　参见 Hannah Arendt, *On Revolution* (New York: Penguin Group Inc., 2006), p. 47。

美洲烟水

纽约城市空间

　　地理环境决定文化，还是文化塑造环境，似鸡生蛋、蛋生鸡的问题，谈也空乏。但在 20 世纪初环境决定论通行天下的语境里，提这个问题倒别有一番深意。美国地理学家卡尔·索尔（Carl O. Sauer）质疑，自然气候、地貌未必单向决定社会行为和心理。1925 年在一篇论文《地理景观的形态》（"The Morphology of Landscape"）里，他探讨知识、文化、习俗、政治事件、经济形态等，也会介入自然景观的形成，并反思地理学科的界定。地理学的对象未必仅是地质、生物、气候、考古等"地球科学"，还须揭示空间与文化的关系，或可称之为一种"现象学"研究。近一个世纪过去，人们仍关注索尔的思考，地理学界出现不同流派的"文化地理"，人文学者也从他那儿获得灵感，将方法引入文化研究、城市研究、后殖民批评，甚至女性研究。大家意识到，空间与观念和情感之间，有复杂的关系尚待揭示，从这视点进入或可开拓一片新天地。

　　城市研究将空间做文化的介质，而非认识论上与主体相对的"自然物"。文化学者要追问：如何理解城市空间和建筑的人格性？景观蕴含怎样的文化与社会意义？建筑师透过城市建设表达价值观，这是尽人皆知的常识；但居住者的意识如何被冷冰冰的建筑和空间所塑造？城市文化研究认为，城市空间乃展示人类状况的画布，尽世态之炎凉、穷善恶之两极，从中可窥见人性之真谛。但这画布不客观，也不中立，无从观察到城市全景，却能看到文化角色的博弈盛衰；城市也非一幅静态图，而更似一张可反复涂写的"羊皮纸"（Palimpsest），时间的沉积一层层叠加在空间上，不同时期的建筑与历史角色遥相呼应，携手涂抹痕迹，不断改写景观。[1] 因此，书写景观的文化变迁才是索尔的意义，但不该如此抽象谈问题，索尔最反对从理论范式做逻辑推演，认为是空中楼阁，过眼烟云，唯有事实本身才持久切实。我们不如放下理论，走进城市，做一手观察，切身感受地理空间表达的人情物理。

一、进入纽约

纽约有"都市之都"（the city of cities）的美誉，是城市研究理想之地。从北京搭乘航班直飞纽约，或降落肯尼迪国际空港（JFK，纽约皇后区），或飞纽瓦克国际空港（EWR，新泽西）。到离市区近些的机场，需转机落拉瓜迪亚机场（LGA，也在皇后区）。赴纽约比以前便捷多了，通关回答一两个问题即可。但 1927 年以前，情况大不相同。亚欧旅客在海上熬过无尽的颠簸，客轮才抵达纽约港，泊在曼哈顿岛南端一个小岛上——爱丽丝岛（Ellis Island）。旅客们提心吊胆等待入境。头等、二等舱的富客尚好，坐在舱里接受移民检查。三等和统舱的穷移民就惨了，他们需上岛过堂，回答 29 个问题，长达四五个小时。如一个问题答错，或被草率的移民大夫查出沙眼，则递解回国。据记载，体弱的旅客经长途跋涉后，再经不起这番折腾，有人从此没离开这个小岛，死在移民医院的人数竟达三千多，因此得名"洒泪之岛"（the Island of Tears）或"心碎之岛"（Heartbreak Island）。自 1892 年启用到 1954 年关闭，不少于 1200 万的美国移民（占这一期移民总数的 70%）由此通关。后来新泽西州把该岛辟成博物馆，让美国人记住血泪移民史。如今游览自由女神像的游船会顺访小岛。

虽号称世界之都，很多人一到纽约却有"上当"之感。19 世纪下半叶，怀揣淘金梦的意大利移民流传着这样的段子：赴美前总听说纽约遍街铺黄金，到了才发现，街上非但没有金子，连路还没铺，单等咱们来修马路呢。如今路铺好了，大街小巷还是脏乱差，常有北京来的朋友一出机场就嚷"堵心"，既不赏心悦目，又没安全感。外州美国人常说纽约不算美国，纽约人听了非但不恼，还品出褒奖的意思，以城市与众不同而自豪。纽约市有何独到之处？

二、城市空间

要了解城市地理，先从市区地图着手。纽约市地图上标有五个区：布朗克斯（Bronx）、布鲁克林（Brooklyn）、曼哈顿（Manhattan）、皇后区（Queens）和斯坦顿岛（Staten Island），共850万人口。曼哈顿是城市心脏，其他区的市民来曼哈顿叫"进城"。"城里"的空间如何布局？曼哈顿街道为棋盘状，街区整齐划一，街道宽度一致，大多以数字编码。东西横向一律叫"街"（Street），以阿拉伯数字排序，从北向南街号由大变小。南北纵向街则称"大道"（Avenue），也多以数字编排。最南端的下城街道名称混乱，数码与文字混用。

这一格局产生于1811年，是那种最缺乏想象力、纯粹实用的城市规划。瑞士学者艾琳·索特（Irene Billeter Sauter）说，土地对于欧洲人乃文化认同的基础，而对美国人只是资本，一种投资形式而已，曼哈顿的几何形规划，就为开发商投资便利，丝毫不考虑建筑艺术因素。但美国城市设计者弗里德里克·豪威（Frederic C. Howe）看法不同，认为功能才是设计城市的圭臬。他比喻街道为城市"身体"的动脉系统，给"器官"（社区）提供"血液循环"；如设计合理，城市所需"氧气"供给顺畅，城市机体就不会"患病"；因此，城市空间决定市民的生活质量，不仅是地理的自然属性，还体现城市的精神风貌。[2]

曼哈顿地图

豪威的拟人比喻很有启发，如果想象曼哈顿这个刀片形半岛是生物体，则镶在岛两边的滨河高速路——哈德逊（Henry Hudson Parkway）和罗斯福高速路（F. D. R Drive）便如两条食管。曼哈顿不停地大口吞食，每天深夜，一车车蔬菜、肉类、粮谷、日用品、家具、电器从"食管"摄入，物流分拨货物到上城、中城和下城。商品穿街过巷送达店铺，迅速被城市机体吸收。19世纪纽约人还吃得上本地产的农产品，现在一切从外面输入，寸土寸金之地只知消耗，不务产出。进食、消化后得排泄，垃圾处理乃所有城市最为头疼的麻烦，但也是最赚钱的生意。曼哈顿的"粪便排泄"一度在"小意大利"（Little Italy）。百年前，休斯敦大街与唐人街之间狭窄的街区里，涌入大批意大利人。他们来自贫瘠的意大利南部，西西里或拿波里，信天主教、家庭观念强的意大利农民，很抱团，从垃圾处理起家，把贫民窟似的小意大利改造成黑手党的乐园。从垄断垃圾到现代黑帮网络，他们经营非法或合法的各种生意，电影《教父》的原型就是40年代的纽约黑手党。当年有五大家族，甘比诺（Gambino）、卢切斯（Lucchese）、杰诺维塞（Genovese）、布亚诺（Bonanno）和科洛博（Colombo）家族，触角伸到美国各地。杰诺维塞家族至今控制大西洋城和拉斯维加斯的某些赌场，马龙·白兰度饰演的教父唐·科里奥尼（Don Corleone），影射的就是这个家族，杰诺维塞一家恰好来自名叫"科里奥尼"的贫瘠的西西里小镇。

曼哈顿饕餮、消化、排泄，生长迅速。1812年纽约市才15万人，1889年人口已达150万，仅一年后，又激增到200万，如今直奔千万。增长速度如基因突变的肿瘤，越到晚期，扩散越快。难道所有城市不都是地球上人类栖息的"肿瘤"吗？它们以几何速度增长，吞噬大量"营养"——蓝色星球上的资源。它们没有边界，只有郊区，郊区不断蚕食乡村，最终必将所有城市连成一片。"癌扩散"有个冠冕堂皇的名字，叫"城市化进程"（Urbanization）。纽约像贪婪的魔兽，大口咀嚼食物、水、能量和人口，却回馈以新观念、音乐、诗歌和故事。

三、地理与身份

从地图鸟瞰曼哈顿，如明信片的西洋景，度外旁观而已。索尔强调从居住者的内在视角，去理解景观与生活的关系，还要追思故人、故地，在时间与空间两维度上想象地理的文化意义。如何做到？徜徉曼哈顿街头巷陌，在人行道上摩肩接踵的人海里，品味起居、出行与地理。走进城市博物馆、市图书馆，查阅档案，细读城市的历史和故事，移情到积岁经年的日常烦冗之中，让一地域独有的气韵，丰富对城市的认知。

E.B.怀特说纽约有三种人：一是土生土长的老住户，二为匆匆的过客，三是外国出生的移民；老住户让城市积习相沿，维系其连续性，而通勤上班的过客使城市喧哗与骚动，移民却给城市以激情和诗意。[3] 曼哈顿第五大道上能看到纽约的沿袭。从 19 世纪开始，14 街沿第五大道北上至中城（Midtown，14—59 街），为时尚显贵地段。成功人士、纽约新贵小心翼翼地与中下产阶级保持距离，画地为牢，分隔空间以确保身份的优越。作家伊迪丝·沃顿（Edith Warton，1862—1937）写过多篇纽约故事，深谙 19 世纪纽约人的身份政治。纽约虽没有像欧洲血统纯正的老贵族，却不乏财大气粗的新贵。他们模仿欧洲贵族的情调，追逐巴黎时尚，在第五大道、百老汇大街上展示"贵族品位"。沃顿的长篇《纯真年代》（*The Age of Innocent*）勾勒出 19 世纪 70 年代纽约上流浮世绘。那时有几大望族，挥金如土，起居奢靡，尤其敏感"社交版图"，特别骄矜自持。贤媛名士以"老纽约"自居，沙龙排斥"外来户"（intruder）。

外来户并非中下产阶级或移民，而是一夜暴富却"没教养"的西部富翁，或来路不明的远方阔客。女主人公艾伦（Ellen Olenska）本是老纽约，知根知底儿的，却远嫁到一个波兰伯爵那里，得个女伯爵称号。一个斯拉夫爵位有多少含金量？老纽约很势利，颇有微词。她做事"不检点"，租了一处西23街的宅子，不入流的才靠近"下西城"，"圈子"里看她眉高眼低的。小说里的纽约上层，像门户紧闭的铁屋子，天使也未必能打开紧锁的铁门。如今，中城的第五大道仍是世界最贵地段，已不靠出身或名头，赤裸裸的天价呵护着这片空间的"品位"，比老纽约直白肆意，财富的天文数字蔑视"纯真年代"。因此，纽约市的空间早超出地理属性，每个地址、方位或街道编号不只是地标，还指向身份、权力和资本，居住者的身份与自我，被空间区隔建构出来。

四、"小意大利"、唐人街、华尔街

与第五大道的持久相比，联合广场（Union Square）体现着变化。南北战争结束时（1865），纽约人口近百万，85%的市民挤住在联合广场四周不到两英里的社区（14街与百老汇街交汇处）。[4] 以中产、中下产阶级为主，剧院、夜总会、饭店、时装店林立，气象不凡，一时成时尚之都。但刚步入 20 世纪，这儿迅速衰败，高档时装店、俱乐部纷纷迁离，下城行业工人"占领"了广场，工会常年组织"五一"游行，政治抗议也青睐这里。"9·11"发生时，纽约人齐汇联合广场，为死难者守灵，花圈、照片、蜡烛挤挤挨挨堆在那儿，广场顿显局促仄。为什么不找个宽敞地方？也许，城市记忆将此地编码为公共表达空间，无可替代了。

联合广场以南是"曼哈顿下城"（Lower Manhattan），更显生机勃勃，升沉无定。沃顿曾把 14 街当分水岭，之下（南）为人间地狱；之上，沿第五大道至 34 街，为享乐天堂。下城一度遍布商埠、码头、仓库、工厂，赤贫的新移民多居于此，即怀特说的第三种人的活动范围。"下东城"曾是贫民窟的代名词，移民的"隔都"（ghetto）。19 世纪末来了一批意大利移民，先落脚下城的"小意大利"（休斯敦大街与唐人街之间的几街区），渐渐发迹，站稳脚跟。不久，中国移民从福建、广东步其后尘，涌入毗邻的唐人街。开餐馆、洗衣店。虽没有像意大利人打入主流，但吃苦耐劳，地盘一点点扩充，最终蚕食掉小意大利。如今，小意大利名存实亡，只剩一条"桑树街"（Mulberry St），个把意大利餐馆权当遗迹。错落嘈杂的中餐馆之间，偶尔意大利遗老逸民游荡，早无斯科塞斯电影里的意大利社区的气象，好事者为抢救桑树街，拍纪录片缅怀意大利移民曾经的辉煌。

20 世纪初"小意大利"街景

　　已经滥调的纽约故事曾是：个人奋斗打拼，积攒巨额财富，第一件要做的事，避瘟疫般逃离下城，在 14 街之上置地购房。中城一座座 Brownstone（赤褐色砂石的上流住宅）拔地而起，既巩固已有的空间秩序，又僭越景观表达的地缘身份。敏锐作家的城市经验往往比市政档案更"切实"，沃顿就是个老纽约，她的写作给城市以感性与时代氛围。《纯真年代》中还有个角色叫博福特（Julius Beaufort），来路不明，风传国外挣了邪财，第五大道的最好地段盖了豪华洋楼，内设让显贵艳羡不已的大舞厅。他诚邀几大家族聚会，名媛士绅起初不屑与暴发户有瓜葛，攻守同盟把他拒之门外。但纽约毕竟不是欧洲，金钱胜过门第，博福特只要挥金如土，不愁叩不开"圈子"紧闭的大门。很快他成了红人，便趁机撺掇阔佬们投资海外。谁料集资圈钱的掮客投机惨败，一文不名，老纽约们叫苦不迭。纽约是开放的，20世纪的曙光照进旧世界。男主角纽兰·阿彻（Newland Archer）虽保守、文弱，但知道儿子要与博福特女儿结婚时，也毫不犹豫为他们祝福。这是沃顿的纽约印象，她眷恋老纽约昔年的"淳厚"，也拥抱新世纪的曙光乍现。她在绘制一幅印象派画作，光影变幻之际，时间印刻景观上的色彩熠熠层叠，时代神韵呼之欲出。

世纪之交，空间、身份已物转星移。下城不再令人却步，华尔街正异军突起，贫民窟摇身一变，成为世界金融之都，寸土寸金。沃顿另一长篇《欢乐之家》（*The House of Mirth*），写19世纪90年代华尔街的新资本如随行魅影，渗透、啮噬着上流社会的温文尔雅。莉莉·巴尔特（Lily Bart）家道中落，却不忘大家闺秀的身份，一心钻营，想回到第五大道的沙龙里。她与当时的老纽约人一样，不肯面对华尔街无情的现实，金融资本扫荡了模仿老欧洲的智性优雅，那造作的纯真已水月镜花，他们枉逐落花梦影而已。

百年间，华尔街窜出一只欲望之兽，翻手为云，覆手为雨，让新大陆一夜升为金元帝国，美元是通行全球的纸黄金。但它也捣鼓个次贷危机，把美国经济拖入深谷。爱恨交织的纽约人，占领了这不起眼的街道，拥在街角喊口号打标语，想扼住这法眼通天之兽。百年前沃顿笔下的博福特就像是"高盛"（Goldman Sachs）的原型，新、老纽约人莫不怨且怒。倘若作家再经历一个世纪之交，必与纽约人一道体验创伤性经验。几何速度聚拢的财富，让纽约人信心满满地建造个"通天塔"，伸手可及上帝的居所。20世纪70年代曼哈顿下城平地拔起世界之巅——世贸"双子塔"，2001年一个早晨被夷为平地。从新泽西隔岸哈德逊河远远望去，下城像被拔掉了两颗门牙，两条白色烟柱冲天而起，似漏风的嘴巴咕哝着含混的句子。

五、被时间分割的空间

19世纪与20世纪之交，曼哈顿市区尚以阶级阶梯分布空间，但进入20世纪后，族群、肤色渐渐重构了城市地理。14街以下主要是亚洲移民聚居，"下城"涂抹上淡淡的黄色调。14街到59街仍以老纽约为主，"中城"点染些许白色调。从96街到155街的哈林区，以非洲裔移民为主，黑色调是主旋律。时光荏苒，时移事去，纽约市不停息地流动、变化着，空间与时间交会处新意迭生、变幻无穷。这色调图到21世纪又成明日黄花，人口、族群、阶级、性别交错混杂，各种力量角逐博弈，空间的流变凸显了时间的维度。在讨论横向"街道"空间被数码区隔指向身份之后，还须思考纵向"大道"如何被时间分割。

19世纪有份畅销的刊物《纽约新闻画报》(*New York Illustrated News*)，在1863年1月号上，登出图文并茂的"百老汇大道的经典时段"[5]：

《纽约新闻画报》(1860)

1）早晨 7 点：劳工、店员、工厂女工出行，开始一天的忙碌。

2）上午 9 点：商人、公司职员行色匆匆，奔向商埠。

3）中午 12 点—下午 3 点：窈窕淑女、时尚佳人粉墨登场。

4）晚上：夜色笼罩下的百老汇大道鱼龙混杂，底层妓女、乞丐、游荡者出没昏暗汽灯下的肮脏街道。

一天中不同的时段，城市角色粉墨登上百老汇大道这个"舞台"，时间如隐形的藩篱，规划出阶级与肤色的"出场"次序。贤媛淑女不该下午 4 点之后还流连街头，有色人种不许星期天下午到第五大道招摇。《画报》同一期还有一段耐人寻味的点评：

> 最近，我们有头有脸的黑人公民居然在众目睽睽之下，周日或节假日的下午出现在第五大道。他们招摇而且满不在乎的神情，颇让审慎的头脑感到震惊。他们衣冠楚楚的穿着与身份不搭调，面带造作的风雅表情，与周围含蓄低调的白人相映成趣，让伤心人可发一笑。[6]

第五大道上住着富裕显赫的老纽约，有上流俱乐部、奢华教堂。周日上午做完礼拜，中产白人之家穿金戴银，专程跑来第五大道一展风采。经典画面是：丈夫一手拿《圣经》，一手挽夫人；妈妈牵着女儿，一家三口在橱窗前做真人秀。[7] 虽同为殷实中产，也鲜衣华履，如黑人穿梭白人士女之间，便分外扎眼，很不受用。这儿没有黑人教堂，也无黑人住宅，不探亲访友，他们跑这儿来纯粹是显摆，挑战身份秩序，与白人竞争第五大道上的话语权。几个月后，黑人为此付出了巨大代价。19世纪中，纽约曾有移民高潮，大批爱尔兰人涌入。他们为逃避大饥荒才远赴纽约讨生活，刚迈出舷梯，脚尖未及海岸，便被征入联邦军，当了内战炮灰。为发泄愤怒，爱尔兰人找更穷、更弱的少数族裔充替罪羊。1863年7月，臭名昭著的纽约征兵骚乱，爱尔兰人在大街上毙伤数千黑人，还口口声声说是黑人抢了他们的饭碗。

如今的曼哈顿，工作日上午的8点至9点之间，从市郊四面八方涌入白领上班族，进市区的大小公路、地铁、火车、巴士都塞得满满的。晚上，他们又退潮般涌出，回到郊外的家里。这群人的共同身份是"通勤族"（commuters），亦即E. B.怀特所说的第二种人。怀特形容他们每天早晨蝗虫般吞没纽约，晚上再吐出来。他们让城市百物飞腾、心浮气躁。这里毕竟不是他们的家，进城办事购物。沸反盈天热闹一日，晚上回到新泽西或康州家里，静静地过上凡庸的美国中产生活，抛下"土著"们留在刺耳的警笛声中，孤灯挑尽难成眠。

六、文化地理

拉拉杂杂说了好些纽约的事，看似作一篇城市概论。但偌大都市，纵修四库也未必面面俱到。或谦退一步说挂一漏万，也太狂慢，一篇文章岂能道出纽约万分之一。既若如此，不如敬惜纸墨，付之阙如。但希望表达一种城市经验，不在数量涵盖多少，也无须由点及面；不在意思是深是浅，也不管内容或简或繁。因读过些游记，如乘兴游览名胜古迹，纪念碑、大教堂、博物馆，或皇宫庭院。印象式地发一发思古幽情，感悟式地议论番中西"文化休克"（cultural shock），顺便批一批国民性，叙景言志。但如此即景抒情，与参观的城市有多大关系？还有一类城市文字，板着面孔，客观陈述，城市人口多少，经济、工商、建筑、历史、气候如何，一一过硬的"事实"，系统且全面。读来如地理教科书，但谁能比维基百科更包罗万象？匿名作者，无须主观经验，时刻更新信息。除此两种之外，还有没有其他讲述城市的方式？

卡尔·索尔有"文化地理"，以空间为媒介，把景观当结果，研究空间与文化的互动，因物达情，文化研究从物质性的实在材料入手。经验并非始于概念，而从触手可及的实物开始。因此，我们设空间与身份为议题，辅之以时间性维度，探索表述城市经验的新可能。然而，时、空乃康德所谓"感知的先验形式"，不可视为外在的认识对象，两者先在地决定如何经验。在索尔的实践中，无论是以旁观者视点的从外观察，或居住者视角的从内体认，都被视为单向度的对象性认识，无法构成"真实"经验。他强调观察者与居住者对话，从当下认识去勾连历史记忆，在差异性多重经验的反复碰撞中，发现新意义。因此，我们以纽约的历史、档案和轶事为索引，穿插沃顿小说中的城市记忆，与作者的观察对话。作者的旨趣统摄征引的素材，并构造表达经验的形式。然而，什么样的材料让经验更具质感？经验如何凝结成概念而形成新知？

有纪游文通篇征引某城市古今中外的典故隽句，从典籍里寻章摘句，补缀而成一篇文章，雅达有余而诚不足。周作人喜谈草木鱼虫，写过一篇小文《萤火》。他从《礼记》《本草纲目》《尔雅》一路考证到清末汪曰桢的《湖雅》，发现所有文献都相信"腐草化为萤"之说，以讹传讹，相互引证，竟无人肯捉一只萤火虫观察一番。18世纪有个英国人怀德，随手写了几句夜观萤火的琐事，周氏认为其诚恳比典籍更可珍重。阅读经验固然重要，但归纳好并凝固成型的经验未必可靠，更不必说创新了。周作人珍重直接观察，并非不知个别经验有限而缺乏普遍意义，他实在怀疑"多学而识之者"，纵破万卷书，也难免人云亦云。只有将典籍引入特殊语境或个别事件，才能揭示其普遍性。怀德孤立、有限的观察，被结构到周氏文章的整体布局中，才有微言大义。周氏谈问题，总从身体所在的极小处，扩展到眼光所见的极大处。

回到开头的提问：地理环境决定文化，或反之？此问隐含一个站不住脚的前提：环境或文化两者之中有一个为恒常、不变的本质，另一个是派生的幻象，即柏拉图所谓的"现象"。本质是超越、永恒之源；现象被本质生成和决定，变动不居。纽约根本没有不变的本质，空间与文化处于不停的流动与变化状态。单向决定关系乃头脑的想象，现实只有互动、相生、勃勃生机。画地为牢、分隔空间在时间中总遭挑战、制衡、修订和置换。地理与文化之间是开放和"生成"（becoming）的关系，生生不息的现象才是城市经验之源，故索尔称之为"景观的现象学"（phenomenology of landscape）。

注　释

[1]　参见 Richard H. Schein, "The Place of Landscape: A Conceptual Framework

260

for Interpreting an American Scene", *Annals of the Association of American Geographers*, Vol. 87, (No. 4, Dec., 1997), pp. 661–662。

[2] 参见 Irene Billeter Sauter, *New York City: "Gilt Cage"or "Promised Land"?* (New York: Peter Lang, 2011), p. 38, 86。

[3] 参见 E. B. White, "Here is New York", *Essays of E. B. White* (New York: Harper Perennial, 1992), p. 121。

[4] 参见 Mona Domosh, "Those 'Gorgeous Incongruities': Polite Politics and Public Space on the Streets of Nineteenth-Century New York City", *Annals of the Association of American Geographers*, Vol. 88, No. 2 (Jun., 1998), p. 213。

[5] Cited from Domosh, p. 216–218.

[6] Cited from Domosh, p. 219.

[7] Domosh, p. 219–220.

黑豹惊天

一、上帝与人

　　纽约的电影节特别多，一年四季办个不停。翠贝卡电影节（Tribeca Film Festival）、纽约地下电影节（New York Underground Film Festival）、新导演/新电影节（New Directors/New Films Festival）、男女同性恋电影节（New York Lesbian & Gay Film Festival）、纽约亚洲电影节（New York Asian Film Festival）、曼哈顿短片电影节（Manhattan Short Film Festival）等，名目繁多，不一而足。但最引人注目的当然是纽约电影节（New York Film Festival），2010年第48届纽约电影节在九十月之交举行，与戛纳、柏林、威尼斯电影节齐名，这是世界电影的盛事。林肯中心电影协会是主办方，开幕式和闭幕式都搞得很隆重。请来大牌导演开讲座，推出20多部精选影片，展示这一年来世界艺术电影的成就。我选了几部喜欢的题材，到林肯中心观看。放映厅主要设在艾利斯·塔利大厅（Alice Tully Hall），内部装潢十分豪华，有巨大的屏幕、舒服的座位、高大宽敞的空间。比起纽约一般的影院，不可同日而语。导演一般会到场与观众互动，有的甚至把一家老小带上，与他分享荣誉，"Q and A"（问答）环节由资深影评家或学者主持。我看那场是法国片《人与神》（*Of Gods and Men*），主持人是电影节主席理查德·培尼亚（Richard Peňa）教授。他回顾纽约电影节 48 年的风风雨雨，百感交集，颇为感人。以前旁听过他在哥大讲电影理论课，十分精彩，受益良多。

也许纽约电影节太过成熟、太完善了，过于经典化和体制化，俨然是个权威机构。这一年精选的影片我感觉失望，虽然入选的导演都是驾驭电影语言的高手，片子制作得精致、"艺术"，也不乏涉及当下热点问题的作品，例如信仰冲突、次贷金融危机和网络文化等，但理念大多中规中矩，多少带点陈腐气。像培尼亚教授极力推荐的《人与神》，讲几位法国天主教神父在阿尔及利亚艰难布道的故事。影片唯美、抒情，技术上无懈可击，情节涉及基督教与穆斯林敏感的关系，但观念保守，对教会似乎缺少反思与批判，一味赞美神父人品的高尚，居高临下同情穆斯林文化。这样老套的片子为什么要参加艺术电影节？据说法国人会携此片冲 2011 年奥斯卡最佳外语片，如果获奖，倒也实至名归，它本来就是给奥斯卡量身定做的。

二、一个人的影院

我更喜欢纽约名不见经传的小电影节，没有包袱，轻松、有活力。推出的片子先锋意识强，有批判性。比如"哈勒姆区国际电影节"（The Harlem International Film Festival），与纽约电影节同时举行。主办方是梅斯尔斯学院（Maysles Institute），以提携初出茅庐的制作人为宗旨，提供展示他们才艺的平台。学院还给社区年轻人提供电影培训，放映电影爱好者的处女作。哈林区有深厚的文化底蕴，早在二三十年代，因"哈勒姆文艺复兴"（Harlem Renaissance）而声名鹊起，改写了美国文学与艺术史，爵士乐与黑人文学成绩骄人。但"二战"后，这一社区沦为暴力与犯罪的场所，至90年代，犯罪率才有所下降，文化再次复兴。附近有几所著名大学，不少学者、大学生、艺术家搬到这里来，艺术气息渐渐浓厚了。

梅斯尔斯学院的主要设施就是一个影院，硬件条件实在无法恭维。影院门脸儿很小，我每次去都找不到。其实，搜索范围不过是127街与Lenox Ave交义处不足百米的临街房，但门脸儿太小了，非转个来回才能发现。如此极端的状况也有一比，在北京我曾常去新街口一个卖DVD影碟的小店，每次都得一个个店铺地探头进去辨认，才不至错过。梅斯尔斯影院的内部设施更令人失望，放映厅阴暗破旧，设施异常简陋。地面上和地下室各设一间放映厅，都很局促，加起来挤不下200人。电影银幕比家庭影院大不了多少，音响还不如家用的，好像是家里辟出两个大房间放电影，根本算不上正规影院，但生意挺红火。

来这儿常碰上门口排长队，从买票人的穿着、举止和

谈吐上看，大多是学者、学生，或搞艺术的。大概喜欢先
锋纪录片吧，所以常来光顾这个小影院。有观众本人就是
做电影的，有时像同行观摩会。也许为减少成本，影院只
安排一位工作人员，快乐的黑人小伙儿。他一边卖票，一
边捎带卖爆米花、饮料，与观众插科打诨，热火朝天。等
大家都进来，他又跑去放片子。举办活动时，他还得做个
开场白，一个人的独角戏，并不觉得手忙脚乱。不是他手
脚麻利，而是他不紧不慢、嘻嘻哈哈，观众排队也有耐心，
他总是扬着一张灿烂的笑脸。

三、释放西尔维娅

哈林区电影节的开幕式很简单，黑人小伙儿宣布
活动开始，便转身到放映室开机，放一部很特别的纪录
片，名叫《释放西尔维娅·巴拉尔迪尼》(*Freeing Silvia
Baraldini*)，题材是关于美国政治犯的。我一直认为美国没
有政治犯，宪法保护言论与信仰自由，应该没人因言获罪。
该片开头介绍说，西尔维娅因政治信仰被判 43 年徒刑。我
将信将疑，要看个究竟。电影镜头跟随年轻的西尔维娅在
曼哈顿大街上步行，她渐渐意识到被 FBI 盯梢，突然被警
员团团围住，戴上手铐，被押上警车。电影闪回，叙述从
西尔维娅 14 岁随父母从意大利移民美国讲起，18 岁上威
斯康辛大学，很快成为学生领袖。正值 60 年代，美国社会
风起云涌，威斯康辛大学自拍的资料片上，西尔维娅与一

电影《解救西尔维娅》

大群白人学生声援黑人抗议运动，参加反战游行，争取妇女权利。小小年纪，西尔维娅竟接到津巴布韦总统的邀请，参加新总统就职典礼。镜头一转，切换到当下，年已50岁开外的西尔维娅面对采访，回忆当年激情燃烧的岁月，不胜感慨："今天的美国人总觉得自己单薄无力，因为他们只关心个人生活，改变不了周围的世界。而60年代，每个人都觉得自己肩负着历史使命，早晨刚一起来，就希望历史在今天改变。事实上，我们的确改变了历史的走向。"

影片再次闪回，六七十年代之交，纽约出现"黑豹组织"（Black Panthers），宣传黑人应该掌握自己的命运，不靠白人同情，不依赖美国政府，不寄希望于社会改良，鼓动黑人起来拯救自己的命运。还曾设想在美国中部建立自治的非洲共和国，通过暴力与美国政府决战，天方夜谭的乌托邦狂想。结果，黑豹组织办事处被纽约警察捣毁，一领导人被 FBI 暗杀。影片镜头转向一位激进的活动家阿萨塔·莎库尔（Assata Shakur），青春靓丽的黑人女侠。她在新泽西付费高速路上与警察激烈枪战，打死两名警察后被捕，真像好莱坞动作片。阿萨塔被判一级谋杀罪，消息不胫而走，曼哈顿上城大多是黑人市民，家家户户窗棂上贴起阿萨塔的照片，声援巾帼豪杰。流行音乐会唱出阿萨塔的名字，畅销传记演绎她传奇的人生，印有阿萨塔头像的唱片、T 恤衫炙手可热，纪录片宣传她非凡的事迹，阿萨塔一时成 70 年代青年反叛的偶像。故事还没有结束，我们纪录片的主人公西尔维娅，正策划一起惊天的劫狱计划。1979 年，西尔维娅参加一个叫"5 月 19 日"的激进组织，与"黑人解放运动"联手营救阿萨塔，竟大功告成。阿萨塔被劫出新泽西监狱，通过秘密渠道成功地逃到古巴。黑人女侠受到英雄凯旋般的欢迎，成了卡斯特罗的座上客。美国

黑人女侠阿萨塔·莎库尔

政府斥巨资悬赏阿萨塔和西尔维娅，并与古巴谈判，以取消封锁和制裁为条件交换逃犯。卡斯特罗大叔一口回绝，但藏匿美国的西尔维娅终被逮捕，纪录片这才回到开头的场景。

1982 年，美联邦政府起诉西尔维娅如下罪行：策划劫狱、支持波多黎各独立、藐视法庭拒绝供出同伙，判处其 43 年徒刑。辩护律师称，西尔维娅所犯为政治信仰罪，因为在押期间，FBI 曾许诺如果她放弃共产主义信念，供出同志，即可释放，并颁发奖金，被西尔维娅拒绝，所以获罪。律师辩称：如若她是黑手党，也未必判得这么重。因为西尔维娅仍保持意大利国籍，意大利政府也介入审判，五次请求美国政府引渡犯人，但老布什与克林顿两届政府都一致拒绝。米兰街头爆发百万人大游行，声援西尔维娅，著名歌星为她义演，马拉松运动员的衬衫上印着"为西尔维娅长跑"的口号。直到 1999 年，美政府才同意引渡，契机乃为一件意外事故。美军驻意大利基地的飞行员，在阿尔卑斯山上空耍酷，打赌低空从登山缆车下飞过，结果机尾划断缆绳，摔死了 20 个意大利游客。意大利政府迫于压力，坚持引渡飞行员在意大利受审，而美国法庭却无罪开释肇事者。意大利人激愤反美，为平息事态，美国同意解递西尔维娅到意大利监狱继续服剩下的刑期。

四、一个时代的终结

不用虚构，西尔维娅的一生充满了悬疑和传奇，比好莱坞大片更跌宕起伏，是拍电影的绝佳素材。无须多少技术处理，纪录她的传记也比故事片还好看。导演、制片和摄影均到现场与观众对话，导演是个木讷的中年人，不善言辞，制片人越俎代庖，替他讲话。我问制片人，这样一部既有批判性，又有戏剧性的电影，本可以上艺术院线，甚至在商业院线上成功，为何拿到这家小影院放映？制片人回答，她联系过许多放映渠道，包括林肯艺术中心，结果到处碰壁。林肯中心拒绝的理由是，该片内容与他们的关切不契合，但真正的原因是"政治不正确"。美国与其他国家不同，政府不会限制传媒，但"主流社会"却会封杀言论。所谓"主流社会"并非任何机构或人物，它看不见、摸不着，却无处不在，势力很强大。你可以说它是传统价值观，或大多数人的共识。欧洲学者来美，感慨美国该是世界上唯一实现"多数人暴政"的国度。如电影与主流趣味或价值吻合，算是商业片，基本被好莱坞垄断，制作精良者，在主流院线放映，票房丰厚，或在奥斯卡上获奖。如导演的见识稍稍偏离主流，小露锋芒，摆一摆批判姿态，也会被奉为艺术电影，在艺术院线放映，贴上"独立影片"的标签，上升到"艺术品质"。艺术片里的出类拔萃者，会在戛纳、威尼斯或纽约影节上获奖，为有识之士、附庸风雅的高蹈"小众"所激赏。获大奖的艺术片再杀回商业院线，则沽名获利两不误，如再冲一下奥斯卡，真可谓功德圆满了。《贫民窟的百万富翁》（*Slumdog Millionaire*）就属此类。但真正离经叛道、颠覆主流的影片，左右不讨好，所有人看了不舒服，大众、小众谁都不买账，早晚难见天日。只好去旁门左道的小电影节亮亮相，随后尘封箱底，被时间遗忘。

探其究竟，纽约电影节上放了一部法国片《豺狼卡洛斯》（Carlos），颇有点启示意味。这部五个半小时的长片，导演是张曼玉的前夫奥利维耶·阿萨亚斯（Olivier Assayas），影片主人公卡洛斯是70年代真实的激进人物，为达目的不惜恐怖手段，给西欧各国政府制造麻烦。他穿梭于冷战铁幕两边，在德国红军派、日本赤军、意大利红色旅、与巴解组织之间穿针引线，无论中东、南美，东、西欧，他左右逢源。

70年代，"世界革命"大有席卷全球之势，各左翼激进组织连横合纵，四面出击，自由世界惶惶不可终日，资本主义大厦摇摇欲动，才有我们"东风压倒西风"的感慨。

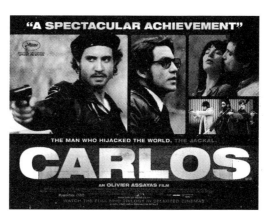

《豺狼卡洛斯》
海报

An Attack Against One
Is An Attack Against All

The Slaughter of Black
People Must Be Stopped!
By Any Means Necessary!

黑豹组织的宣传招贴

连"黑色九月"也与美国黑豹隔洋呼应。慕尼黑惨案后，幕后策划者"黑色九月"领导人阿里·哈桑·萨拉梅（Ali Hassan Salameh）曾飞到纽约，与黑豹组织策划联合行动。[1] 美国政府对黑豹非常忌惮，FBI 局长埃德加·胡佛密令探员以非法手段监视、暗杀黑豹成员，最后让不少 FBI 探员获罪。1969 年 10 月，芝加哥法院审判八名黑豹成员，法官霍夫曼（Julius J. Hoffman）竟当着大陪审团的面，命令用口衔（gag）封住黑豹领导人希尔（Bobby Seale）的嘴，用铁链将人锁在椅子上。辩护律师抗议："这不是为法庭秩序，大人，这是中世纪的刑讯室。"[2] 结果，上诉法院推翻了霍夫曼的判决。虽然才过去几十年，今人很难以相信曾有过那样一个时代，简直挑战我们的想象力。卡洛斯把各国地下激进组织串联起来，形成一张大网，这是"冷战"史一条隐形线索，开始引起历史学界的关注。

90年代"冷战"终结，世界告别革命与激进。影片《豺狼卡洛斯》像一个时代的寓言，意味深长地回望"冷战"岁月，在一个不合时宜的时间，讲述一个不合时宜的故事，折射出我们耳熟能详的历史叙述遮蔽下的残酷现实。全球一体化世界看似多元、宽容，却不容忍颠覆性的社会批判。普遍主义欢迎改良与升级，但拒绝替代性方案。纽约电影节上，观众对《豺狼卡洛斯》反应冷淡，匆匆如过眼烟云，没人再提及这部长片。但世界并未随"冷战"的结束而实现永久和平。巴以冲突一刻也未间歇，中东能源战争愈演愈烈，并在新世纪发生病变，演化成激进的右翼恐怖主义。双子塔的倒塌，让电影人、学者重访历史，反思、发掘那些动荡与激情的时刻。

五、独立的坚守

独立影片在美娱乐市场中渐渐走向主流。从90年代起，迪士尼、华纳和环球等巨头，开始兼并米拉麦克斯（Miramax）、新线（Newline）和十月（October）等独立制片公司，独立制作不再是小成本，电影巨头把先锋与个性打造成商业类型。有线电视网也为独立电影提供平台，"圣丹斯"电影频道（Sundance）、"独立影片"频道（IFC）的收视率逐年提升，批判的锋芒却逐年递减。大多作品情调有余，锐气不足。

相比之下，梅斯尔斯的坚守弥足珍贵，坚持纪录片的实践性与社会批判精神，梅斯尔斯影院按主题安排放映单元，每单元揭露一个现实问题，邀请学者、艺术家以电影为武器介入批判。有一次黑人历史专题，集中放映一组关于黑人历史的纪录片，从黑人的视角重写美国史。有意避开独立革命、南北战争、产业革命等主流大叙事，另辟蹊径切入贩卖黑奴、黑人暴乱、黑人办报、黑人艺术等微观史，重建美国史书写。还邀来导演与纽约市的教育学者、高中教师和新闻记者对谈，号召观众一道努力，修改历史课本和教学科目，将黑人视角纳入美国经典史观中。黑人观众情绪亢奋，纷纷站起来表态："犹太人能改变美国历史，为什么黑人就做不到？难道黑人的抗争永远停留在口头上？现在是付诸实施的时候了！"

游客初到纽约，不一定喜欢这个城市，嫌它脏、乱、差，不如北京、上海光鲜气派。但如果住下来细细品味，也许会发现它貌不惊人，良莠淆杂，却充满活力。熔多元文化于一炉，海纳百川，气势恢宏。各色族群千岩竞秀、万壑争流。在世界城市文化中，独树一帜。

注　释

[1] 参见 George Jonas, Vengeance: *The True Story of an Israeli Counter-terrorist Team* (New York: Simon & Schuster, 2005), p. 147。

[2] *Bill of Rights in Action*, Vol.6, No.4, BRIA Archive, Constitutional Rights Foundation.

谁需要你来拯救？

　　达尔富尔这个名字本来很陌生，那么遥远，与它没有任何瓜葛。第一次接触它是几年前在纽约的地铁里，站台上到处张贴着"拯救达尔富尔！""制止屠杀！"的"大字报"，地铁站台被涂鸦、广告、海报装点得面目全非。后来，这个名字出现的频率越来越高，"拯救达尔富尔"竟出了唱片专辑，"制止达尔富尔暴力"印上了文化衫。新闻报道、电视广告更频繁提及。美国大、中、小学校园也纷纷给达尔富尔募捐，到后来，干脆有人登门征集捐款了。看来无法回避这个是非之地，它在美国传媒上的曝光率，几乎赶上伊拉克了。但我对苏丹的历史、文化毕竟知之甚少，要想弄清楚达尔富尔大屠杀是怎么回事，可没那么容易。但却产生了不相干的疑问：伊拉克的烂摊子还没收拾好，美国怎么又热心起苏丹事务了呢？

一、屠戮排行榜

　　一次偶然的机会，让我的无知得到些启蒙，懵懂的意识也开了窍。哥伦比亚大学教育学院举办了一个达尔富尔辩论会，邀请著名非洲专家哈茂德·马姆达尼（Mahmood Mamdani）到场，与人权活动家、前克林顿政府外交官约翰·普伦德加斯特（John Prendergast）交锋，辩论达尔富尔暴力的根源，以及外部干预的后果。带着补补课的心思，我早早到场，发现偌大礼堂的上下两层早坐得满满当当，观众达五六百人之多，纽约竟会有这么多人对苏丹感兴趣？辩论一开场就火药味十足，不像很多辩论会或演讲赛那样，双方并不较真儿，只表现一下口才、练练嘴皮子而已。而这两位针锋相对，充满敌意。首先发言的是普伦德加斯特，他先发制人，指责对方诽谤，抱怨说自己被妖魔成新殖民者，在美国犹太人的操纵下，对非洲实施再殖民。听众开始以为他在讲笑话，活跃一下气氛，都会心地笑了起来。但很快意识到，两位辩者已积怨甚深，才剑拔弩张，相互攻讦起来。

普伦德加斯特接着控诉道，苏丹政府暗中支持金戈威德武装民兵（Janjaweed，阿拉伯裔游牧武装），自2003年起大规模屠杀达尔富尔南部土著黑人，夺去了近40万人的生命。政府军与民兵烧杀抢掠平民，强奸妇女，劫持、射杀联合国人道救援人员，罪恶滔天，鬼神不容。他本人曾在苏丹致力于人道救济，于是现身说法，生动描述了土著非洲人如何水深火热，受尽政府军和阿拉伯人的凌辱，凄惨非言语所能述及。言语间流涕唏嘘，不能自已。反方马姆达尼教授一身印度打扮，演讲略带印度口音。他乃出生于乌干达的第三代印度移民，在美国接受高等教育，现为美国非洲研究界最有成就的学者。他不紧不慢，一字一句罗列大量数据，质疑正方声称的屠杀人数："所谓40万人遭屠戮，不过是各种统计渠道中的一种说法而已。联合国与非盟维和部队统计约有十万人死亡，也有机构说大概12.5万或者七万人死亡的。"死亡原因就更复杂了，根据他本人的材料，大概有70%的人死于干旱或其他自然灾害，毋庸置疑，当地人是由于多种因素致死的。最让死亡数字扑朔迷离的，是达尔富尔人口中很大一部分是游牧民族，居无定所，迁徙常误算为减员，只有当地人了解身边的情况。那么，浮夸死亡人数对谁有利呢？显然是西方媒体，以及普伦德加斯特所代表的非政府人道组织——拯救达尔富尔联盟（the Save Darfur Coalition）。大量非政府组织（NGO）对危机夸大其词，虚报死亡数字，渲染残暴程度，为了拉到更多基金会的支持和大众捐款。媒体与非政府组织一道，还试图把美国政府拖入达尔富尔乱局，营造国际冲突新热点。因此，这是一场媒体的战争，一场NGO的战争！

马姆达尼言辞激烈，语惊四座。几秒钟的沉默之后，听众才如梦初醒，报以热烈的掌声。正方普伦德加斯特有点挂不住了，争辩道："我们不要再纠缠于数字和细节了，无可争辩的事实是，达尔富尔发生了一场惨绝人寰的'集体大屠杀'（genocide），苏丹政府与阿拉伯人灭绝土著基督徒的暴行已昭然若揭！"这一旗帜鲜明的论断与美国政府的官方立场一致，布什早在 2004 年就宣布达尔富尔事件为"大屠杀"（holocaust）。联合国的态度稍缓和些，选用了迂回一些的词汇——"反人道罪"和"战争罪"。这些"术语"背后，有一整套话语政治机制。"二战"后，纳粹屠犹暴行大白于天下，关于大屠杀的叙述，也渐渐发展成诺曼·芬克尔斯坦（Norman G. Finkelstein）戏称的"大屠杀产业"。生产出许多与屠杀相关的词汇：holocaust（大屠杀），genocide（集体屠杀），atrocity（暴行），massacre（屠杀）等。屠犹为最高级别，用定冠词加大写字母"the Holocaust"作专属名词，为人类屠杀的判断标尺。其他屠杀则依规模、程度向下排列。至于如何判定怎样的规模、什么程度的屠杀为 genocide、atrocity 或 massacre，则众说纷纭，莫衷一是。美国政府认定达尔富尔局势仅次于屠犹，批评联合国干预迟缓、无力，威胁要采取单边行动。可见，"拯救联盟"的运作奏效了。而联合国的判断沿袭了 1945 年纽伦堡审判的遗产，所谓"战争罪"（War Crime）即为镇压抵抗而采取的屠杀或其他残酷手段；"反人道罪"（Crime against Humanity）则指以清除整个民族为目的的大屠杀。2005 年 3 月，联合国安理会投票通过决议，起诉达尔富尔战争罪犯，以反人道罪名送海牙国际法庭。但不同意使用"大屠杀"一词来裁断当地局势。其实，联合国与美国的态度并没有实质性的差别。

另外，马姆达尼所说的"拯救达尔富尔联盟"创建于

2004年，由位于华盛顿的犹太大屠杀纪念馆与"美国犹太人世界服务协会"（American Jewish World Service）联合发起，网罗了180多个宗教、政治和人权团体，聚敛巨额赞助，游说美国政府和联合国，敦促武力干涉达尔富尔。诺贝尔和平奖获得者、纳粹大屠杀幸存者伊利·威赛尔（Elie Wiesel）是主要策划人，在华盛顿、纽约等大城市常组织游行、集会和募集。据说，"拯救联盟"仅2006年就花去1500万美元在游说活动上，却不肯直接援助达尔富尔难民。正是有这样的背景，辩论正方才一开始先声夺人，说马姆达尼污蔑他受美国犹太人操纵。

二、新型帝国

马姆达尼反驳达尔富尔局势是"集体屠杀"，指出早在1989年，西方媒体曾以更耸人听闻的言辞"holocaust"（大屠杀）形容达尔富尔，在道义谴责之外，暗含深刻的文化偏见：未开化的苏丹政府还在屠杀自己的人民，阿拉伯人正灭绝第三世界土著基督徒。这分明在召唤：美国应该领导一次后现代十字军东征。但真实情况是，部族间发生了流血冲突。症结应归于英国常年的殖民统治，英国从19世纪末到20世纪中长达70多年的统治，使苏丹部族间积怨、仇恨，甚至相残。在1978年苏丹发现石油后，各种西方势力又来插手。离间部族关系，利用分歧瓜分势力范围，争夺资源。终于在2004年非洲联盟的维和与外交斡旋下，达尔富尔出现了难得的缓和气氛，有望走向和平与稳定。西方从外部的干预只会让局势更复杂，只有非洲国家以政治方式解决本地问题才有前途。

普伦德加斯特毫不退让，反唇相讥：我们不要奢谈历史了，还是说说具体解决方案吧。最近我与奥巴马总统面谈过，希望政府采取强硬手段，介入苏丹冲突。也请在座诸位给总统写信，敦促政府大胆作为，惩治苏丹总统巴希尔（Omar Hassan al-Bashir）等战争罪犯。请记住，自从美国人创造性地使用"大屠杀"一词之后，很多苏丹人的生命因外部干预而得救，大规模奸淫也被制止。美国必然在国际人道事务上发挥更大的影响。

普伦德加斯特并不顾忌美国干预是否需要联合国授权，似乎他代表的非政府组织能说服总统奥巴马就足够了。难道美国不再是传统意义上的主权国家？NGO要代行联合国之责吗？众所周知，美国扮演的角色早已不是一般区域性民族国家了。"二战"后，虽然《联合国宪章》赋予联合国维持国际秩序的干涉权，但联合国虚弱无力，干涉上乏善可陈。"冷战"一结束，干涉权就被重新塑造为全球一体化的开路先锋，由世界上仅存的唯一超级强国操作实施。直到此时，干涉才有了实际内容，意义也凸显出来。当然，它背离了传统国际秩序遵循的原则——根据国家间订立条约或依国际法协调主权与超主权的关系，实现主权国家间的合作与协同。今天的干涉权是为应对紧急事态和例外状况而建立起来的警察制度。无论联合国授权与否，美国仍可以让自己国际警察的功能合法化，因为无须援引条约或国际法，只借助道德工具或"国际共识"即可。参照哈特（Michael Hardt）与奈格里（Antonio Negri）合著的《帝国》的观点，普遍价值使国际警察权力合法化。[1] 但作为主权国家，美国行使警察职责时，无法避免面临身份上的尴尬，即民族国家的排他性与超国家管辖的普遍性时常龃龉不合。作为主权的美国首先是自利的，它如何裁断怎样的干涉是正义的？如何决定谁的行为是为和平的呢？这一矛盾在伊拉克和阿富汗战争中已暴露出来，因此，它需要一个介质，或一种机制能呼唤、启动对外干涉，使单边行动获得普遍价值的认同，化解国家自利的嫌疑。非政府组织和形形色色的宗教团体堪当此任，它们完善了警察国家全球干涉的道德机制，也塑造了它特有的主权与超主权双重品性，为全球帝国的形成铺路搭桥。

三、铁幕落下之后

哈特认为，与许多人权 NGO 及其参与者的主观意愿相悖，他们发动的没有硝烟、没有暴力、没有边界的"正义战争"，后果往往与传统战争同样野蛮。[2] 回溯 NGO 发迹的历程，虽然很早以前就有名目繁多的 NGO、行业联合会，但成就人权 NGO 今日辉煌的却是"冷战"的终结。在 80 年代，西方人权组织抨击苏联的人权状况，颁发人权奖项，声援持不同政见的俄国知识分子如萨哈洛夫、索尔仁尼琴等，直至戈尔巴乔夫邀请国际特赦组织到莫斯科共商大计。不久，苏联解体，接着整个苏东阵营垮台，人权运动随之风起云涌。巴尔干国家一个跟一个分崩离析，人权大于主权的高调，给苏东社会主义国家奏响自由、民主的挽歌。柏林墙倒塌了，"铁幕"隔开的欧洲打通了，"欧洲经济共同体"与"北约"东扩，填充着"后冷战"的欧洲经济与军事的真空。与此同时，装备了强大通信手段的西方各大媒体，也跟随世界新秩序的扩张，抢占了"不设防"的意识形态"空城"——共产主义烈火燃尽的后社会主义国家。这时，媒体、NGO、宗教团体联手，共同使用一个否定词"非"—政府（non-governmental）来界定自己，它们不听命于政府，与国家机器的抗争正是其生命力的源泉。像中世纪教会或传教，通过话语或命名将敌手界定为善的匮乏，把敌人钉死在邪恶的耻辱柱上。媒体、NGO透过全球通信网络，生产、复制着人权、正义、暴政、屠杀、殉难与邪恶等道德话语，操纵着世界各地人们对彼此交往与和解想象的意义与维度。

例如，东欧阵营刚解体，科索沃阿族穆斯林就趁机与基督教塞族分裂，人权组织即把部族冲突演绎成斯大林式的种族清洗（ethnic cleansing）。南联盟政府被指为"施害者"，阿族穆斯林被定义为"受害者"。自此，南联盟的罪行不断升级为"集体屠杀"和"大屠杀"，直至"国际社会"发动战争，灭掉了"邪恶暴政"。如今，东欧各国已纷纷加入北约，欧洲不再有共产主义威胁了，"文明冲突"却迫在眉睫。"9·11"后的两场对穆斯林的征战之后，达尔富尔遂成"国际热点"。人权组织适时转换价值标准，把部族冲突对号入座，换成穆斯林对基督徒的大屠杀。其实，达尔富尔族群与信仰的划分重叠交错，无法套用伊斯兰与基督教"文明冲突"模式。当涉及中国问题时，又回到"冷战思维"上去了。毕竟东亚与西方抗衡的基调不是宗教信仰，这里意识形态冷战的硝烟尚未散尽。人权NGO虽然宣称无差别地人道关怀，对所有弱者无私援助。但据我观察，国际NGO并非超然物外，它们炒作冲突的热点或人道灾难很有选择性。媒体对危机的描述、解读，也颇带倾向性。如苏丹发现石油之前，部族冲突无人问津，当它成为产油国后，国际石油公司岂能容得他国染指。于是，能源竞争被表述为人道危机，只要苏丹政府一天不臣服，"达尔富尔大屠杀"就不会结束。那么，人权非政府组织的活动如何运行？它们与警察国家怎样协同干涉目标国家呢？

哈特与奈格里指出，今日帝国干涉不再以武力为开端，而首先使用它的道德工具——非政府组织；作为帝国这一全球权力关系构成的生态政治机器，NGO总先行权力一步，象征性地生产敌人，给它们命名（如恐怖主义、专制政府等），然后启动国际社会的预警系统，进行道德干涉，为将来的军事干涉扫清道路，最终才把实际解决的任务交给国家这一"世俗"权力。[3] 他们论及的"帝国"概念不是一个实体，无法以实证的方法找到植根于政治与经济现实中的对应物。而指一种全球化时代的权力网络，或者说一种正在形成中的生态政治、经济和制度系统，美国在其中扮演"警察"的角色。从达尔富尔个案观察，NGO 的运作首先预设一个人道危机，以国际舆论围剿苏丹政府。民间方式对付不了"冥顽不化"的寡头政府，于是丛林法则就有了合法依据。然后，NGO 与媒体联手游说"警察国家"动用"正义的暴力"打击"邪恶的暴力"。米洛舍维奇、萨达姆都被惩戒，以儆效尤，苏丹总统还敢以身试法？人权组织越来越不耐烦，敦促奥巴马政府采取强硬手段，如果没有基地组织缠身，苏丹也许就被列为下一个打击目标了。

四、外人摆脱干系的奢侈

在哥大考因（Cowin）大礼堂里，达尔富尔辩论的气氛愈加紧张、压抑，普伦德加斯特不断变换坐姿、手势，以眼光与台下互动，想把会场调动起来。反方马姆达尼专心倾听对方讲话，埋头记录。轮到自己时，起身离座，走到舞台远端一小讲台后面，慢条斯理地读起稿来。语调抑扬顿挫的莎士比亚英语，与印度民族服装相映成趣。"正方应该澄清一对概念，即'政治正义'（political justice）与'司法正义'（criminal justice）不同。"马姆达尼说，苏丹政府宣称代表国民，以政治方式解决达尔富尔问题；而 NGO 自称代表受害者，以惩戒苏丹总统和屠杀元凶为诉求。非洲联盟把达尔富尔冲突视为内战，多年来谈判、妥协、利益再分配，甚至动用武力，催生出各方能接受的政治方案，在非洲区域共同体内实现和平。而 NGO 则淡化苏丹人的政治身份，用抽象的"受害者"和"施害者"来划分人群，把共同体内的政治冲突，转化为民间司法诉讼——达尔富尔受害者状告杀人犯巴希尔。原本背景复杂的部族倾轧，被简约为大屠杀了。人权组织的网站上，充斥着强奸、嗜血、肢解的影像和煽情，可谓"暴力的色情"，却不说明冲突的历史或当地信仰与种族交错缠绕的渊源。为什么非洲人与国际 NGO 看问题的角度竟如此不同？马姆达尼以自己的儿子为例，把问题解释得妙趣横生。

马姆达尼的儿子在美国一所中学上学，天天忙着"拯救达尔富尔运动"，却对伊拉克的血腥恐怖漠不关心。父亲多次问儿子，伊拉克被屠杀的人数不比达尔富尔少呀，为什么不拯救一下伊拉克呢？儿子语焉不详，父亲就问他的同学和家长，他们同样也说不清楚。只觉得伊拉克牵扯的头绪太多，剪不断理还乱，不如达尔富尔虽遥不可及，却简单明了——人道危机，容易把握。他继续探究周围人的深层意识，道出了个中缘由。伊拉克对于美国人来说，关涉公民义务，毕竟伊拉克乱局由美国肇始。在电视前观看伊拉克爆炸、死伤画面时，美国人内心深处隐隐愧疚。战争的巨额费用也须由每个纳税人分担，自己的儿女也在战场上出生入死。美国百姓不愿谈及伊拉克人道危机，因为它太切近、太现实了，与日常生活息息相关。而达尔富尔与他们只有抽象的"人与人"关系，或曰"人道关怀"。
捐赠乃自上而下的施舍，既满足了优越感，又可以把自
己想象为拯救英雄。所以宁愿捐款给"拯救运动"，既合
理避税，又回避了与己相关的义务感和负疚感。从这个例
子不难看出，面对同一现实困境时，当事人与局外人难有
共识。当事人不能不考虑自身与环境的依存关系，要么担
当共同体的义务，要么逃避责任，但一定会带着"主体意
识"去选择政治立场。而局外人则倾向于理想化的道德态
度，指指点点，不计后果，所以苏丹政府才会与NGO对
立，这在维和行动上充分体现了出来。2007年以前，由
非盟维和部队维持达尔富尔秩序，局势渐趋缓和。后来联
合国介入，高级指挥官的位置被少数白人取代，而地面上
出生入死的士兵仍全部是非洲人。西方人谋划一个个美好
的和平蓝图，执行的却是当地人。一旦维和计划出现麻
烦，西方人进退自如，随时甩掉包袱抽身离去。当地人就
没有这份从容了，只好面对干预的后果，收拾烂摊子。

那么，NGO苦心孤诣的拯救运动就没有主体意识吗？
运动背后有怎样的原动力？乐善好施的外表之下有没有
其他动机？陈词滥调的"阴谋论"往往说，NGO实际上
暗中为美国等西方政府效力。但指责某个国家或势力指
使NGO到世界某地颠覆政府，往往是捕风捉影。首先，
NGO所获得的资助与支持早已不是一对一的简单方式。
其次，国际NGO不产生于某个特定民族或地域，也不专
门服务于个别政府，它们不仅消解第三世界国家主权，也

对抗西方大国主权，其行动范围没有界限地流动、绵延。以赛亚·伯林曾说：一切价值、目的都内在于特定社会或民族有机体的独特历史之中。[4]而 NGO 的使命却是捍卫所有人的权利，无须任何民族或文化语境做依托，却有着巨大的影响力和生命力，个中原因到底是什么呢？

五、世界工厂

"冷战"结束以前，人们只关注大国政治和联合国的协调作用。而当今世界，大国已经不能完全说明国际潮流的走向。在新自由主义经济一体化时代，国家与 NGO 之间的平衡逆转了，原本弱势的 NGO 一面抱怨国家机器的暴力，一面又嘲笑主权政府在国际上力不从心，跃跃欲试，要取而代之。今天的世界霸主也得顾忌舆论导向与人权鼓噪，世界格局与博弈规则正逐渐改变着，《威斯特伐利亚和约》(The Peace of Westphalia) 奠定已三百多年的民族国家体系，经历着前所未有的挑战。如果仍沿用现代主义的分析方法，锁定主权实体去寻找为其国家意志效力的鹰犬，就无法理解当下 NGO 和媒体的运作。应该注意到，全球化时代存在一种超越国家主权之上、结合了政治与经济力量、支配和吸纳一切异质性因素的权力网络。传统主权建立在封闭的空间之上，而这一权力却把空间视为开放的、无差别和无限绵延的。它不断扩展、更新，欲将整个地球纳入自己的势力范围。你想寻找它的基地和首脑,却发现它居无定所,无迹可寻,又无处不在。不像传统权力那样靠暴力开疆拓土,它主张依赖广泛共识渗透到所有文明空间。国际资本是它的物质形态,其主体是一种非人格化的循环关系——即生产与消费的永恒轮回。今天的跨国大企业,个人或家族控股的越来越少,公司上市让资产的所有权像货币一样流通、转手和分散。工业革命时代昧心的吸血资本家,已被匿名的股票交易所取代,现代企业的雇员——CEO,却扮演起狄更斯笔下无耻贪婪的资本家角色,而资本家们往往是在个人电脑前买进卖出的股民。与其批判异化的人性,不如揭露资本主义的逻辑。跨国企业凭借资本无孔不入的流动,不仅生产着商品,更在全世界生产着生产者与消费者,把他们锻造成全球化生态政治的行动主体,然后加入到生产循环之中。积累、再积累,资本的链条把欲望与社会关系、肉体与灵魂连接成整体。

国际资本把地球开发为"世界市场",对各国能源、劳动力、加工和物流等环节,按效率的逻辑重新配置。不仅整合世界领土和人口,它还让民族国家沦为简单工具,仅仅记录和统计跨国企业驱动下的商品、资金和人口流动。[5]劳务、能源、技术被调配到不同的市场和用途上,于是,绵延的国际生产线标识出高端知识经济与低端劳动密集型产业,一张资本生态的世界地图勾勒出来。如果"不文明"的主权政府对国内市场干预,还想按传统模式开发能源,以国界为限搞国民经济,就破坏了资本全球化的规矩——发展中国家贡献廉价劳力和能源、发达国家控制技术和资金。其后果，国际资本启动 NGO 这个利器，透过名目繁多的基金会赞助或研究开发项目，驱动 NGO 按设定的目标执行资本的强力意志。非政府组织先以民间游说、集会抗议、金钱诱惑，围堵政府屈从生产的"工具理性"和消费的"大众民主"。仍顽固不化者，则被冠以种种恶名："保守""愚昧"和"专制"或"人权状况恶劣"，媒体与 NGO 以普世价值的名义呼唤警察国家武力干涉。因此，由 NGO 和警察国家两驾马车为全球资本统治保驾护航。

如果沿用传统批判方式揭露 NGO 为某国际财团效力，会无功而返。财团与 NGO 并不直接发生单向的雇佣关系。国际大财团常年向各类基金会（如福特基金会或世界银行等）捐款，名目往往是崇高的目标，如人权、脱贫或环境保护等。基金会则把捐款按目标分类、重新组合，在大量的资助申请中寻找合适的 NGO。NGO 一般也有自己的使命，一旦得到基金会资助，会在履行使命的过程中向基金会汇报，与之谈判磨合、达成共识。但有一个前提不需要讨论，那就是无论实现什么崇高目标，都需推动资本化和自由市场化。资本经过基金会复杂、"科学"的处理后，已经模糊了它与 NGO 的因果关联，使两者关系交织在一个多向度、复杂层叠的微观权力网中。警察国家也不像传统帝国那样炫耀财富和武力，军事和政治优势已不能说明霸权的真正含义。美国向世界传递的信息是道德优越感，透过好莱坞和CNN，山姆大叔获得了"仁慈、博爱、平等和尊重"的"自由帝国"形象。世界霸权围猎、追逐的不仅是经济和政治资本，还有炙手可热的道德资本，马克思笔下描绘的资本拜物形象，早已披上人道主义的盛装华服。

六、地球最后一个人

达尔富尔辩论已接近尾声，双方进入听众提问阶段。会场气氛不能再用剑拔弩张来形容，简直就是持兵挺刃、赤膊上阵了。提问的人特别多，在观众席通道排起长长的两队。提问先自报家门，几乎都是从苏丹来美留学或避难的年轻人。他们对马姆达尼破口大骂，说他撒谎、妖言惑众、苏丹政府的走狗，骂他庇护罪犯、伤害受难者等。每个提问者都讲自己的创伤经历，个个见证屠杀、奸淫和残暴。他们出离愤怒，指责教授奢谈历史，简直到了冷血的地步。有个苏丹学生问：一个印度人有什么资格谈论达尔富尔？言外之意只有苏丹人和美国人、受害者与拯救者有权发言。主持人觉得太难堪了，站起来宣布，会场不得有人身攻击和谩骂，要尊重讲话人，也给自己留点儿尊严。马姆达尼从容起身，走向讲台回应道：让我吃惊的是，达尔富尔受害者与屠犹幸存者竟如此不同。犹太人让人们永远记住历史，而这里自诩受害的人却要求忘却历史。割断与过去、地域和记忆的联系，抽空历史与文化语境，抽象谈论暴力与伤害，搞的是命名政治！通过命名"大屠杀""种族灭绝"来诱发外部干预，以所谓"道德暴力"去消灭"邪恶暴力"，这种做法很危险，对生活在冲突之中的当地人不负责任。这话意存讽刺，这帮苏丹留学生多在人权组织的帮助下来美，已充当各种"拯救"运动的生力军。

在全球化时代，仍以共同的历史、集体记忆或血脉相连来界定一个民族，已经越来越苍白无力了。因为资本是这样一种机制，它需要异质性的"他者"——即依赖传统维系认同的区域共同体，这样它才能跨越内与外的疆界，不断征服他者，接受外界环境的滋养；在内与外的区分、我与他的相互转化中，资本获得了旺盛的生命力——利润增值，外界的他者成为资本的基本因素。但这个过程又是悖谬的，资本一旦接触到异域就使之归化，迫使"前现代"民族国家采用资本的方式生产，推行消费文明，"进化"为资本主义社会。可当这片土接受资本文明，整合进资本生产的链条中时，资本的疆域虽然扩展了，但新领地却不再是实现剩余价值的"他者"了。[6]当下风靡全球的吸血鬼电影就像全球化寓言，吸血鬼到处猎袭活人，吸干他们的新鲜血液，进补自己的活力。被吸血致死的人又会变成新吸血鬼，与老吸血鬼一道寻觅新目标，直到世界上剩下最后一个人。1964年，美、意合拍的影片《地球上最后一个人》（*The Last Man on Earth*）就是讲这样一个故事，最后一个活人与无数僵尸搏斗，最后取得胜利，拯救了地球。资本对异质性力量总是既冲突又依赖，靠豪饮他者的鲜血来平息征服新领地的贪欲。资本的本性是积累与扩张，而这一本性恰好给自己掘下了坟墓。

注 释

［1］【美】迈克尔·哈特、【意】安东尼奥·奈格里著，杨建国、范一亭译，《帝国》，江苏人民出版社，2005 年，第 18、19 页。
［2］同上书，第 42—43 页。
［3］同上书，第 42—44 页。
［4］伯林著，冯克利译，《反潮流：观念史论文集》，译林出版社，2002 年，第 409 页。
［5］哈特和奈格里，第 38 页。
［6］同上书，第 262、264 页。

天灾双城记

一、荧屏上的灾难

2012 年 7 月 21 日，北京暴雨成灾。

恰巧那天与朋友小聚大钟寺一餐馆，相约风雨无阻。傍晚大雨滂沱，人到时个个像落汤鸡，狼狈入座。撑伞挡不住大雨，付账时钱包都湿透了，人民币滴着水。回家的路上，左一摊积水、右一股浊流，开车不知深浅，望而却步。胆大点的司机一脚油门，车如水中行船，乘风破浪。我专拣热闹的路段走，七绕八拐，还算顺利。到家感慨好大雨，北京的 7 月，暴雨并不稀奇。

打开电视，各频道直播雨情，降水记录被一次次刷新：突破北京 20 年来的纪录、30 年纪录、50 年纪录……惊心动魄的是广渠门桥下营救司机的画面，五辆汽车淹没在四米深的积水下，有人困在一辆越野车中。现场直播近三个小时，镜头俯拍，一会拉近、又推远。灯光昏暗，画面模糊、晃动，依稀可见很多人拉住一条绳索。汽车渐渐露出水面，众人围拢过去，砸碎车窗，拽出一男子。这时已近晚 11 点。我这才慌了，忙给聚餐的朋友一一打电话，询问是否安全到家。大家住得分散，有住昌平的、有开车来的、有乘公交的，全报了平安，没遇到危险。我说快开电视，今天可是场灾难。

第二天情况明朗了，新闻播出各城区的画面：乘客从公交车窗爬出，泆入深不见底的积水，一个跟一个游向营救人员。公路的下水井喷涌，水面漂露着红、黄色的车顶。一段航拍镜头最震撼，房山区一片汪洋。空中鸟瞰，一片片落叶般的长方形屋顶，如江南水乡放出的木筏。京港澳高速路看似一条汹涌大河，水上漂着猪、马、牛的尸体。北京城面目全非，我这个北京土著已认不出荧屏上的城市。

上海社科院有位朋友来电话慰问灾情，我本想说聚餐的经历，但实在没啥戏剧性，无非凄风苦雨中聚会而已，不值得慰问。于是转述新闻：北京 190 万人受灾，77 人遇难，电视画面触目惊心……对方插话转了话题，人家在上海也看新闻，何须转述，你纵巧言如簧，怎比实况转播逼真、形象。

二、显像管模拟的"7·21"

事情过后，每当再提这场雨灾，新闻内容渐渐覆盖了个人记忆。不经意间，内心不断与媒体协商、妥协，渐渐放弃不具代表性的、无法沟通的私人经验，与城市共享一个电视化的集体记忆。不过，那晚北京人大多懒散宅家，"7·21"其实是显像管射出的电子信号建构的：现场摄像、字幕滚动、数据、图片、史料，源源不断经显像管涌入起居室。记者在东城、西城、南城"为您报道"，画面从一个现场切换另一现场，主持人一会儿走近镜头，一会儿跟摄像机去一栋泡水危房。闪烁荧屏前，观众被动接收着不连续、杂多、异质性的素材。同时，前台有专家解读气象知识，主持人控制进程节奏；幕后有导播编辑采访，连缀事件的因果关系。这样，资讯、影像、现场就整合起一套节目，观众获得三维立体的城市图景，不透明的都市空间，在新闻里一览无遗。

回想我们的雨中饭局，已暮色黯然，脚下淤泥浊水，踽踽难行，餐馆虽在眼前，却仍不可及。落魄瑟缩之状，感之切肤，却无公共性可言，太具象、支离，缺乏叙事性，无整体感。媒体时代，个别经验无足轻重，电视才是通达城市的管道，或说是一种"界面"。在界面上各种传媒并用，各类视听材料叠加，按一套节目程式，模拟（simulate）真实的城市，生产灾难的"拟像"（simulacra）；居家的观众，透过一件家具（电视）感知屋外生冷、陌生的街道。[1] 不仅如此，电视操控我们与外界相遇的方式：摄影机位的移动、镜头变焦、画面切换，"实在界"（the real）的空间阶序被改写、置换，"拟像"替代了漫步城市的经验，陌生的城市在荧屏上看起来如此熟悉，简直触手可及。谁会跑到雨中经历水灾？坐在客厅的沙发上，便知"7·21""真相"。

三、桑迪飓风

夏末秋初，赴美国新泽西讲学。2012年运交华盖，才三个多月过去，又碰上一场百年不遇的大灾。2012年10月29日，飓风桑迪（Hurricane Sandy）登陆新泽西州，113人丧生，美国60多年未有，损失之大，高居飓风史上第二位。

新泽西州、纽约市政府在一周前就发了预警，我觉得有点小题大做。几乎每年1月份，美东地区都下大雪，政府部门总告诫居民不要出门，买水囤粮，准备持久战。闹得超市的瓶装水、面包、香肠断货。有时还吓唬人说可能停电、停水，老实人便去买台燃油发电机，结果好多人家的车库里存着未开包的发电机。这次又放狠话，鼓动大家备荒。纽约市长彭博（Michael Bloomberg）声色俱厉，命令住危险地带的居民转移。他讲话说："钉子户"对自己的生命不负责，还无视他人生命，不转移会连累救援人员。越说越气，爆了粗口："不撤离的人自私，是傻瓜！"新泽西竟宣布全州紧急状态。

开车在新州高速路上，沿途电子牌赫然打出"州紧急状态"，汽车的蜿蜒长龙往北狂奔，而南行的车辆越来越少。南面是临大西洋的泽西海岸线，离海愈近，人迹愈少，高速收费站被弃风中，加油站空无一人，气氛阴森。

远方一对车灯迫近，我一时振奋，又纳闷起来，谁这时候跑这儿来？不过，天气还没太坏，细雨霏霏而已。若隐若现间，阳光漏过云隙射出，雨气空蒙中一道彩虹。飓风未如期而至。

大家懈怠时，狂风突起。

10 月 29 日下午，我在网上发不出邮件，网停了。接着电灯恍惚闪烁，电断了。窗外疾风震雷，飞沙走石，声如万钧雷霆。玻璃窗要撑不住了，纱窗被一把扯裂，抛入空中，与残枝败叶飞天乱舞。参天大树已压弯 90 度，仍拼死一搏，却又轰然倒下。高压线上电光霹雳，蓝焰直窜，依稀闻爆炸声。飓风咆哮声中，救火车的警笛似蚊吟绕耳，虽近似远。美东已天寒日短，翳然已暮，至屋中暗无所见，只有手机屏幕的微光照明。热力停了，暖气片冰凉，室内寒气逼人。打开煤气灶，听到咝咝出气声。还好，有水、有气尚可烧饭、取暖。我煮起三大锅水，屋里雾气缭绕，却仍驱不散寒气。后悔没听劝告储备物资，幸亏冰箱堆满吃的，但没电，又能保鲜多久？最难是电话、网络、电视、手机一切中断，楼道一片漆黑，电梯的应急警报尖声刺耳。邻居们幽灵般走向楼门口，遇风声电闪惴惴却步，折回见人便打听消息，谁有消息呢？大家与世隔绝了。

第二天仍凄风苦雨，楼里人如笼中困兽，萧索难堪。以为停电不过一两天，谁知一直摸黑了十几天。情况一天天糟下去，供电、供热的希望渺茫，外面所有路段都关闭了，即使上路也没地方去，商店、加油站、邮局、公共设施一切停业。听警车慢慢驶过，高音喇叭广播着：晚上6点实施宵禁，任何行人、车辆不得上路。街上树杈、电线杆、广告牌、碎木片横七竖八，一片狼藉。让人联想起战争片的场景：华沙陷落，纳粹进城宣布宵禁。我手上两部手机，一个是国内全球通，一个是当地号码。一天国内手机收到短信，朋友慰问灾情。我回复说：这里像刚遭遇原子打击，美国总威胁把人家打回"石器时代"，现在才懂这话的含义。一看无线通信恢复了，忙掏出本地手机，问学校的停课安排。却发现拿它照明把电耗尽了，无奈拨中国移动的长途漫游——封闭"铁屋"的一线光明吧。

楼里居民恐慌起来，食物、电池、蜡烛一天天耗尽，不洗澡身上发出异味……有人开车去找开门的商店或旅馆，寄希望商家自备发电机，结果无功而返，汽油箱却见底了。大家碰面便交流加油信息，新泽西、纽约市宣布汽油配给制。有位朋友夜里11点到几十英里外排长队加油，凌晨5点才接近加油站，车却油尽熄火了，眼巴巴看着后面车子一辆辆绕到前面。我隔壁是家俄国裔，正在黑暗的楼道里搬运行李，主妇见我便以夸张的俄国式手势比画："你怎么还住这里？很危险的！""你有何上策？"她说要去别的州住几天。可没一会儿，他们又摸黑往楼上搬行李。一问才知，加不到油，去不了外州。

四、耳听为虚

信息不通，一台从未用过的小半导体成了宝贝，了解灾情靠它了。飓风登陆的头两天，电台没有什么节目。广播属"旧时代"的传媒，与电视网实力雄厚、全方位覆盖，不可同日而语。电台一般本地小规模运营，遇大灾大难，停电或交通瘫痪，节目便难乎为继。电视网一般跨区域，不受局部状况影响，可以全天候报道，记者各地调配。灾后电台只剩下两个全国新闻频道，听广播知道大西洋城沿海设施全毁，纽约洛克威（Rockaway）海滨房屋被连地基一起冲走，危房积水齐腰，住户爬到摞起的家具上待援。切尔西好多画廊的艺术品泡汤，医院地下室发电机进水爆炸。有电话打到播音室，报告家里地下室变成了奥林匹克标准泳池，传家宝贝、古玩泡在水下。另一个电话求救，说她泡在齐腰深的水里，水面漂来紫红色液体，估计附近化工厂泄漏。有个小女孩的电话有意思，她父亲是古巴移民，苦熬多年刚入籍，一心想体验美国民主。11月6日总统选举，父亲非要投票不可，呼吁电台叫救援车护送他到投票站。

新闻广播灵活、机动、迅捷，但没有电视的临场感，耳听为虚，眼见为实。广播是转述性的，产生不出"即时性的"（instantaneous）视觉效果，所谓"电视化"（televisual）体验：电视的多重空间切换、各种视听素材的整合、视角和焦距的变换，让观众如身临其境，感受现场。虽然电影也是视觉媒体，可直播乏术。电影的语法是"过去式"，制作与观看脱节，从拍摄、剪辑、录音、后期制作到发行，整套环节完成后，才送影院欣赏，中间的周期漫长。观众预设电影情节发生的时间和空间，与银幕上的影像时空错位。投射光影勾勒的梦幻空间，是故事的隐喻，"移情"（empathy）将观众超度到"时空飞地"，去尽情"宣泄"（catharsis）。所以，电影属艺术审美范畴。而电视是即时性媒介，事件发生的时间与制作、传输和接收时间同步，"绝对在场"（absolute presence）不容置疑，观众自认为身临其境。[2]因此，电视新闻的语法是"进行时"，不具纵深和阐释空间，只有"知会性"（informative），与监控录像、声呐装置同构。[3]

飓风、断电，羁困屋内，如此极端的处境中我发现，电视、网络的缺席，让灾难的认知很局限、狭仄，无非楼前楼后目力所及。保罗·维利里奥（Paul Virilio）曾说，电视是"经验的构成性元素"（architectonic element），它似移动的窗户，其本身便构成城市的"时空体"（chronotope）。[4]或者说，电视之所以与报纸、广播、电影等再现传媒不同，因其"技术模拟"（techno-simulation）足以模糊再现与真实之间的界限，它播放的"拟像"可以脱离"原型"，甚至先于现实存在，而独立自足地成为现实。[5]

五、停电的前现代生活

纽约皇后区的法拉盛（Flushing）没停电，令人称奇。我有位表哥住那儿，暂避他家，可洗个热水澡，还能给手机、电脑充电。纽约的小商埠已发起国难财，自备发电机给顾客手机充电，一次要15美元。去纽约我得经华盛顿大桥或林肯隧道驶过哈德逊河，但两通道都关闭了。华盛顿桥上有个人行辅路，走过桥要半小时。抵御不住"文明生活"的诱惑，我背上可充电的各种装备，徒步进军法拉盛。纽约部分公共交通恢复，免费载客。曼哈顿已失去冠盖京华的气象，冷清颓靡如弃城。主干线地铁虽号称恢复，但坐上去才知道，走走停停，正常线路全打乱了，车次少、区间短，一会上地面换巴士，一会下来转地铁。还会拉你到陌生的地方，几经辗转周折，也未必能到想去的地方。去法拉盛40多分钟的路程，怕要走一天了，免费的午餐不好吃。

纽约人的节奏快得出名，匆忙来往如梭。艰难时世，无奈也慢下来，乘客一脸茫然，任由车辆摆布，没一个着急赶路的。以前大家陌路偶逢，各顾各自，现在三五成群，结伴而行。到站或转车时，陌生的人们有商有量，共渡难关。碰上个皇后区的老住户，他带着我和一位加拿大人东穿西走，终于进入皇后区，但法拉盛仍远哉遥遥。公交停运，等在站牌的几位朋友商量结伴远足。飓风过后，天气疏朗，温煦秋日下，渐生出暖意。漫漫长路，有人开始掉队，一个中途要吃饭，一个想歇歇脚，一个索性不去了，剩下我和一个小伙子执着向前。看模样他像拉美裔，很年轻，在法拉盛一间律师所打工。老板威胁说，再不来上班就永远别来了，他才不情愿地踏上旅程。但更切实的原因，他是个"网虫"，没电的日子其他还能对付，就是网瘾差点儿"要命"，去办公室上网是致命诱惑。走了近两小时，一路说说笑笑，苦中作乐，倒也惬意。大家都好些天没上网、看电视了，不参照媒体的口径，大家说起各自"抗灾"的经历，别具意趣，很个性，穿越到前媒体时代的本真状态。

一路净碰上没有人行道的路段，以前开车或乘公共交通，脑子里有一张城市地图，现在不按交通标识步行，固有的地理概念颠覆了。为抄近路，我们翻公路护栏、爬越铁路桥，做平时不敢想的事。一步步丈量土地，按几何直线朝一个方向，这才发现，距离感、道路的连接方式、路况全变了。没有飓风，我恐怕永远都隔着技术中介去认识这个城市。联想北京"7·21"，从电视的俯拍远景镜头里看广渠门桥，或航拍镜头中看房山，与平日来往其间的空间感错位。在地面上，人以身体为参照体认空间，航拍是高空鸟瞰，细节消失了，尺寸相对化，以人为中心的景观被抽象为电子眼中的标准远景。它拒绝我们熟知的经验性表述，并剥离对象的具体情境，抽空其时间维度，成为"鸟瞰的美学"（aesthetic of above）。[6] 技术对时间与身体经验的扭曲，体现在观看电视中的广渠门桥营救。在那揪心的几小时中，观众一会儿看插播广告，一会儿换换频道，不过消磨一套节目时间。哪会体验在现场的人那焦急的等待，希望与绝望铭心刻骨的心理时间。疾驶在往法拉盛的高速路上，也不能体会斜阳漫步、萍水偶逢的时时刻刻。我们这个时代，媒体的技术参数取代了身体感官，城市经验既抽象又格式化一，不知道真实的街道与电视画面还能否区分？生活与节日似乎重叠混淆起来。

六、灾后"孤岛"

有人叫法拉盛"新唐人街"，老唐人街是曼哈顿的运河街（Canal St），多住广东、福建人。80 年代后来的大陆移民，都涌到韩国人与拉美人混居的法拉盛。灾后这里与其他地方太不一样了，电、水、气、网络一切照常，而且比平日更繁华。中餐馆雅客满堂，腾腾如沸。大街小巷声光凌乱，游人如织，捎客小贩掩映闪灭其间。我感觉像是日据时期的"上海孤岛"，大概从曼哈顿、新泽西来了不少"灾民"，也投奔"文明生活"，这里一派醉生梦死的浮华气色。飓风像一条过时的新闻：法拉盛一白人男子被刮倒的大树砸死。这是本地唯一灾祸。细想来，除了少数住海边的居民被飓风蹂躏，这场灾难对大部分人就意味着停电。600 多万人在停电中吃尽苦头，现代生活的基本形式失效了，人与外部世界的联系需要技术中介，停电如同失去感知器官，大家茫然无措。

时至今日，我对"桑迪"的记忆仍是破碎、琐屑的，曾想补看以前的电视新闻，但回放的新闻就是纪录片了。历史频道应景播出1968年新泽西大飓风的纪录片，40多年前的狂风暴雨可做今日"桑迪"的隐喻。影片线性的叙事结构，按逻辑递进铺陈事件，镜头景深透露出年华似水，光影勾勒的灾难空间与当下阻隔了不可逾越的时空沟壑。电视无心营造电影的空间透视，滚动的信息、节目预告、插播的广告，一起消解了叙事的时间性。影像空间的杂糅，也取消了景深，一切指向书写表面；电视素材只有一个公约数，是资讯，其重要性超过视觉效果。[7]

前几天约朋友打球，收到短信回复：美国使馆提供北京空气质量指数174，PM2.5浓度250。不管你感觉气候是否宜人，科学数据决定今日不宜出行，感觉为虚，科学为实。这年头电视上天天报毒食品、地沟油、问题电梯，耸人听闻，日子过得营营扰扰，提心吊胆。静心想来，人们现在最大的焦虑无非是身体和寿命，电视台则回收各式各样的纠结、恐惧，再投射到屏幕上，可谓"缘心造像"。观众把反刍的影像当真实经验，结果媒体与受众合谋，完成一"妄想式"循环；个体焦虑的症候，经过循环上升为集体经验，播散到城市空间之中。[8]

20年前，王小波在《读书》（1995年3期）上发过一篇小文《花剌子模信使问题》，讲一个寓言：中亚古国花剌子模君王褒奖从战场上带来好消息的信使，而将带坏消息的投笼饲虎。作者立论：先有好坏事实，才有好坏消息，信使不过中介而已，国王昏聩自欺，才报喜不报忧。貌似无辜的中介，在今天纷繁芜杂的现实中，选择什么样的事实，以何种方式报道或编辑消息，关系重大，甚会使事实与报道孰"真"孰"假"难分难解。鲍德里亚也有个寓言，说第一次海湾战争（1990）从未发生。意思是真实战争已被置换为符号战，电视上敌方出现时看似电子游戏的靶标，CNN 的 24 小时直播才是海湾战争的原型，而不是发生在地面上的战斗。战争爆发前，CNN 编排好了叙事模式，"直播"倒像排演脚本。因此，媒体报道不能供民主讨论的话题，倒像广告，一切均已发生过，我们看到的只是"回放"（replay）。"事实"被生产为符号，符号的指涉物（referent）不复存在。当心，花剌子模国王的宝座或被信使谋篡。

注　释

[1]　参见 Pascal Pinck, "From the Sofa to the Crime Scene: Skycam, Local News and the Televisual City", in Maria Balshaw and Liam kennedy (eds.), *Urban Space and Representation* (Sterling, VA: Pluto Press, 2000), pp. 57–59。

[2]　参见 Jane Feuer, "The concept of live television: ontology as ideology" in E. Ann Kaplan (ed.), *Regarding Television: Critical Approaches* (Frederick, MD: University Publications of America. 1983), p. 14。

[3]　参见 Pinck, p. 58。

[4]　参见 Paul Virilio, *The Lost Dimension* (New York: Semiotexte, 1991), p. 76。

[5]　参见 Jean Baudrillard, *Simulacra and Simulation* (University of Michigan Press, 1994), p. 103。

[6]　参见 Pinck, p. 63。

[7]　参见 Mary Ann Doane, "Information, Crisis, Catastrophe" in Patricia Mellencamp (ed.), *Logics of Television* (Bloomington: Indiana University Press, 1990), p. 225。

[8]　参见 Liam Kennedy, *Paranoid Spatiality: Postmodern Urbanism and American Cinema*, Maria Balshaw and Liam kennedy (eds.), *Urban Space and Representation* (Sterling, VA: Pluto Press, 2000), pp. 126–127。

转折关头

一、特朗普赢了

　　2016年大选日已近黄昏，计票在紧张进行。美国各大媒体仍信心满满，报道着希拉里·克林顿的利好消息：绝大多数民调预测她会赢。其实，从年中到投票日，民调结果永远是希拉里领先。跟一位好友通话，他说今晚没什么看头儿，一点儿悬念也没有，克林顿一定大比分胜出，计票必早早收场，不用熬夜了。我问何以如此肯定，他说无论学校里的同事、学生，还是媒体都这样看。快到晚上10点时，邻居老友 Ted（泰德）打来电话，也说别等结果了，早点儿睡吧，特朗普赢定了。好滑稽，两位朋友同样自信，只是南辕北辙。在同一荧幕里，却见到颠倒的民意，学院与外面的社会竟如此各执一端。结果出来了，不光希拉里败北，而且民主党在众参两院全线陷落。所有人瞠目结舌，还有的放声大哭。希拉里只准备了大量的庆祝焰火、豪华的盛大派对，就是没有好好准备败选演说，不得不等到第二天中午登台答谢支持者。媒体和民调怎么会如此误判？《纽约时报》、CNN 各大媒体一年来连篇累牍地分析选情，从没把特朗普当真，只当选情平静枯淡之际，盼他爆料出丑，给观众注射一针兴奋剂，拉高收视率。他本该是个小丑，给克林顿的白宫之路当陪衬的。可事后看来，媒体可能活在自己虚构的世界里。

大选第二天的一大早，CNN 的选情节目上，几个月来眉飞色舞的嘉宾，一脸凝重地提了一个意外的问题：我们大家是不是应该先反思一下，有什么东西我们没有看到而特朗普看到了？传统的预测模型失效了吗？我们看问题的角度是不是出了问题？难道媒体与现实脱节了？其实，特朗普早就提醒过大家，他藐视各大媒体民调，顽固地要说服支持者，不要相信调查结果，他有"隐藏票箱"（hidden vote）。媒体嘲笑他故技重施，耍脱口秀的把式，给支持者打气，混淆公众视听。哪有什么隐藏票箱？痴人说梦的呓语，变巫术不行？结果，选后第一天早新闻节目，CNN 连线特朗普的竞选经理康韦（Kellyanne Conway），问她取胜的秘诀。她也说："胜在隐藏票箱上。"什么是隐藏票箱？

二、隐藏票箱

老友 Ted 半年前就预测特朗普会赢，我一直不当真。20 年的交情，我了解此人观点偏激，有语不惊人死不休的毛病。周围人谁不说特朗普是搅局的，专给希拉里垫背？他越口无遮拦，越让人别无选择，两害相权取其轻，大家不得不投蹩脚的候选人希拉里，特朗普将成全希拉里。Ted 却说："别听大家嘴上这么说，真到投票的时候，他们会投特朗普。"这就是所谓的"隐藏票箱"。可他们为什么要这样做呢？Ted 的亲戚朋友，在社交场合谈政治，往往表现出蔑视特朗普，等回到家，却咬牙切齿地要投特朗普一票。媒体也报道，在中部各州做民意调查时，特朗普的支持者要么说还没决定，要么干脆挂断电话，抽样调查往往漏掉这部分登记选民，预测自然失真。到了真正投票的时候，这些"隐形票"扭转了乾坤。可是，什么心理在作怪呢？

特朗普这个人嘴上无德，骂遍穆斯林、拉丁裔、非洲裔各族群，攻击新移民，侮辱妇女，歧视残疾，声名狼藉。社会普遍认为特朗普的粉丝受教育不高，素质较差，是白人至上种族主义者，政治不正确。希拉里在一次演讲中，形容特朗普的支持者是一箩筐种族主义、性别歧视、仇外、反同性恋、反伊斯兰的可怜虫（希拉里·克林顿2016 年 9 月 9 日纽约市历史社会图书馆演讲）。着实羞辱了共和党阵营一把，伤了很多人的心，至今衔恨于心。我倒觉得，这是希拉里难得未经刻意算计、率性说出实话的一次，平时她戴着面具，假正经。场面上，大多数人以支持特朗普为耻，我在纽约时代广场，看到过一个乞丐立块牌子：如果你不给我一块钱，我就投特朗普一票。

　　既然耻于与特朗普为伍，又何必要选他呢？美国人口结构的巨变，对白人老住户的冲击实在太大了。由于大量移民的涌入，美国文化景观发生了深刻变化，无论街市面貌、饮食起居，还是人际交往、道德习俗，方方面面与传统美国大不相同。自由派进步人士乐见其成，说是积极健康的，外来文化给美国社会注入了新活力。但对保守传统人士，这意味着美国价值遭受侵蚀与破坏，长此以往，国将不国了。特别对蓝领白人，美国制造业大部分迁出到第三世界，华尔街金融资本只认利润，不顾国家疆域，追求资本回报最大化，资金流向跨国知识产业。国内重工业凋敝，工人失业、贫困，产业工人大军衰落、溃散。中部各州以白人为主，一般受教育程度不高，新知识经济没有他们的位置。而拉丁裔新移民又把服务业中的劳动岗位抢了去，可想见中下层白人的愤怒与绝望，特朗普代表的正是这股力量。用 Ted 的话说，2016 年的选举是一场草根革命，阻止华尔街继续做空国家，把实体工业从金融资本家手里夺回来。可领导这场运动的人，自己就是亿万大资本家，特朗普有什么资格领导草根运动呢？

　　其实，特朗普的追随者对他的人品心知肚明，特朗普从来不是劳工之友。在赌场、酒店和办公大厦，他雇用了大量非法移民，利用移民不受保护的弱势，肆意压低工资，不提供医疗、社会保障，随意开除员工，无所不用其极。对合法劳动者，他一样敲骨吸髓。如聘人设计建造花园，工程结束后，特朗普恶意挑剔，拒付设计和工时费，自己却心安理得地享用花园。希拉里天天把这些事挂在嘴边，寒碜特朗普，闹得无人不知，无人不晓，但不影响草根白人支持他。他们选的是总统，不是自己的经理，特朗普鼓吹的政策切实回应了草根的诉求。他以独特的敏锐、多年从商经历和娱乐业的丰富经验，对美国社会洞若观火。特朗普深知矛盾的焦点之所在，能体认主流白人的焦虑，对症开方，提出一套竞选纲领：反移民、反资本全球化、反穆斯林、反奥巴马医疗保障计划、孤立主义，一个混乱的大杂烩，没有体系，也难自圆其说，却很有煽动性。

传统两党门阀政客，竞选时一般有系统漂亮的施政方案，还有经济模型、就业和社保计划，头头是道。可当选后，瞻前顾后，缺乏魄力，结果一切依旧，核心问题从不触及。选民受够了职业政客的虚伪、软弱，特朗普做过多年的大众娱乐节目，对百姓心理了如指掌。百姓不欣赏徒悦耳目的高谈雅论，想引起他们的共鸣，非得用贩夫走卒的粗话，攻击精致的"政治正确"；以强悍的个人风格，压倒谦谦君子的温良。第二次总统候选人电视辩论（2016年10月9日）上，特朗普眼盯希拉里质问：是不是伊斯兰极端主义袭击美国？你们这些职业政客，为了政治正确，连伊斯兰极端主义的名字都不敢叫，婉称"一切形式的恐怖主义"，不敢正名岂能正视？我们能指望你们解决问题、消除恐怖威胁吗？

"禁止穆斯林入境！"特朗普的雷人之语，煽起底层的愤怒和敌意，还说破了美国社会的大禁忌。第二次总统辩论，希拉里攻击他欣赏俄国领导人普京，与外国独裁者互通款曲。特朗普不以为意，反问："为什么要与俄国作对？为什么要推翻叙利亚领导人巴沙尔·阿萨德？我们的敌人不是 ISIS 吗？为什么不能与普京和巴沙尔合作打击共同的敌人 ISIS，反而去支持反对派武装？你们知道叙利亚反对派是些什么人吗？利用敌对势力推翻不喜欢的政权，后果总是更加混乱，让坏人上台，'敌人的敌人是我们的朋友'是错误的外交路线，教训还不够深刻吗？你问我为什么欣赏普京，因为他比你和奥巴马都强，是强有力的领导人，深受人民爱戴。"观众简直不能相信自己的耳朵，对亿万观众直播的辩论，他如此信口开河，犯了美国政治的大忌：歌颂敌国领袖，诋毁本国总统。

竞选班子在每次集会前都千叮万嘱：千万不要脱稿，谨慎按准备的要点讲话。特朗普口上答应，可一进入状态，一切就抛到脑后。他与竞选班底闹得不可开交，一位经理索性辞职不干了。但每次下来，却证明特朗普高明。平心而论，他说的是大实话，美国无缘由地敌视俄罗斯，在中东推翻一个个独裁者，扶植起来的却是极端原教旨主义。美国外交遵循的是什么逻辑？公众对美国陷入中东泥淖不能自拔，极度失望，愤怒不亚于越南战争。特朗普的论调虽粗俗，却直截了当，他说去伊拉克应该钻了石油就走，别掺和不关己的闲事。孤立主义的外交思路，历来迎合美国保守主义的趣味。

三、草根运动

离大选只有 28 天，《华盛顿邮报》公开了一个 11 年前的录像，特朗普亵渎女性的淫秽谈话，举世震惊，效果本该是毁灭性的。共和党内闹着取消特朗普候选人资格，共和党大佬纷纷跳船。众议院议长、共和党重量级议员保罗·瑞恩（Paul Ryan）撤回他的支持，大家等着副总统候选人迈克·彭斯（Mike Pence）叛变。特朗普的支持者灰头土脸、蔫头耷脑，所有人都觉得游戏结束了。Ted 又大放厥词：这对特朗普未尝不是好事，现在正好摘掉面具，不再受体制（establishment）的约束，领导一场真正的草根起义。美国社会弊端不能在两党政治的框架内解决，必须从体制外、从民间攻击两党，才能给美国注入新活力。他原本是坚定的共和党人，在镇上搞过竞选，这次他宣称脱离共和党，支持体制外的运动。不可理喻，我想大概 Ted 绝望之际，走火入魔了。但晚上开车，收听纽约公共广播电台 WNYC 与 BBC 联合制作的一档节目，连线英国青年与美国选民对话。一个英国小伙子说他欣赏特朗普、讨厌希拉里。一位德州的父亲打进电话："我猜你一定没有孩子吧。我也不喜欢希拉里，但绝不可能投特朗普一票，因为无法面对自己的小女儿。"英国小伙不无讥讽地反问："你给女儿找家庭教师吗？你选的是美国领导人。我们早烦透了职业政客和官僚政治，所以齐心合力公投脱欧，推翻了权力强加的意志。特朗普那么真实洒脱，率性直言人民的心声，为什么不选有个人魅力的领导人？"我才意识到，即使特朗普赢不了，草根运动也不会就此完结。这是一场波及整个西方社会的运动，毕竟，新自由主义已统治欧美达半个多世纪之久，任何意识形态都是周期性的，会随时间的推移，渐渐脱离现实。保守主义的复苏，也许是在有社会感召力的思想匮乏之际，填充了空白。德、法民粹势力不也异军突起，大有颠覆传统政治之势吗？

没过两天，特朗普果然声称："我们丢掉的是枷锁，现在可以按自己的想法竞选了。不是保罗·瑞恩要不要收回候选人的资格，而是我们想不想把瑞恩从众议长的位子上拉下来。""我告诉你们，"他手指戳向镜头，摆出做娱乐节目惯用的手势，"这不是普通的选举，是一场运动！"我跟 Ted 说，你不当特朗普的竞选经理真屈才了，你能给他起草一份更系统、全面的运动宣言。特朗普的任性吓坏了共和党资深政客，纷纷出来调停，劝他停止攻击瑞恩：你得罪不起"老大党"（GOP），不在这棵大树荫下，竞选毫无胜算。特朗普勉强留在共和党名下，但从此对党更加不敬。

四、"非美国"另类

特朗普天天叫嚷"改变"，哪次竞选不是热热闹闹，选后依然如故？2008 年奥巴马的竞选口号也是改变，也曾煽情。八年过去了，有什么大变化？特朗普再来这套，谁会上当？Ted 却认为，特朗普有过人之处。其实，他与别人一样，把宝押在特朗普的经商成功上：特朗普凭个人奋斗起家，在几十年间，创造了特朗普帝国的奇迹。从 90 年代，他已是美国百姓的偶像，从布衣到王子——美国梦神话的化身。他有魄力、有经验、有手腕，远胜夸夸其谈的职业政客，必能做以往总统力所不逮之事：递解非法移民，收回海外制造业，取消奥巴马医保，大幅度减税。

CNN 给克林顿和特朗普分别制作了传记片，在竞选期间反复播放。当看到特朗普青年创业的一段，感觉像演《教父》《大西洋帝国》（*Boardwalk Empire*），或《黑道家族》（*The Sopranos*）之类的黑手党片。他靠非常手段起家，黑道、投机、逃税、欺诈，不择手段。特别在大西洋赌场的过度投机，让人怀疑《大西洋帝国》的部分桥段以他为原型。与此相比，特朗普十几年不缴联邦所得税，简直不值一提。胆大妄为，让他官司缠身，最后他砸钱摆平。这是个很"非美国"式的人物（借麦卡锡当年钟爱的词 Un-American），美国政治史上前无古人。特朗普的支持者对此心知肚明，但为什么要选个危险人物当总统呢？也许他们出离愤怒、失去理智？就像特朗普演讲时所说："即使我在光天化日之下，站在纽约第五大道上开枪杀人，选民也一样会支持我。"（特朗普 2016 年 1 月 25 日在爱荷华州 Sioux Center 的竞选演说）。或许也有理智的计算：一个黑道人物有胆量做出前无古人的大事，如果是好事，可名标青史，如果是坏事，则千古骂名，后果不堪设想，但

非这种人不会带来变化。大选后刚两天，特朗普与奥巴马
讨论权力交接，便宣布交接团队里有女儿、女婿和两个儿
子。但愿他不把全家人任命为内阁成员，把美国政府开成
家族企业。

五、族群的离心潜能

我问 Ted，德裔美国人特朗普当选，与 1933 年希特
勒上台可否一比？Ted 学历史的出身，对"二战"见解独
到。他承认有相通之处，比如他们都是体制圈外的民粹冒
险家，利用人民的失望、沮丧和愤怒，煽动仇恨。而且，
当时很多德国人也以支持希特勒为耻，但又暗自希望绝处
逢生，盼他带来奇迹，结果选择了恶魔。莱妮·里芬斯塔
尔（希特勒的御用摄影师）自传里，回忆她周围的人普遍
存在这种心埋。历史表面虽然相似，但也有深层的不同。

魏玛共和国的议会和政党政治非常脆弱，内忧外患。
内部，经济大萧条，工人革命迫在眉睫，左右思潮趋向
两极化。外部，协约国强加《凡尔赛和约》，德国丧权辱
国，主权危在旦夕。任何政党都不能占到多数席位以领导
议会，不得不频繁举行选举，议会政治濒临破产。德国人
渴望强人集中权力，恢复昔日帝国的辉煌，元首才应运而
生。而美国两党政治早成熟强大，已过壮年鼎盛期，步
入迟暮之年，与魏玛共和政体的蹒跚学步，不可同日而
语。民主、共和两党非但不弱小稚嫩，反而动脉硬化，活

力衰退，代表性断裂，趋向党阀寡头政治，难与选民呼吸与共。从基层选举开始，代议机制便渐渐脱节，代表与选民貌合神离。在竞选时，候选人走家串户，一个一个人地握手，一家花园、一户后院地插牌子，态度诚恳感人。当选后，他们也诚心为选区服务，但现代官僚科层的巨大惯性，往往事与愿违。日常政治运作的背后，有一套意识形态规约：全球市场、多元主义、政治正确、博爱人权。从学术生产到媒体宣传，然后落实到政治运作，形成一个封闭的循环，不断自我复制真理话语，彼此确认，相互吹捧，不容"不体面"的言论，无人能置身其外，结果与硬冷的现实渐行渐远。政客自以为全心全意为选民服务，知识分子自以为理论翻新，媒体自觉格调高雅，却不知不觉中被意识形态裹挟。百姓日常的实际麻烦，如族群文化的不合、新老移民的利益冲突、教育资源的竞争和医疗费用的昂贵，统统被高大上的说辞大而化之。媒体、精英和政客误判选情，也就不足为奇了。

我拿欧陆"原生"性的民族国家历史，比附前英属殖民地移民国家，是否恰当？看到不少文章把特朗普比作希特勒，还有人争论，应该拿墨索里尼当镜子更合适。大家不自觉地套用欧陆经典社会理论，解读 2016 年美国选情。但美国、加拿大、澳大利亚、新西兰和南非，这些白人文化主导的前英属殖民地，其立国的历史逻辑与其他国家很不同，政治传统有自己鲜明的独特性。说特朗普当选，是工人阶级对资产阶级的胜利，或预言右翼势力会像法西斯那样迫害少数族裔，都很可疑。只需回顾殖民地的历史，便可推知政治逻辑竟如此不同。一群背井离乡的欧洲人，来新发现的大陆开疆拓土，敌人是原住民的抵抗和大自然的无情。拓荒者给自己建起一个个殖民地（colony），英、法、德，或清教、天主教旗下的聚居领地。权力自下而上产生，功能先是宗教事务，然后是仲裁纠纷。殖民地与宗主国之间是象征性关系，实际是利益所关。殖民者的身份往往是多重的，既对祖国或者教会效忠，又对宗主国臣服。我读到19世纪南非布尔人（原荷兰人）的一位殖民地领袖，旅欧时分别觐见英国和荷兰王室，平行效忠两个主权，心理认同也是分裂的。而传统大陆型国家，王权对臣民的统治，权力蕴含了民族信仰、习俗和伦理的传承，民族性与政治身份合二为一。所以在常态下，社会矛盾总在阶级层之间，上层压迫下层，底层反抗暴政，表达也是阶级性的。

而美国建国伊始，最强调政府与教会分离，这与欧洲启蒙思想家反对宗教压迫的动机不同，美国缔造者让权力世俗化，以弥合不同族裔文化与信仰的差异。用共和国公民的政治身份，去抵消族群意识带来的离心力。而生活现实中，公民每天纠结于政治身份与民族身份之间，自我表述永远是身份政治：新移民抢夺老移民的饭碗，有色人种侵蚀白人文化，穆斯林威胁基督教文化，无神论消解信仰。特殊时期的极端例子是，"二战"期间日本和德国移民被当成间谍关进集中营。还有五六十年代，社会主义运

动在世界各地风起云涌。旁观者纷纷预测，在腐朽的帝国
主义国家腹地，有庞大的产业工人大军，美国定会发生大
规模工人运动。结果，黑人起来领导了民权运动。族群
是政治舞台的中心，而阶级躲在聚光灯的阴影下，英联邦
各移民国家，莫不如此。当然，我不相信美国族群矛盾会
以纳粹形式爆发，当年犹太人是德国的少数民族，人口之
少，构不成对德国传统的威胁。希特勒给愤怒的德国人找
替罪羊，弱小的他者才成了牺牲品。而在移民国家，族群
多元是结构性的，少数族裔并非边缘的他者，而是移民社
会的内在结构。美国确有主流文化 WASP（盎格鲁－撒克
逊白人新教文化），但名大于实，"大熔炉"（The Melting
Pot）从来没能把多民族融为一体，关系持续紧张在每根
社会神经的末端，人口结构稍变，整个政治图景也随之变
化。特朗普挑动的正是这根敏感的神经。只从外观察，非
要透过族裔"现象"看到阶级"本质"，无异于削足适履，
强迫现实屈从概念。

六、自由派反击

从政体外部另起炉灶，不在国会议事，而去广场鼓
动，从江湖围攻庙堂，在代议民主之外搞运动，绝非特朗
普的创举。2008 年，奥巴马也从体制外动员年轻选民打
造"奥巴马联盟"（Obama Coalition）。美国政治不缺民间
运动，民权、反战、嬉皮士、占领华尔街，层出不穷。奥

巴马自觉运用新媒体——电邮、短信和视频，特朗普则善用twitter直接联系群众，募捐、拉票，最终二人直入白宫。政治史家必须重写美国政治传统，群众运动与政党政治得等量齐观。特别应该注意，2016年选举显影的右翼草根运动，在美国社会的土壤里已深深扎根，从茶党到特朗普，关键已非萨拉·佩林（Sarah Palin）或特朗普等领袖人物，而是右翼思潮能持久、顽强地侵入社会肌体，直到特朗普当选，最后得到充分表达。在特朗普竞选低潮时，右翼白人表达出深深的忧虑，随着移民不断增加，白人将不占多数，如错过特朗普，右翼势力则永无出头之日。现在，自由进步派反击了，从纽约到洛杉矶、从迈阿密到芝加哥，成千上万的市民走上街头，抗议特朗普当选。你克林顿根据宪法承认他为合法总统，甘当忠诚的反对派。我们偏不承认他的合法地位。纽约的特朗普大厦被团团围住，特朗普气得连喊：不公平！

一位加州众议员电视上讲话，特朗普的当选让很多儿童经历创伤。孩子们关注大选，模仿能力很强，特朗普树立了一个坏榜样，传递出不良的信息，原本为人不齿之事，现在了无禁忌。在课堂上，拉美学生被同学辱骂：滚回你的老家去。一位墨西哥裔第三代移民，一直是模范教师，在大选后第二天，学生对他说：我们不想听你讲了，回你墨西哥老家去吧。哈佛大学出现"滚回中国"的标语，巴布森商学院学生扯起特朗普大旗，到卫斯理女子学院示威，庆祝胜利，向有色人种学生吐口水。拉丁裔社区行动起来，筹建民间抵抗组织，如果移民局围堵、驱逐，大家严阵以待。极右言论也会刺激出自由主义的草根运动。

七、戏子当道

未来果真会如特朗普言论中声称的那样骇人听闻吗？他获胜还没一周，言论已含糊犹疑，大打折扣。面对记者提问，特朗普对奥巴马医疗险、修建边境大墙之类，说得似是而非。至于他指着希拉里鼻子发誓说的"我一旦当选，就成立特别委员会，把你关进监狱"（2016年10月9日总统候选人第二次辩论），现在也避而不谈了，反而对克林顿夫妇赞美有加，要向他们多请教。我从不怀疑特朗普的支持者保守，但对他本人，却不敢妄下断言。特朗普多年与明星霍华德·斯特恩（Howard Stern）做脱口秀节目，他在过去节目上的观点非但不保守，反而比自由派还激进。他不是个讲意识形态的人（Ideologue），只因知道白人选民想听什么，也懂得面面俱到、不偏不倚赢不了选举，才用极端保守的言论，做蛊惑的利器。别忘了，他可是商人、戏子。

千年未有之变局

一、特朗普很保守吗?

大西洋的一边,欧洲勃勃兴起右翼民粹,另一边,特朗普当选总统,两岸遥相呼应。西方政治正经历倒退?久违的保守民粹回潮了?愤怒的自由派称特朗普是法西斯上台,特朗普也用同一标签回敬敌人。中情局泄露其竞选班子与俄罗斯暗通款曲,总统在推特开骂:CIA 是纳粹情报部! 像"二战"老片回放。难道西方穿越到"二战"之前?可网络媒体已改变了世界,"千禧一代"刚步入社会,究竟是"阳光底下无新事"、历史永远在左右之间摇摆,还是我们没眼光洞察历史的新变数?

历史是连续的,转折巨变之前,"常数"不断积聚而后质变。但巨变的爆发力却不源自"常数",往往是偶然机缘,如技术革命、地理大发现、气候骤变等,"异数"的冲击力酿成"突变",把"常数"带入新时代,衍生新意。观察者却囿于既有的知识型,能辨识已被认知系统编码的"常数",面对"异数"失语,它尚未进入语言,待后人解读才进入历史叙述。也有观察者只注意观念史，坚持思想推动历史前进。其实，思想的演进乃回应历史变革，而非其肇始。以经典意识形态解释特朗普现象，贴上保守、民粹甚至法西斯的标签，便当易行，却言之无物。历史上的法西斯，有具体语境，两次大战之间，西班牙、意大利和德国保守逆流同时飙起，也彼此不同。非要总结出个"共相"，无非都针对现代的高歌猛进，利用大众担心亘古的"自然秩序"被破坏，煽动回归"健全的自然"，重振罗马帝国雄风。今天使用这个标签，并非回访历史，而是污名性的诅咒。自由媒体和特朗普口中的"法西斯"，是骂对方"坏蛋"，并非对象性描述。那么，特朗普现象意味着什么？一位看似不可能的候选人，为什么在 2016 年大选获胜？

乔纳森·艾伦（Jonathan Allen）与帕恩斯（Amie Parnes）出版新书《破灭：希拉里竞选失败的内幕》（*Shattered: Inside Hillary Clinton's Doomed Campaign*），刚上市便获热评。新书发布时，艾伦侃侃而谈："欧洲民粹浪潮如海啸涌到美国海岸，希拉里看到了，不知所措。她是体制中人，一生只懂在体制内运作，通过政府机构改良社会。如今发现公众要颠覆一生信仰的体制，她不知如何应对，也不能把握时代。"克林顿夫妇早意识到，英国脱欧的孤立情绪会传染给美国，却找不到更好的竞选策略。希拉里对助手说："我越来越看不懂这个国家的事情了。"整个主流媒体也没看懂，才误判选举。现实改变了，大家的思维没跟上。新书作者言之成趣,打开书却少有新意,仍因循两党博弈的老路,似乎希拉里只输在竞选策略未与时俱进,而自由与保守的对决仍为选举定式,两党轮流坐庄将世代罔替。果真如此吗?

"拉什·林堡秀"脱口秀(Rush Limbaugh Show),是台极具影响的广播节目,主持人林堡口无遮拦、极端保守、死硬民粹,堪称民间保守势力的代言人。一次节目中,有听众打进电话,说要给自由媒体一个忠告:"他们大搞通俄门弹劾总统,要小心了,如特朗普下台,副总统迈克·彭斯(Mike Pence)接任,可比总统更保守,自由派打错了算盘。"林堡很敏锐:"我只同意你的后半段,彭斯的确保守,但特朗普并不保守,还有点'自由'嘞,属于讨人喜爱的自由派。"林堡对民主党的"自由范儿"衔恨入骨,欣赏共和党保守候选人麦凯恩(John McCain)、保罗·瑞恩(Paul Ryan)、桑托勒姆(Rick Santorum)之流,意欲重返美国黄金时代。他们的保守正如桑托勒姆一言以蔽之的:一手《圣经》,一手持枪,属美国"老派"。特朗普可不老派,做客霍华德·斯特恩脱口秀(Howard Stern Show)多年,从未看出有麦凯恩或彭斯式的循谨与正派,相反他反叛、另类、虚无,是娱乐界"恶少"。如果说法国的勒庞得势、德国国家民主党(NPD)影响力扩大或英国脱欧属保守派复辟,特朗普却既不保守也不自由,他代表什么主义?赢得哪些选民呢?

二、草根崛起

2017 年全美保守派政治行动大会（CPAC）上，一男一女两位卡车司机接受福克斯电视采访，二人金发碧眼、臂上刺青、一身腱肉，歪戴牛仔帽，对着镜头满不在乎："我们不管媒体怎么埋汰总统，反正就知道他是我们的人，道出我们的心声。"好似宣言：拒绝媒体摆布！别以为我们头脑简单，让你们告诉我们什么对、什么错，这回我们要说自己的话，选自己的人。开幕式上，特朗普称媒体是人民公敌，全场沸腾。查一下美国史，媒体是监督权力的制衡力量，总统诋毁所有主流媒体，岂有此理？哪儿来的底气？

特朗普骂的"公敌"，是传统媒体。90 年代以来，网络媒体迅猛发展，一点点蚕食传统媒体的疆域。因为总统宝座是新媒体推出来的，他才有此胆量。除福克斯外，CNN、全美广播公司（MSNBC）、《纽约时报》等大选民调谬之千里，而特朗普竞选班子却密切跟踪网络社交媒体，多次发布利好选情，被大媒体当成虚假新闻。选后，国家公共广播电台（NPR）开始研究社交网站，深度报道网络动员机制。起初，小网站分别编造两候选人的丑闻，定向投放给希拉里和特朗普的粉丝群。渐渐发现，希拉里的支持者教育背景偏高，对丑闻、阴谋论不买账，特朗普丑闻的点击率不高。特朗普的粉丝主要分布在闭塞的中部，受教育程度偏低，热转希拉里丑闻，而不在乎真假。小网站不再花精力污名特朗普，而专心制造希拉里的坏消息。其实，网站运营者多是自由派，丑闻是生意，但点击率意味着广告收入，他们宁愿违背立场逆向炒作。网络时代，商家注重广告投放的精准，电视、广播和报纸属无差别平面推广，满足不了商家对细分市场（niche market）的需求，才转向社交媒体，让广告更有的放矢。传统媒体的蛋糕被切分，影响力缩水。从茶党运动，到奥巴马 2008 年当选，甚至左翼民主党人桑德斯的崛起，都是新媒体这匹黑马小试千里脚力。体制外的势力无论左翼右翼，一样利用网络冲击既有体制。特朗普之所以屈尊以共和党名义参选，无非是集中票箱的权宜之计。他一再声明，这是一场针对权威体制的群众运动。没文化的百姓想摆脱精英，与其说特朗普保守，不如说他回应了草根的反叛意识。

在报纸主导舆论的 19 世纪，传媒结构是从文化制高点辐射大众。报刊编辑高设门槛，只让政治、文化精英利用稀缺的版面对公众发言，剩下一小块"读者来信"做平民之窗，经大浪淘沙过滤后，泄露一点微弱的噪音。社会运动与群众集会，也由少数人策划与组织。直到 20 世纪中，美国广播和电视崛起，政治生态全面改观。1960 年44 届总统竞选，第一次用电视直播候选人辩论。原来选民在报上看候选人照片，读其政见，如今荧屏上观看候选人面对面直观辩论。肯尼迪年轻潇洒，阳光帅气；尼克松阴郁萎靡，深不可测。镜头使人感觉与候选人有眼神交流，政治竟如此直观、形象，评价体系随之一变，尼克松的老谋深算输给了青春朝气。分析家抱怨政治门槛太低，选民重外表不顾理念。之后门槛越来越低，丑闻成了电视时代的政治中心。

但广播、电视仍是单向街，导播、编辑依然把持议题，决定采访什么人、聚焦哪件事、什么上头条，连线观众只不过是花边点缀而已。网络时代 Facebook、Twitter、Youtube，或微信的热点，与传统媒体头条不同，一切由点击率主宰，由人数多寡决定社会关切，与精英的文化逻辑格格不入。传统媒体不能接受网络逻辑，新旧传媒之间激烈博弈。2017 年 4 月 6 日，特朗普发射 59 枚战斧导弹轰炸叙利亚，头条大新闻，加上"通俄门"的新爆料，电视、报刊连篇累牍。4 月 9 日周日下午，Youtube 疯转美联航把华裔陶医生粗暴拖下飞机的视频，点击率一路疾升。第二天早新闻，CNN、FOX、MSNBC 电视网继续报道白宫动态，只字不提美联航。下午，陶医生视频点击过亿，各大电视网不得不撤换节目，转播网络视频。周二一早，MSNBC 的"Morning Joe"新闻档主播抱怨："这档节目本该报道政治大新闻，今天却讨论航空服务纠纷！"接下来几周，主流媒体的头条一直是美联航，白宫发言人、众参两院议员、各州州长也纷纷出来表态，谴责美联航。传统媒体不得不向网媒低头。

什么算大新闻？国家政策固然重要，对主权国家动武更大过天，但陶医生的遭遇，每个百姓都可能摊上。美联

航是美国最大的航空公司，新泽西州长克里斯蒂（Chris
Christie）说："旅行就得坐联航，纽瓦克机场75%是联航
航班。"陶医生淌血的嘴角、叨念着"他们要杀我"的镜
头，让每个人看到自己。发射导弹、与俄国勾结是大人物
的事，普通人无法经验。文人墨客喜谈国事，百姓关心身
边琐事，古今中外莫不如此。百姓一旦有发言的管道，舆
论焦点一定错位。另外，过亿的点击量不会仅是美国网民
贡献的，Youtube没有国界，世界网民均能点击。脸书、
推特诞生的那一刻，就无国界之分，用户遍及全球。传
统媒体定位本国，制作节目内外有别，与无国别的资讯相
比，内容一定不同。当公民身份与社会阶层向简单多数低
头时，新资讯时代会是怎样的图景？

三、碎片化新政治

假如社会演进与技术革命息息相关的话，那么，前工
业时代，门第、血统主宰欧洲社会的政治资源，以出身论
英雄乃前现代特征。工业革命带来机械复制时代，大规模
生产线高速制造无差别的标配产品，从中心分拨给普通消
费者，平面化的大众社会产生了。福特、通用等制造业巨
头，垄断社会资源，资本高居权力的金字塔顶，财富成为
时代之骄子。到50—70年代，工业转型，基础重工业转
向服务、信息产业，出现了丹尼尔·贝尔所谓"后工业社
会"。"知识经济"推出社会新贵——知识阶层，学历成了

炙手可热的社会资本，教育背景相当于前现代的门第，决定人的地位与收入。不到 20 岁上四年名牌大学，终身受益。当知识新贵正与资本旧贵族争锋角力，互联网却不期而至。由于知识爆炸与信息更新，人需一生学习，才能跟上时代，胜任工作。仅几年象牙塔的教育，象征意义大过实际含金量，学院的精英资质在蚀损。错过系统教育的蓝领，对社会升迁重学历的制度不满，在社交媒体上吐槽：教育才是特权，造成社会不公正。反智、反精英的愤怒情绪蓄积已久。而网络给原子化的个人主义提供理想的乌托邦，[1] 它区别对待每个用户，一个人访问网站的习惯与偏好，被数据库记忆下来，然后为此 IP 设计个性搜索模式、发放针对性广告，投其所好。用户自创个性网页、博客、推特，任意选择立场和意识形态。你可以跟风站队，只当"点击"数，也可标新立异，凸显个性和差异，新媒体的最大特点是让差异无限呈现。

"平民记者"（citizen journalists）在博客、推特、脸书上的报道，不同于主流媒体，他们多元、分散、立场不一致。千禧一代不像父辈，他们不信一套观念会改造世界，眼里只有具体问题，根据问题调整立场、观点。在一问题上支持某党主张，另一问题却赞成敌对党。跨党派、跨意识形态在新一代司空见惯。"机械"时代，新闻从大媒体"客观"、平衡地灌输给大众，网络媒体却根据个体的政治倾向、年龄、教育和职业，量身定做个性新闻。网络连接着小"我"，整体性意识形态支离破碎，政党政治遭遇空前挑战。媒体不再凝聚共识、创造想象的共同体，亘古恒常的社会金字塔动摇了。茶党、特朗普、欧洲右翼都是在回应碎片化的新政治。

四、纸媒与网媒，代议或直接民主

代议民主与平面媒体密切相关。孟德斯鸠、卢梭曾认为只有古希腊小城邦能实现真正的民主，但报业和出版给间接民主制提供了技术条件。麦迪逊、本杰明·富兰克林开始也忧虑地域上的差距与议会的代表性之间有矛盾，而报纸、书刊的自由发行，让政客远在首都也及时了解选民意愿，行使代表权，形成共识。所以，美国缔造者只规定了行政、立法与司法三权的宪法地位，未料到新闻与政党会成为政治核心，而将其归入私人领域。托克维尔1835年出版的《论美国的民主》观察到，公权之外的出版和政党在政治中至关重要。革命前，殖民时代的报业倾向中立，独立革命后却与政党绑定，成为党派的宣传工具。托克维尔考察时，政党、媒体已嵌入美国政治的内在结构之中。

19世纪末至20世纪中，联邦政府监督美媒转向非党派中立，媒体"自由模式"（Liberal Model）于60年代成熟：新闻商业化、信息化、价值中立、内部多元、高度职业化。马克·普拉特纳（Marc F. Plattner）做70年代媒体研究发现，美国三大电视网CBS、NBC、ABC的半小时新闻节目，曾左右大选及其政治议题。但三媒体的基调一致属"中左"（center-left）立场，这仍是美国学术与文化生产的底色。媒体抱定愤世姿态：负面报道曝光候选人不真诚、为竞选不择手段，迎合大众对政治的不信任，与候选人并无意识形态分歧。水门事件乃自由模式的典范，媒体扮演起反对党角色，分担在野的监督责任。新闻英雄主义自称人民利益的化身，以睿智清醒的头脑，公正揭露权力的滥用，站在道德制高点。[2] 但纸媒的舆论并非直接"民意"，乃法国大革命创造的"意识形态"一词的含义：经精英筛选、加工、形成体系的思潮以引导社会。平民仍是沉默的大多数。到网络时代，芜杂、纷乱、"不理性"的民意才直接表达出来，形成网络民粹，但此民粹非历史上的彼民粹。

欧洲史上不乏民粹运动，始终会被克里斯玛式的人物操纵，宣称自己是人民的化身，利用大众恐惧或仇恨心理，篡极权、当寡头，法西斯是其原型。美国19、20世纪，左、右两翼均出现过民粹运动，思想分散芜杂，如过眼烟云，不久被凝聚力强的主流政党吸纳，成了两党吐故纳新的催化剂。但网络时代，大众绕过政党或领袖中介表达自己，以新形式复现出古希腊直接民主。古希腊城邦是"公民大会"（ekklesia）面对面讨论政治，普尼克斯山（Pnyx）半坡上，诗人、剧作家、辩论家各抒己见，直接投票决定战争或和平、制定政策与法律，无须代理人。今天网民在社交媒体上散布"意见"（doxa），左右舆论，把"代议"（representation）逼入末路。代议由以政治为业的人行使，从政经验乃其资质。今天大众却视之为负资产，滋生腐败与官僚的温床。而特朗普的经商履历备受青睐，媒体挂在嘴边，反成政治资本。政治家重传统读经典，规划系统化、前瞻性的政策。大众则相信直接与实用，日常经验是判别善恶的标准，直观可感才行之有效，"放之四海"的抽象原则如何检验？所以，干涉与己无干的国际事务，不如本国至上的孤立外交；担心移民抢本地饭碗，索性用大墙围住边境。"政治正确"皆伪善，大众看结果，不顾过程。

特朗普一夜暴富，符合大众的梦想。他善变、缺乏远见、无系统性世界观、重实践反理念、以商业逻辑理政，深得民心。入主白宫后，自由派以为他会像奥巴马那样调整角色，从体制外转入体制内。特朗普却将另类进行到底，继续用推特发布消息、表达心声，对记者会、白宫发言、电视采访反而不放在心上。记者本该去白宫记者会了解政情，却发现不如待在办公室读总统推文。特朗普不信任官方管道，政府发言人、幕僚甚至国务院均不能代表他，"他只代表自己"。推特上胡乱放炮，让媒体神经崩溃，白宫新闻发布会就剩下仪式感。执政100天之际，大家以为总统会召开盛大记者会，夸耀政绩。特朗普却溜号飞到中部，参加支持者大集会，重温竞选的酣畅淋漓。他煽动群众攻击媒体，说自己是"猎巫"的受害者，一副孤苦无告的可怜相，好似另有一位暴君，人民须起来造反似的。

一共和党议员问CNN主播，你们没完没了指控特朗普种种劣迹，无非说他不按民主程序、执政违反先例。为何不睁眼看看，他的支持者不关心这些，只要结果。现代民主的核心是程序正义，如果大众为达目的不顾过程，政治便从"形式原则"（formal principle）转向"实质原则"（substantive principle），代议民主出现根本危机。特朗普追踪热点发言，根据舆论调整立场，支持率成为政治关切。媒体调侃白宫幕僚：与其入白宫向总统面陈，不如上福克斯电视的早 6 点访谈，因为总统看早新闻安排一天日程。特朗普时代的政治学即媒体学。总统不断与参众两院和司法部门发生冲突，不寻求谈判或妥协，却动辄威胁要登上"空军一号"，飞到议员的选区，动员选民把捣蛋鬼拉下马。特朗普僭越民主程序、藐视三权分立、以直接民主威胁代议制，党派与议会政治的未来堪忧。

五、商业逻辑渗透政治领域

特朗普执政 100 天，已讥讽民主党失去领导力，靠惯性运作，不堪一击。自由媒体也哀叹民主党的怯懦，无法胜任反对党的角色，除了"说不"，无所作为。呼吁 MSNBC 与 CNN 一道站出来，携手担当反对派，对抗总统与民粹的嚣张。自由媒体全面开火，让政坛危机迭起，丑闻不断，总统时时面临弹劾，"围剿女巫"宣传战如火如荼。民主党竟与共和党罕见联手，幕后助战。然而"水门"风光不再，报纸失去读者，电视疲于应付新媒体的挑战。"the press"已变成"the media",媒体"恐龙"暮齿衰颜,渐失自信。希拉里仍依循电视竞选的路数,精心妆点描画,光鲜雍容,以赢得大众。特朗普一脸不在乎,他的班底不仅跟踪主流媒体,更量化分析散布于角落的边缘网民,针对差异定向宣传,把零散的选民汇合起来,聚成可观的票箱。

特朗普的班子研究过公关之父爱德华·伯尼斯(Edward Bernays 1891—1995)的著作《宣传》(*Propaganda*,1928),书中称美国政治是最大的生意:商业已从政治借鉴了所有窍门,政治却没能力学习商业秘诀。精明的商人特朗普,以营销手段赢得大选,利器是推特。它传播量大、速度快、信息短。他的账户常年有1500万忠实粉丝,曾经发了一条推文:今天我让美国再次伟大!跟帖达50多万。管理推特账户容易,赞成者正确,反对者错误。推文短小,口号最有效。特朗普擅长给敌手贴标签:奥巴马没有美国出生证,希拉里身体不济、精神不稳定之类。这符合伯尼斯的观点:大众并不理性,与其掰开揉碎地讲道理,不如以雷人之语纵其情感,用其恐惧心理,即"恐惧的政治"(politics of fear)。特朗普将恐袭与移民画等号,拿芝加哥犯罪率高与民主党软弱挂钩,常说:"背后还有事情发生。"语焉不详的暗示,最能满足大众对阴谋论的想象。精英通过传统媒体呼唤民众的认同与随从,网媒则靠迅速反馈和无处不在的连接,形成情感互动的巨大洪波。

特朗普无从政经验,也没服过兵役,公共服务的履历空白。他一生为己逐利，人到70岁才改弦更张。政治毕竟不同于商业，前者为公，后者肥私。买卖盈亏自负，不关他人，企业家才刚愎自用，雷厉风行。为政则服务人人，进取反多苛责。所以，政客宁求无功，但求无过，挑不出毛病，你奈我不得。政治官僚化弊端日益凸显，与美国立国的实用主义渐行渐远。美国毕竟年轻务实，不惜矫枉过正，选企业家治国。商业履历非但不是短板，反成优势。特朗普心知肚明，索性将政府当企业管理，家人朋友纷纷入阁辅政，将近250年的民主传统，如今面临公私不分的困境。百姓并不觉严重，他们眼里的政治也不崇高，总统无须具有远见卓识，只要提高就业、减税、反移民、贸易保护便万事大吉。汉娜·阿伦特一生担心公共领域会被生存必然性侵蚀，如今木已成舟。媒体嘲笑总统幼稚、荒唐、矛盾百出、不够格。特朗普照样口无遮拦，自相矛盾，随心所欲，并如此回敬媒体：在推特上挂出一条自编的28秒视频，他骑在一名CNN员工身上暴打。近又做一个视频，把自己打高尔夫与希拉里飞机舱口跌倒的画面拼接，中间用软件制作出一幕动画：一只高尔夫球飞射希拉里后背，特朗普一杆打倒希拉里。总统如此幼稚，让媒体无语，网民却喜欢70岁的老顽童。我们崇尚的政治智慧——冷静、客观、克制，败给率性不羁的平民做派。阿伦特心中理想的政治家——鹤立鸡群、追求卓越，被感性与轻率淹没。

六、让思想照进现实

如把美国政治乱象归咎于特朗普的个人风格，以为他侥幸上台，民主政治暂时偏轨。只要换届，一切恢复如常，恐怕太乐观了。特朗普现象与欧洲民粹不仅是股"逆流"，技术革命已催生新的政治文化形态，无论谁来主政，西方政治未必回归"常态"，或拐向不同的轨道。如何言说这一巨变？听到最多的往往是人工智能取代人类、阿尔法狗下围棋、人机大战、克隆人之类，戏剧性事件让人驰骋心志、憧憬未来、打开科幻想象的世界，却未必构成对既有知识的挑战，打破思维定式。还不如细心观察我们浸淫其中的微信、阿里巴巴、京东商城、网上支付，等等，这些带给中国人的生活变化之深刻，超过历史上任何一场革命。天天泡在微信群里，行为方式、人际关系、生活习惯已被工具改变，社会阶层也被技术重置，可正襟危坐谈学问时，脑子里仍只有洛克、卢梭、孟德斯鸠、马克思或密尔，只愿与古人对话，眼睛盯着传统的权力架构，什么都要阶级分析。因为旧知识信手拈来，而不顾言不及义、思不及物。谈文化是后现代，提未来有"后人类"，凡事从未经验的理论术语出发，却不顾被冷硬现实重塑的感知。现实仍等待翻译，思想需要原创性的思考，而不仅仅寻找新奇现象，把新对象还原成旧意识，安抚思不及物的焦虑。

其实，技术演变为文化范式的转变提供了线索。网络

出现前，工程师保罗·巴兰（Paul Baran）在 50 年代承担
美国防部的通信保障项目，为预防苏联第一轮核打击下通
信瘫痪、美国政府无力指挥反击的局面。巴兰设计出劫后
余生的通信方式：一旦电话中控交换台被摧毁，区域的中
继仍可独立运作，一改从中心辐射外围的网络结构（用户
先连线本地交换台，再接中控总台，然后从中控转接目的
地交换台）。他发明了 packet switching 系统：即使中控台
被摧毁，通信网的每个节点均可自主拆分信息，自动选择
不同线路传输，抵达目的地后，重新打包组装原信息。这
是互联网的雏形，经半个多世纪无数科学家和工程师的发
明和改进，互联网汇集世界无数网站，没有中心和控制
台，网站无论大小，只要参加协议，信息汇入巨大的数据
库，同时各网站仍自主独立。技术逻辑的核心是每个"节
点"自控，复杂高速的运算使其脱离中心自主选择，同
时，每个节点又相互依存，这改变了社会关系，从中心辐
射外围的人际权力网动摇了。"后工业"原子化、去中心
的大众文化，个体自足，又高度依赖社会关系网。互联网
蔓延着碎片化、分散和多元的"意见"，传统意识形态在
弥散中消解。精英仍在打造"群众"宣传"主义"，百姓
却在"群"里交流饮食、娱乐、身份、教育和住房的话
题。知识分子的"大观念"（big idea）曾造就 19、20 世
纪的"现代社会"，改变历史。如今被冷落、放逐，有多
少人仍相信观念创造历史？以 19 世纪的"左""右"意识
形态分析特朗普，词不达意。混迹娱乐业几十年，特朗普

深谙大众心理，运用商业营销策略，调度消费心理，才是其政治"理念"。别把网民的日常焦虑和生存压力嫁接到"左""右"政治谱系上，在"后意识形态"社会，两个立场同时失势。风雨两百年的现代思想体系正经历大转折，这不是"小时代"，而是千年未有之变局。

注　释

［1］ 参见 Lev Manovich, *The Language of New Media* (Cambridge, MA: The MIT Press, 2001), pp. 60–61。
［2］ Marc F. Plattner, "Media and Democracy: The Long View", *Journal of Democracy*, Vol. 23, No. 4 (2012), 10.

后 记

　　这本小书零零碎碎写了近十年。记录这些年所见、所思与所惑。行了不少路，读了一些书，有与朋友促膝恳谈，也有倾听与倾诉。多年来与《读书》杂志结下不解之缘，编辑部的饶淑荣女士，悉心编辑过书中多篇内容，发在《读书》杂志上。她眼光高、专业强。在投稿、编辑的往来过程中，曾给予我极宝贵的建议，我受益匪浅，故感念不忘。还有卫纯先生，我们不仅是工作上的合作伙伴，也是生活中的忘年挚友。他进《读书》编辑部前，我们已有交集。加盟《读书》之后，他组织多次重要的思想讨论，邀我参与或写稿，渐渐相知更深。发现彼此不仅思想上志趣相投，生活里也声气相通。一起打篮球、逛旧书摊、游孔府览名胜。更巧的是，他儿时的篮球教练也是我的老相识，彼此便成莫逆。本书构想原出自卫纯，写作过程中，我想法时有变化，每与卫纯讨论，以他对学界动态的全面了解，常对书中内容、策划提出极富建设性的建议。书名也让他颇费周折，设想多个方案。卫纯对本书出版，功莫大焉。他做责编，既是书之大幸，也是我的最大欣慰。

　　还有一位《读书》前辈，在这里深表敬意。吴彬老师把我带入《读书》的作者圈，她任过杂志主编，德高望重。很早以前，我是《读书》的忠实读者，对这本小开本杂志，我一直心存敬意。第一次斗胆投稿，便很幸运由吴老师编发，这无疑是个莫大鼓励。从此一发不可收，每年总会在《读书》发一两篇文章。后有机会拜访三联，向吴老师当面请教。轻松闲谈之间，不经意提及文章风格，依稀记得吴老师说，《读书》不是专业学术期刊，不一定要"一块石头砸个坑"的大论文。体例严苛、文献繁冗的论文体，并非此杂志的特色。而灵动、深邃、敏锐，能开风气之先的文章，曾让《读书》不拘一格，"读书无禁区，思考无禁忌"。我后来一直琢磨怎么"化解"论文体行文，避免通篇学术术语和抽象概念，回归日常语言。但这不容易，似高不可及的境界，但虽不能至，然心向往之。与吴彬老师交往虽不多，却受益良多，多年给《读书》写稿，我的思考方式、行文表达都有大变化。回头想来，明白了什么是"听君一席话，胜读十年书"。

　　谨以这本小书，纪念与《读书》的缘分。